创意写作书系

Inside the Writers' Room

Conversations with American TV Writers

金牌编剧

美剧编剧访谈录

[美] 克里斯蒂娜·卡拉斯（Christina Kallas）◎著

唐奇◎译

中国人民大学出版社

·北京·

"创意写作书系" 顾问委员会

译者序

很长时间以来，作为艺术形式，电影都被认为是优于电视剧的存在——如果电视剧也能算得上"艺术形式"的话。电影有引人入胜的故事、丰满的人物、强大的艺术表现力和深刻的主题。走进电影院，在黑暗中度过摆脱一切现实烦扰的两小时，是充满仪式感的精神享受；而电视剧只是日常家庭生活中的背景噪音，甚至没有必要认真观看。但是近年来，变化似乎正在悄然发生。大银幕正在被越来越多的视觉特效大片占领，剧情和人物不再是最重要的元素，视觉刺激压倒一切，技术越来越强，故事却越来越弱，续集、翻拍和IP改编越来越多地取代了原创故事。美国著名导演马丁·斯科塞斯就曾直言不讳地指出，以漫威为代表的现代系列电影不是"真正的电影（cinema）"，只是"主题乐园"，"这些电影是为了满足特定的需求而制作的……市场调查、观众测试、审查、修改、翻新和再加工，直到它们可以被消费"。斯科塞斯的批评不是个例，《教父》系列的导演弗朗西斯·科波拉和《异形》系列的导演雷德利·斯科特等好莱坞大咖都曾表达过对当今超级英雄电影大行其道的失望。

与此同时，在另一块阵地上，美剧正在以不可阻挡之势迅速崛起，源源不断地贡献出大量不同题材、不同风格的经典之作。厌倦了电脑特效狂轰滥炸的观众，可以选择不出家门，舒舒服服地靠在沙发里，倒一杯喜欢的饮料，看一集《广告狂人》或者《权力的游戏》。电视剧本身的特性决定了它拥有更多的时间和空间，可以讲述更复杂的故事、塑造更立体的人物、营造更丰富多彩的世界，与观众建立更紧密的情感联系。现在，最有趣的故事、最有趣的人物已经要到电视剧中去寻找了。从体量和形式上，有人将电视剧与 19 世纪的连载小说相比较——狄更斯就是他自己的剧目管理人，每周更新一章，剧情随着连载不断演变。我们也开始看到，越来越多的大牌电影导演和演员选择进军电视圈：斯皮尔伯格拍了《太平洋战争》，斯科塞斯拍了《大西洋帝国》；奥斯卡影帝凯文·斯派西主演了《纸牌屋》，马修·麦康纳主演了《真探》；《大小谎言》更是有瑞茜·威瑟斯彭、妮可·基德曼和梅丽尔·斯特里普三位奥斯卡影后加盟。美剧的黄金时代正在拉开大幕。

要探究美剧成功的原因，首先必须了解其制作和播出模式。美剧自诞生以来，经过几十年的发展，形成了一套按季播出、制播同步、观众至上、编剧主导的成熟的产业体系。为了了解这样一套体系是如何运作的，让我们从认识美剧制作中的一系列基本概念开始。

公共台/有线台：公共台也称广播电视网。通常所说的美国五大公共台是指 CBS、NBC、ABC、FOX 和 CW，能够覆盖全美 90％以上的地区。有线台是指 HBO、showtime、starz、Cinemax 等收费频道，用户根据自己的选择付费订阅。公共台的主要收入来源是广告，一小时的剧集要分成四幕或六幕，就是为了插播广告。有线台的主要收入来源是订阅费，因此有线台剧集是没有广告的。公共台的收视人群广泛，因此它们的节目必须是全年龄向的，对色情、暴力、粗口等元素有相当严格的管制。有线台可以限制儿童观看，管制相对宽松，往往会制作出尺度更大、风格更黑暗的剧集，也有机会挖掘更深刻的主题。此外，随着流媒体平台的强势崛起，又有 NetFlix、Hulu、迪士尼、亚马逊和苹果等新玩家加入战局。

试播集（Pilot）：一个项目发展为正式剧集之前所开发的样品集。电视台会根据试播集的收视率来决定是否订购整季。

编剧室（The Writer's Room）：与国产剧一两位编剧负责写完所有剧本的模式不同，美剧是由编剧团队集体创作的，编剧室就是团队工作的地方。通常是一间大屋子，中间放一张大桌子，围着一圈椅子，方便大家讨论剧情。编剧室人员的规模从四五个人到一二十人不等，包括从新手编剧到资深编剧的多元化的梯队，大家通过分工协作创作出完整的剧本。

独立编剧（Freelance Writer）：只负责创作某一集剧本，不是剧组职员，不参加编剧室工作。

剧组编剧（Staff Writer）：有时候也称"初级编剧"，是编剧组的起步职位，通常由新手担任。

故事编辑（Story Editor）：比剧组编剧高一级，负责创作分集剧本和改写其他人的剧本。

制片人（Producer）：通常是获得制片人头衔的资深编剧，并不参与实际制作。制片人与其他编剧共同开发剧集，并监督剧集的创作和制作；与剧目管理人一起，对每一集的质量负责。

制片经理（Line Producer）：处理设备、日程、预算和人事等，事无巨细地负责管理监督制作中的一切事宜，并确保项目不超支。通常在这个职位上的并非创作人员。该职位的工作重在项目管理。

执行制片人（Executive Producer）：剧组职位最高的编剧—制片人，是剧集在创作和商业两方面的总负责人。有些剧组在最高层会有两个执行制片人：一个主管技术、人员、拍摄日程、选景、搭景、设备等实际制作方面；另一个是总编剧，主管内容方面，包括导演、剪辑和选角。

剧目管理人（Showrunner）：剧组中的最高执行制片人，是掌控全局和最终对剧集负责的人。他们负责监督剧集的制作，与电视台管理人员协商并解决提出的问题，给演员提出建议，明确剧集的创作愿景，监督员工，协调演员，监督制作流程，并确保剧集制作控制在预算之内。可以说，剧目管理人是剧集的灵魂人物。

创剧人（Creator）：剧集的创始人，提出创意或撰写试播集，向制片厂或电视台推销。创剧人通常会担任剧目管理人或执行制片人。

美剧的播出季从每年九月的艾美奖颁奖典礼开始，一般到次年五月的广告商大会落幕正式结束。夏季（六到八月）是公共台不太关注的"空窗期"，许多有线台选择在这个时间段发力，推出自己的重点剧集。

接下来，让我们跟随一部新剧，用两年的时间追踪传统美剧制播流程的整个周期，看看一个项目是如何经历从创意到播出的过程。

　　第一年是创立和出售新剧的阶段。以五月为界，入选的新剧进入第二年的制作阶段。第一年四月，创作者准备好推销新剧的提案。五月是电视台首次挑选新剧的时间点。电视台也会从收入、收视率等角度对上一年度播出的剧集进行判定，做出是否续订下一季的决定，同时决定本年度需要新剧的数量。六月，创作者向制片公司推销提案，寻找愿意为新剧出资的制片厂。所有电视台都会在夏季，也就是七月到八月启动新剧选片会。九月到十一月，撰写和修改试播集剧本。十二月到次年一月，电视台选出 20% 的剧本，批准制片公司制作试播集。次年二月至四月是试播季，所有试播集都要在四月剪辑成片并同期播出。次年五月，电视台将决定最终的订购名单。每家电视台在公开选片季会收到 500 多个提案，从中选取 50 到 100 个写成试播集剧本，其中 10 到 20 个剧本会被拍成试播集，最后再从中选定几部新剧。大体上，每一轮的淘汰率都是80%，500 多个提案中最后会选出 5 部上线新剧。我们能够看到的每一部美剧，都是经过严格筛选杀出重围的优秀剧作品。次年六月组建编剧团队，七月和八月疯狂写剧本，在这三个月时间里，要创作出前五至七集剧本，外加三集"备播剧本"，保证新剧在九月第一周首播。在十月到下一年三月的整个播出季里，美剧是边拍边播的，编剧会根据市场评价和观众反馈对人物和情节走向做出调整，反响不佳的剧集也可能在季中被砍。

　　这个紧锣密鼓、严丝合缝、如同机器一般稳定运行的过程，体现了美剧制作强大的工业化实力。与电影行业的导演中心制不同，在美剧的开发过程中，编剧始终占据着不可动摇的核心地位，剧本是真正意义上的"一剧之本"。在制播同步的模式下，剧本的质量直接决定了剧集的连贯性和精彩程度，剧集的精彩程度决定了收视率，因此，剧本是整个产业链中最基础、也是最重要的一环。在美剧中，导演经常是客串的，中途过来拍一集就换人；而编剧要把握故事结构和情节走向，不会轻易更换。正是由于这个原因，美剧被认为是编剧的天堂。也是由于这个原因，在如此紧迫的时间压力下，由一两位编剧完成所有的剧本创作是不可能的，编剧室是这种模式下的自然之选。甚至有观点认为，美剧成功的秘诀就在于编剧室。

真的是这样吗？是否所有的美剧都有编剧室？多位编剧如何分工协作？如何保证情节的连贯性和风格的统一？剧目管理人的角色是怎样的？他如何处理与其他编剧、制片厂和电视台的关系？电视编剧与电影编剧的主要区别是什么？"编剧天堂"是否真如想象的一样完美？创作和拍摄如何同步进行？编剧能不能自己当导演？网络剧的出现会给这个行业带来哪些新变化？要回答这些问题，最好的办法就是听听真正的编剧们是怎么说的。本书采访了多位在美剧行业摸爬滚打多年的资深编剧，其中有经典剧集的创剧人和剧目管理人，有提携了许多年轻编剧的伯乐，也有在学校培养未来的电视编剧的教育者。本书作者克里斯蒂娜·卡拉斯本人也是一位经验丰富的编剧，通过从编剧的视角与编剧对话，为读者揭秘编剧室里发生的故事。美剧在艺术和商业两方面取得的巨大成功，可能无法简单地归结为某一个原因，但编剧中心制无疑是美剧制作模式最重要的特色之一。现在，已经有一些欧洲国家开始尝试引入美剧的编剧室模式，赋予编剧更大的权力和更多的创作自由。虽然国产电视剧的制播模式与美剧存在巨大差异，但是"他山之石，可以攻玉"，希望本书的访谈内容能够帮助我们了解美剧创作的幕后故事，分析优秀电视剧诞生的条件和原因，为国产电视剧的发展提供借鉴。

唐奇

2022 年 1 月

献给亚历克斯

致

谢

　　参与本书访谈的各位编剧的作品都是我的最爱。我有一种强烈的渴望，想要揭秘这些作品的创作历程，这既是本书创作之初的灵感火花，也是本书创作背后的持续驱动力。与这些编剧对话带给我莫大的享受，这些对话构成了本书的主要内容，希望你同样喜欢这些谈话，也希望你对我在回顾部分提出的主题同样感兴趣。感谢你们所有人！你们的热情和积极反馈造就了这本书。还要感谢那些在我还在为本书寻找定位的最初阶段就给予我启发的编剧：Peter Blauner，Julie Martin，Howard Korder。谢谢你们！此外，感谢 Baldvin Kári，他是我在本书创作的最后阶段信任的助手；感谢 John Howard 和 Alison G. Vingiano，他们阅读了部分手稿并协助我做了笔记；感谢永远支持我的经纪人 Julian Friedmann；最后还要感谢帕尔格雷夫·麦克米伦出版社（Palgrave Macmillan）的 Jenna Steventon 和 Felicity Noble，你们给了我热情的鼓励和及时的帮助。最后，我要把这本书和我全部的爱献给我的儿子亚历克斯，请相信，这是一本充满创意和勇气、精彩绝伦的编剧之书！

目 录

回顾

引言

- ◆ 高雅艺术时代
- ◆ 电视史的三幕剧
- ◆ 长篇电影叙事

高雅艺术时代

"一个时代的流行艺术往往是下一个时代的高雅艺术。"不久之前，希腊裔美国文学学者亚历山大·内哈马斯（Alexander Nehamas）在为电视辩护时写道。这与柏拉图对古希腊戏剧的嘲讽如出一辙。[①] 人们一向认为电影比电视高级：如果你不能进入电影业，那就从电视入行吧。在很长一段时间里，电视也不被视为有学术研究价值的课题。今天，事情已经不是这样了。随着剧情类电视剧获得大众和评论界的一致认可，电视终于走出了电影的阴影，走向了它的高雅艺术时代。

电影人经常涉足电视制作。这方面的例子屡见不鲜，比如 1980 年赖纳·维尔纳·法斯宾德（Rainer Werner Fassbinder）的《柏林亚历山大广场》（*Berlin Alexanderplatz*，13 集＋尾声，每集 52 分钟）、1990/1991 年大卫·林奇（David Lynch）的《双峰》（*Twin Peaks*，共两季，第一季 8 集，第二季 22 集，每集 50 分钟，前传为电影故事长片），还有 1994 年拉斯·冯·提尔（Lars Von Trier）的《医院风云》（*The Kingdom*，11 集，每集 55 分钟）。事实上，电影涉足新形式的尝试很早就开始了，或许可以追溯到 1962 年那场著名的新闻发布会。在那场发布会上，罗伯托·罗西里尼（Roberto Rossellini）宣布，作为他执导的经典之作《罗马，不设防的城市》（*Rome, Open City*）和《战火》（*Paisan*）的媒介的电影已经死了，他以后要为电视拍电影了。今天，这些电影人可以被视为某种艺术形式的先锋，这种艺术形式仍在随着时代的发展不断演变：电视剧也可以有教育与提升意义，而不仅仅是

---

① Nehamas, *Culture, Art and Poetics in Plato's Politeia*, in: ΠΟΙΗΣΗ no. 15 (Summer/Fall 2 000)：pp. 15 - 28.

娱乐和插播广告的载体。他们希望吸引那些只看公共电视台的观众，不过更重要的是，他们对长篇叙事形式的可能性感到着迷。"电视允许你随着时间的推移讲故事，"大卫·林奇指出，"这是电影做不到的。"过去几年里，电影人进军电视的现象方兴未艾，很多人从电影的叙事形式向长篇叙事形式转移［比如，2013 年网飞（Netflix）通过互联网平台全球同步首播的 13 集《纸牌屋》（*House of Cards*）真的算是电视剧吗？］甚至一些已经功成名就的主流电影人也加入了这个行列：史蒂文·斯皮尔伯格（Steven Spielberg）签约了电视剧《太平洋战争》（*The Pacific*），马丁·斯科塞斯（Martin Scorsese）签约了《大西洋帝国》（*Boardwalk Empire*）。肯定还会有更多人追随他们的脚步。

电视在艺术和商业上取得惊人的成功不是美国独有的现象，甚至不是英语国家独有的现象。丹麦电视剧《权力的堡垒》（*Borgen*）就是一个例子。目前，《权力的堡垒》在丹麦本土占据了约 50% 的市场份额，在全世界播出并广受好评。丹麦剧情类电视剧［比如《谋杀》（*The Killing*）和《桥》（*The Bridge*）等剧集］大约从 15 年前开始复兴，与丹麦本土电影产业的复兴基本同步，丹麦广播电视台（DR）公共频道的文学部门是二者背后共同的驱动力。据报道，像美剧一样尊重创剧人（creator）的地位和他们独特的"声音"，是这个部门成功的关键。正如美国有线电视频道通过赋予编剧主导地位大获成功一样，丹麦广播电视台也将"一个愿景"付诸实践。①

值得关注的是，随着美剧取得压倒性的成功，欧洲的情况将如何演变？几十年来，美国的剧情类电视剧风靡西欧，以至于在许多国家引起了激烈的讨论——关于美国文化帝国主义的危险，以及国家广播电视系统是否应该花费公共资金购买美剧，而不是制作本土节目。一些欧洲国家的电视台已经开始推出模仿美剧的剧集。这些剧集不是经

---

① 丹麦广播电视台文化主管莫滕·赫塞尔达尔（Morten Hesseldahl）在杰拉德·吉尔伯特（Gerald Gilbert）2012 年（5 月 12 日）的文章《丹麦广播电视台是如何不断推出热门节目的？》（*How Does Danish TV Company DR Keep Churning Out the Hits?*）中说："'一个愿景'意味着你相信作者和他们对故事的愿景。"

典意义上的翻拍，而是试图通过找到适合自己的元素并加以改造，使其适合本国的文化和现实，从而复制美剧的成功。最后，欧洲的电视台开始效仿美国以创剧人为中心的模式，建立编剧室。

有时候这种方法的效果不错，不过不难想见，有时候模仿的是原作中不那么重要的方面，或者模仿者没有认识到原作的本质。事实上，我们对美剧模式的基本要素还知之甚少，对编剧室中的具体工作内容和合作方式、剧目管理人（showrunner）在方方面面扮演的不同角色，以及剧目管理人与其他编剧、电视台和制片厂的关系还缺乏了解。在某种意义上，这本书旨在填补这部分空白。如果说美国剧情类电视剧的制作方式最终会影响到其他国家，至少是西半球高质量电视剧的制作方式，那么分析美剧是如何制作的、为什么要这样制作，以及这种制作方式的影响，无疑将大有裨益。这本书的视角将超越一般的电视编剧写作指南，以及主流媒体上的节目推广框架。本书的目标是通过从编剧的视角与编剧对话，为读者揭秘编剧室里发生的故事：多位编剧是如何合作的？编剧在创制一部电视剧时心里在想些什么——他们如何写作、写了什么，又是如何将其制作出来的？在我们看到的这些创作上（和商业上）的成功模式背后，有着怎样的原因和历史？

电视史的三幕剧

美国电视的历史可以被看作一部三幕剧。第一幕是 20 世纪 50 年代的"黄金时代"，领军人物是帕迪·查耶夫斯基（Paddy Chayefsky）和罗德·塞林（Rod Serling）等著名编剧。第二幕发生在 20 世纪八九十年代，伴随着《山街蓝调》（*Hill Street Blues*）和《双峰》等电视剧的播出达到高潮，这些剧集为深入挖掘戏剧复杂性奠定了基础；过去 15 年中，美国有线台剧集通过深刻的人物塑造和多线叙事将这方面的潜力发挥得淋漓尽致。《监狱风云》（*Oz*）、《黑道家族》（*The Sopranos*）、《火线》（*The Wire*）、《大西洋帝国》和《广告狂人》（*Mad Men*）

等电视剧将我们带入第三幕，这些剧集至少有两个共同点：针对的目标观众群体①相对狭窄；发展出一套高度复杂的叙事形式，既借鉴又充实了电影的叙事技巧。

今天，最好的美国剧情类电视剧能够一扫大众和评论界的口碑分歧。它们成为热烈讨论的焦点和叙事实验的阵地，通过大胆越界和挑战我们的思维方式带来一种文化冲击——美国电影已经越来越做不到这一点了，A. O. 斯科特（A. O. Scott）这样写道。②他不是唯一进行这种比较的人。奥斯卡奖得主、意大利电影导演贝纳尔多·贝托鲁奇（Bernardo Bertolucci）最近③谈到美国电影行业的现状时说："现在我喜欢的美国电影不是来自好莱坞制片厂，而是来自电视剧，比如《广告狂人》、《绝命毒师》（Breaking Bad）和《美国谍梦》（The Americans）。"他将这些电视剧比作 19 世纪报纸上的连载小说，我们后面还会进一步讨论这种比较。"除了少数独立制作，"他补充道，"我认为好莱坞出品的一切都令人沮丧。这令我非常遗憾。"斯科特解释了原因："电影和电视的传统关系发生了逆转，美国电影变得保守和谨慎，而公共台和有线台的电视剧往往更加大胆，关注时事，不怕冒犯某些人。"剧情类电视剧的发展始于有线台，以 HBO 为先锋（Showtime、FX 和AMC 紧随其后），公共台也步其后尘。本书要回答的问题之一就是，为什么这类节目能够通过有线台，而不是公共台的渠道蓬勃发展？使其保持高质量的主要因素是什么？

---

① 公共台的目标是取悦尽可能多的观众；有线台由于财务模式不同，依赖于订阅而不是广告，其目标是取悦相对较小的观众群，并将他们作为忠实观众长期保持下来。无论如何，在今天的新形势下，无限的收视率似乎已经成为过去。据报道，单集收视人数最高的电视剧集是《陆军野战医院》——有惊人的 1.216 亿人收看了 1983 年播出的最后一集《再见，上帝保佑》，超过了《朱门恩怨》（Dallas）凭借扣人心弦的《谁杀了 J. R.》一集保持的收视纪录。相比之下，《黑道家族》有 1 190 万观众。《广告狂人》在美国本土市场的单集平均观众人数是 300 万左右，对于成功的美国有线台剧集来说，这是一个正常的数字——有趣的是，这与前面提到的《权力的堡垒》这样的剧集在其本土市场吸引的观众人数相当，而丹麦市场与美国市场的规模无法相提并论（50％的市场意味着 250 万观众）。

② "Are Films Bad, or Is TV Just Better?" *The New York Times*，September 8，2010.

③ 2013 年 5 月，在罗马获得美国电影学会著名的马吉姆勋章奖（McKim）后举办的新闻发布会上。

　　值得注意的是，关于《黑道家族》、《火线》或《白宫风云》（*The West Wing*）的道德复杂性和社会深度，或者《广告狂人》背后的驱动力和文化洞察力，或者《迷失》（*Lost*）中灵性与选择的哲学主题，又或者《大西洋帝国》的史诗维度和电影制作价值，虽然已经有很多讨论，但是，对于编剧在这些电视剧中的重要性和影响力，往往强调得还不够。在强调编剧的作用时，使用的往往也是与讨论电影导演同样的方式：作为天才的个体，而不是一种范式转移的代表。与电影编剧（在美国，"screenwriter"这个词专指电影编剧）相比，电视编剧的重要性不可同日而语。在电视与电影中，编剧的角色是一个重要区别，这有可能是电视在商业和艺术上取得成功的主要原因吗？如果是这样，电视编剧的角色是如何定义的？它与电影编剧的角色的主要区别在哪里？只有一种方法能够找到答案：与编剧们交谈——他们当中有剧目管理人和"一把手"，也有编剧室中不同级别的其他编剧，还有转行投身教育、为未来的电视编剧提供指导的"前编剧"。归根结底，要真正了解现代电视编剧的合作过程，还有什么比听取许多编剧的观点更好的办法呢？

　　说到底，剧情类电视剧在艺术和商业上的成功，不仅与我们讨论和看待电视剧的方式有关，也与一些正在被改写的潜规则有关。电影和电视的跨界就是其中之一。编剧开始更加自由地从一种媒介转向另一种。《白宫风云》的创剧人艾伦·索金（Aaron Sorkin）或许就是一个杰出的范例，2011 年，他凭借电影《社交网络》（*The Social Network*）赢得了奥斯卡金像奖。至于电影中其他的传统惯例和先入之见会受到怎样的影响——比如视听叙事只能来自天才个体的观点，或者电影行业中长期存在的随意替换原作者，或者将编剧排斥在片场之外的操作——我们只有拭目以待。实际上，剧情类电视剧是许多编剧合作的结果。幸运的是，电影行业中这些将编剧排除在最终产品之外的观念和做法，是电视编剧从来没有遇到过的。这或许正是剧情类电视剧在艺术和商业上取得成功的一个重要因素。

长篇电影叙事

或许，电视与电影的分野和当前面临的最大挑战，与自电影诞生以来最古老的问题有关：什么是电影？今天，普遍的共识是，随着新技术的出现，媒介之间的区别越来越模糊——任何"媒介"都不是固定不变的。尽管如此，很多人仍然将电影与经典时代的剧院联系在一起：黑暗中不受打扰的两小时、电影节、院线发行。甚至有许多怀旧派只有在针对 35 毫米胶片时才使用"电影"（cinema）这个词。不过，还有另外一种可能的角度：如果我们认为电影（主要）是通过图像和声音来讲故事，既是奇观也是探索，那么这种媒介可以通过对现实框架发起挑战，摧毁我们熟悉的思维方式和感觉，深入地挖掘现实。如果我们相信巴赞（Bazin）① 的主张，"电影观"是先于电影机器发明之前存在的，那么优先于用来实现它的技术手段，就再也没有比电影更好、更包容，同时风险也更高的视听叙事手段了。不过，爱森斯坦（Eisenstein）认为电影是一种"优秀的感知工具"②，这也提醒我们，在早期，电影的功能是有争议的，而不是理所当然的。或许我们也不应该把"电影"的概念当成理所当然的，而是应该尽可能让这个领域敞开大门。或许，电影真的无处不在。或许，电影与其说是一种媒介或具体形式，不如说是一种精神状态——这种精神状态在电视中同样可以找到。

那么，我们的讨论是否应该涵盖那些不逊于长篇电影叙事的电视剧呢？如果是这样，又意味着什么？③ 公平地说，电视的年龄只有电影

---

① 安德烈·巴赞（André Bazin）或许是 20 世纪中叶最著名的电影评论家和理论家，他是《电影手册》（*Cahiers du Cinema*）的联合创始人，意大利新现实主义的拥护者和法国新浪潮的导师。《电影是什么？》（*What is Cinema*，2004 年，加利福尼亚大学出版社）仍然是他最有影响力的著作。

② Eisenstein, "The Dramaturgy of Film Form [The Dialectical Approach to Film Form]," pp. 25 – 42, in *Leo Braudy & Marshall Cohen: Film Theory and Criticism-Introductory Readings* (1999, Oxford University Press).

③ 事实上，这种联系已经进入了行业术语。例如，2013 年戛纳电影节上，欧洲制片和发行公司欧洲之星影业（European Star Cinema）在宣传材料中称，该公司正在"开发一系列世界级的电视节目。用引人入胜的故事、电影叙事和世界级的电影明星吸引观众"。欧洲之星影业将这些长篇小说式的巨制称为"电视上的电影"，宣言的标题是"高质量电视剧：新的电影"。

的一半，而且只是从最近（或许是过去 15 年）才开始崭露头角。编剧们只是从最近才开始学会利用这种媒介本身独特的力量。多年来，电视剧的主流都是每集一个完整的故事，每一集都是独立的。不仅程式剧如此，连续剧的戏剧焦点通常也在每一集的单元内。一集电视剧就是一部迷你电影（正如现在一集网络剧就是一集迷你电视剧一样）。然后，电视这种媒介转向了以整季为叙事单元。

在电视史上，多线叙事（多条故事线贯穿整季，甚至贯穿整部剧集）肇始于 1981 年的《山街蓝调》。不过实际上，这部剧集的创剧人史蒂文·布奇科（Steven Bochco）只是借鉴了一种其他类型的电视剧中熟悉的技术，即肥皂剧和情景喜剧，特别是 20 世纪 70 年代半小时一集的职场喜剧，比如《陆军野战医院》（*M * A * S * H*）、《玛丽·泰勒·摩尔秀》（*The Mary Tyler Moore Show*）和《笑警巴麦》（*Barney Miller*），这些剧集都可以视为《山街蓝调》的重要先驱。正如史蒂文·约翰逊（Steven Johnson）所说的，"在《山街蓝调》中，布奇科的天才之处在于，将复杂的叙事结构与复杂的主题结合起来"[①]，同时经常要触及复杂的社会问题。正如约翰逊指出的，一些故事需要努力才能理解，而这种认知过程的一部分就来自跟随多条故事线，观众在观看时必须努力将紧密交织的情节梳理清楚。甚至还有一些内容需要观众"脑补"：理解那些被刻意隐瞒或模糊掉的信息。每一集《山街蓝调》都以各种意味深长的方式使剧情复杂化。整个故事由不同的故事线交织而成——有时候多达十条，虽然其中至少一半的故事线在整部剧集中只有零星的几场戏。剧中有大量的主要人物，而不只是小角色。每一集的边界也很模糊，经常是开篇从前几集中拾起一两条故事线，结尾处又留下一两条没有讲完的。

在《山街蓝调》之前，电视台节目主管的传统观点是，一集电视剧包含三条以上的主线会让观众感到不适。事实上，1980 年 5 月《山街蓝调》试播集首播时，观众也抱怨剧情太复杂了。今天，在经历了

---

① Johnson, p. 68.

几十年的尝试和突破之后，叙事复杂性已经达到了前所未有的新高度，并在过去 10～15 年里达到顶峰。虽然本书聚焦于最近几年的美国剧情类电视剧，但是不应该忘记，我们所讨论的这些剧集是建立在前人实验的基础之上的。正如埃哲顿和琼斯（Edgerton and Jones）指出的[①]，像《黑道家族》这样的电视剧运用几十年来日臻完善的策略，在罪案和侦探剧中运用了"室内剧的视觉掌控，肥皂剧、情景喜剧和家庭剧的大特写镜头，以及动作戏和室外戏中流畅的剪辑和精彩的构图技巧"。不过，长篇叙事形式的力量在于探索人物随着时间，在犯罪、不公、婚姻和家庭等故事分支中的演变。随着剧集的播出，演员在观众眼前逐渐老去，观众对他们的个人历史和人物关系的了解影响着后续的每一幕。重要的是要认识到，电影不能复制这种人物和观众之间的亲密和理解。从根本上说，长篇电视叙事为观众提供了一种比电影更加贴近现实的体验。

今天，由于互联网和新技术的出现，新的注意力模式正在兴起。讲故事的方式正在经历时代的变革，这不仅是观众行为变化的结果，也受到观众行为变化的驱动。[②] 这些新模式带来了新问题，例如，"刷剧"模式将如何影响我们的故事结构？[③] 前面提到的《纸牌屋》的编剧显然是以一部 13 小时的电影的形式来讲故事的——这意味着，不再像传统上那样在每一集结尾留下悬念，让观众在接下来的一周里思考剧情。值得注意的是，他们选择了制作 13 集，这是有线台电视剧一季的经典集数。网飞出品的另一个有趣的例子是《发展受阻》（Arrested Development）。创剧人米切尔·胡尔韦兹（Mitch Hurwitz）受网飞委托写了 15 集剧本，每一集都从不同的角度聚焦于同一个时刻。这部电视剧摆脱了传统的注意力模式，胡尔韦兹最初建议观众可以按照任意顺序观看，但他随后又指出，如果不按照创作者预定的顺序观看，某些笑

---

① Edgerton & Jones, pp. 67 - 68.

② 更多信息参见：Matt Locke's online article "After the Spike and After the Like. A Brief History of Attention", https://medium.com/a-brief-history-of-attention/5b78a9f4d1ff.

③ "刷剧"是指观众在预定的播出时间之外，一口气看完整季或若干季电视剧。

话可能会"难以理解"。这可能只是此类实验的开始，我们将会看到在线平台推出更多新剧，不仅摆脱了预定的观看模式，而且从一开始就是围绕着新的注意力模式设计的。其他模式也会给叙事带来耐人寻味的影响，比如众筹将使观众与创作者之间的关系更加错综复杂。

不过，就本书的目的而言，我们只需要指出，随着观看习惯的演变，电视剧越来越被当成一部长篇电影来构思和创作。从这个角度，可以说美国有线台每季 13 集的电视剧，将一部 90～120 分钟的故事片的叙事潜力增加了 13 倍。这使得叙事规模从两小时的电影扩展到 19 世纪小说的水平，就像狄更斯、巴尔扎克和司汤达的作品一样，情节、人物和故事世界，以及更广阔的背景环境的复杂性都达到了顶峰。谈到这个问题，影视评论经常提到查尔斯·狄更斯的小说，因为它们最初就是以连载的形式出现在杂志上的，这在当时是一种非常流行的形式——就像今天的电视剧一样，剧情随着连载不断演变。

你将从本书的对话中看到，今天的电视编剧是以整季甚至整部剧集为戏剧单元构思剧本、设计剧情和人物的。有时候，他们称之为"视觉小说"，一部电视剧的第一季就像一本书的第一章。"回想你喜欢的任意一部小说的前几章，比如说《白鲸》，"编剧大卫·西蒙（David Simon）在他关于《火线》的书中谈道[①]，"在前几章里，你不会看到鲸鱼，不会看到亚哈船长，你甚至不会登上裴廓德号。你所做的一切就是跟随以实玛利去了旅馆，发现他要和一个有文身的人共用同一个房间。这部电视剧也是一样。这是一部视觉小说。"

有意思的是，近年来，学者和评论家越来越多地使用"优质电视剧"这个词来描述那些受到评论界特别关注的电视剧。这意味着有一些电视节目的质量更高。当然，这纯粹是主观评价，没有什么学术价值。1997 年——实际上是在今天通常所说的这些"优质电视剧"诞生之前——罗伯特·J. 汤普森（Robert J. Thompson）在《电视的第二个黄金时代：从〈山街蓝调〉到〈急诊室的故事〉》（*Television's Second*

---

① Alvarez/Simon，p. 25.

olden Age：From Hill Street Blues to ER）一书中试图定义这一术语：
"它们必须打破电视剧的既定规则，与以前的一切都不一样。由在其他
领域，特别是在电影领域磨炼过技能，具备高度审美能力的人制作。
它吸引高质量的观众。它在经历最初的挣扎之后，克服重重困难获得
成功。它拥有庞大的演员阵容，允许多线叙事。它会回顾前面几集或
几季的情节发展。它打破了体裁类型。它更接近文学。它包含尖锐的
社会和文化批评，以及流行文化中的典故和元素。它倾向于引起争议。
它追求现实主义。最后，它得到评论界的认可和赞誉，赢得各种奖项
和好评。"[1]

21 世纪初出现的另一个有趣的术语是克里斯汀·汤普森（Kristin
Thompson）的"艺术电视剧"——源于人们更熟悉的"艺术电影"一
词，二者都是以主观评价为前提。汤普森特别将大卫·林奇的电影
《蓝丝绒》（*Blue Velvet*）和他的电视剧《双峰》做了比较，认为像《双
峰》这样的"艺术电视剧"，"因果关系更加松散，更加强调心理或传
闻的现实主义，它们违背了经典的时间和空间的清晰性，强调作者性
和暧昧性"[2]。汤普森称，像《吸血鬼猎人巴菲》（*Buffy the Vampire
Slayer*）、《黑道家族》和《辛普森一家》（*The Simpsons*）这样的电视
剧"改变了长期以来关于结局和单一作者的传统观念"，这意味着"电
视已经在传统叙事形式上做出了自己的改变"，而《辛普森一家》运用
了"一系列的文化典故、故意矛盾的人物塑造，以及关于电视传统惯
例和电视节目定位的大量反思"。

无论我们是采用上述这两个术语或其中之一，还是提出如"长篇
电影叙事"之类的新术语——诚然，后者也不能回避主观评价的危险
（谁来定义什么是电影？）——有一件事情是明确的：我们在本书中主
要讨论的这些美国电视史上第三幕的电视剧有一些共同的特征，在电
影中也可以找到类似的结构，但是不同于电影的经典结构，或者用汤

---

① Thompson，Robert J.，*Television's Second Golden Age*，p. 22.
② Thompson，Kristin，*Storytelling in Film and Television*，p. 12.

普森的话说，不同于"传统叙事形式"。例如，它们的特点是故事中有多位主角，打破了经典叙事中一个人物及其观点凌驾于其他人物之上的等级结构（多线叙事，大量人物），用共时性原则取代了因果律（消除了原因与结果的形式主义论述，打破了经典的时空统一性和明确性，充满暧昧性），用程式化的欲望来代表真实的情感，无论其多么复杂（现实主义的，暧昧的，突破体裁类型）。

作为一种文学形式，为屏幕写作或许是最符合今天我们感知世界的方式的，而电视屏幕和长篇叙事或许是这种感知的最佳表达方式。事实上，在过去一二十年里，电影叙事复杂性的爆炸式增长似乎越来越来源于电视而不是电影，一个可能的原因是，在一部两小时的电影中，能够包含的情节和细节是有限的，而且传统上，电视更是属于编剧的媒介，所以更能孕育出复杂的作品。①

这一点怎么强调都不为过：忽视剧情类电视剧就是忽视我们这个时代最重要的叙事形式之一。要从创造性和分析性两方面研究剧情类电视剧的叙事，就必须深入探索编剧的创作过程和他们合作的性质。本书中收录的对话发生在过去两年里，按照时间顺序排列，涉及广泛的主题。这些谈话从多种角度深入洞悉美剧创作，有一些相似和反复出现的主题，将在"回顾"部分做详细讨论。现在，该让这些杰出的编剧们登场了。

---

① 美剧一直是编剧的媒介，因为它起源于广播。正如埃里克·巴尔诺（Erik Barnouw）在《美剧进化论》（*Tube of Plenty*：*The Evolution of American Television*）一书中解释的那样，1951年，电视网连了东西海岸，美国国会签发了更多的牌照，为全国的四家公共台 NBC、哥伦比亚广播公司（CBS）、ABC 和杜蒙特（DuMont）分配了更多的播出时间，带来了电视业的大扩张和新内容的高速发展。好莱坞对来自新媒体的竞争不屑一顾（这解释了早期他们为什么没有在电视上投放受欢迎的电影来充实节目表），而且因为这个时代在电视电影和录像带发明之前，电视直播节目表需要无穷无尽的新节目，其中90%是现场直播的。这一点和作为编剧的媒介的身份认同，是剧情类电视剧一开始从广播继承的四个特点中的两个。另外两个特点，一是资金来自广告，二是连载的性质。

谈话录

- ◆ 特伦斯·温特
- ◆ 沃伦·莱特
- ◆ 汤姆·丰塔纳
- ◆ 珍妮·比克斯
- ◆ 罗伯特·卡洛克
- ◆ 珍妮特·莱希
- ◆ 埃里克·奥弗迈耶
- ◆ 简·艾斯宾森
- ◆ 戴安娜·索恩
- ◆ 查理·鲁宾
- ◆ 蒂姆·范·帕腾
- ◆ 玛格丽特·奈格尔
- ◆ 苏珊·米勒

特伦斯·温特

特伦斯·温特（Terence Winter）是 HBO 剧集《黑道家族》的编剧和执行制片人，也是 HBO 的《大西洋帝国》的创剧人、编剧和执行制片人。此前，他为《大辩护人》（*The Great Defender*）、《姐妹情深》（*Sister, Sister*）、《战士公主西娜》（*Xena：Warrior Princess*）、《科斯比探案》（*The Cosby Mysteries*）、《海豚飞宝》（*The New Adventures of Flipper*）、《谋杀诊断书》（*Diagnosis：Murder*）、《查理·格雷斯》（*Charlie Grace*）、《迪雷斯塔》（*DiResta*）和《PJ》（*The PJs*）写过剧本。他还为 2005 年的电影《要钱不要命》（*Get Rich or Die Tryin'*）和配套电子游戏《50 分：防弹》（*50 Cent：Bulletproof*）写过剧本。他是电影《布鲁克林规则》（*Brooklyn Rules*）的制片人和马丁·斯科塞斯执导的电影《华尔街之狼》（*The Wolf of Wall Street*）的编剧。他获得过四次艾美奖（Emmys）、四次美国编剧工会奖（WGA）、一次金球奖（Golden Globe）和一次埃德加奖（Edgar）。

🎞 你为什么认为现在的美国电视剧比电影写得好？

因为在电视行业，这是你自己的节目，也就是说编剧的节目，而在电影行业，剧本交上去之后，编剧往往就被排除在外了。真正让我恼火的是，在电影行业，当编剧不在场时，人们会把剧本改得乱七八糟。这就好像你为一所房子画了建筑设计图，而当你不在家时，建筑工人来了，看着一些柱子说：嘿，我不喜欢这个。于是，他们就把柱子去掉了，也不问问你为什么要把它们放在那里。你不能说：这些柱子很重要，把它们去掉，二楼就会塌下来。或者在剧本里，某场戏或某段对话很重要，因为它们会在电影的第 92 分钟得到呼应。有时候，人们会根据故事脚本来评判剧本，这就好像试图根据配方来评价蛋糕一样。你必须吃到真正的蛋糕。你得先让我把蛋糕烤出来，再告诉我你喜不喜欢它。

但是，为什么只有电视才是编剧的节目，而电影不是？

这是因为电视的起源。电视起源于广播，而广播主要是由剧作家创作的，所以创作过程掌握在编剧手中。第一部情景喜剧是 1948 年的《戈德堡一家》（*The Goldbergs*），最初就是一部广播剧。[①] 而电影的起源更多地与视觉有关——而且最初的电影是默片，没有对白。

能说说你的背景吗？你在哪里学习编剧，是从哪里起步的？

我出生在布鲁克林的一个工人阶级家庭。我学过汽车维修，但是后来我决定去上大学。我申请了学生贷款，在纽约大学学习政治学和新闻学。为了谋生，我找了一份门房的工作，晚上工作，白天上学。但是很快，我意识到当记者谋生不是那么容易。我的第一份工作赚的钱比当门房还少。于是，我问自己，干什么能赚更多的钱？我能想到的听起来就很"重要"的职业只有两种：医生和律师。这就是我决定去读法学院的原因。我学习了几年，通过了律师资格考试。这时候，我已经欠了 73 000 美元的学生贷款，在 1988 年这就像房贷一样高。然后，我考虑过成为布鲁克林的地区助理检察官，但是那份职业的薪水仅比门房高一点点，所以我不能接受。我想，我把自己教育成了一个穷人。于是，我在曼哈顿的一家大型律师事务所找了一份工作。薪水很高，办公室很漂亮，有一天我会成为合伙人……我拥有了想要的一切。但是，我无聊得要死。

---

① 《戈德堡一家》是一部喜剧—剧情类广播剧，1929—1946 年在美国播出，1948 年被改编成戏剧《我和莫莉》（*Me and Molly*），1973 年又被改编成百老汇音乐剧《莫莉》（*Molly*），随后被搬上电视荧屏，1949—1956 年在美国播出。该剧是由编剧—演员格特鲁德·伯格（Gertrude Berg）创作的。

所以，你突然间意识到，你在追寻一个错误的梦想？

（点头）我很痛苦。每天晚上，我看电影消磨晚上的时间，试图忘记自己做出了错误的选择。我已经快 30 岁了，处在人生中至关重要的年龄，要重新选择人生道路，这是最后的机会了。我爱电影。我是看着电影和半小时情景喜剧长大的。《鲍厄里兄弟》（*The Bowery Boys*）①、《蜜月期》（*The Honeymooners*）……纽约 11 频道。我想进军好莱坞，但是我不知道应该怎样做。我的梦想似乎遥不可及。尽管如此，我还是决定从我自己的脱口秀表演开始尝试写作。我去上了课，在"连环画剧场"（The Comic Strip）中小试牛刀，在麦克风前表演。然后，我又上了几次"追星记"（Catch a Rising Star）。② 我从来没有想过把这当成职业，只是想看看自己能不能写出好笑的笑话。这条路并不容易——你看过那部介绍喜剧女王琼·里弗斯（Joan Rivers）的纪录片《世间极品》（*A Piece of Work*）吗？她是自苏菲·塔克（Sophie Tucker）以来的众多女性喜剧演员的代表。那部电影说明了一切。但是无论如何，我发现，至少我能够写出一些使人发笑的笑话。而且我认为自己能够为半小时的情景喜剧写剧本。于是，我放弃了一切，坐飞机去了洛杉矶。很疯狂，是不是？受了 20 年的教育，然后选择了一件你一无所知的事情从头再来。

或许，有时候你必须甘愿冒险才能有所收获？

（笑）我猜是这样。至少在洛杉矶，我没有为了谋生去当门房。但是，我需要一份朝九晚五的工作，然后在业余时间里努力打入电影业——或者电视业。

---

① "鲍厄里兄弟"是虚构的纽约人，他们是 1946—1958 年莫诺格莱姆影业（Monogram Pictures）发行的系列故事片的主角。该片讲述了一伙在第三大道和运河街上的路易糖果店游荡的黑帮的故事。

② "连环画剧场"和"追星记"是纽约也是全世界最早的单人喜剧表演俱乐部之一，因为帮助许多喜剧演员开启了职业生涯而著称。

你是怎样进入电影业的？

我去了编剧工会图书馆，阅读我能拿到的所有剧本，（笑）有时候我偷偷把它们带回家复印。我研究了这些剧本的结构。然后，我写了一个又一个商投剧本（spec script）。我写了一集《干杯酒吧》（Cheers）、一集《宋飞正传》（Seinfeld）。然后，我听说了好莱坞的"第22条军规"。没有经纪人，我就找不到工作；而没有工作，我就找不到经纪人。我一边努力想办法，一边向自己保证，每天都要做点什么来推进我的写作事业。每天晚上睡觉前，我都会问自己："你今天做了什么来实现你的作家梦？"如果我什么都回答不上来，我就下床去写点东西、寄出一份剧本，或者做点什么能够回答这个问题的事。后来，我从编剧工会得到了一份经纪人名单。我给他们打电话、寄剧本，从来没有得到过回复——想找经纪人的人太多了。有一天，我在名单上看到一个名字，是我过去在纽约读法学院时认识的一个人。我给他打了电话。"不，"他说，"我不是文学经纪人，我是房地产律师，只是我的一个客户写了一本书，为了登记版权，我才挂名当他的经纪人。""好吧，"我说，"我不在乎你是不是懂这行，从现在起，你就是我的经纪人了。"我制作了信头，注册了一个语音邮箱，申请了一个邮政信箱，等等。我基本上是创办了一个空壳代理机构，然后把我的商投剧本装进马尼拉纸信封，然后，我自己当信差，从一家制片公司跑到下一家，递交从这家不存在的代理机构送来的剧本。我既是编剧，也是经纪人和信差，还是经纪人的助理。一个星期五的下午，空壳代理机构接到《茶煲表哥》（The Fresh Prince of Bel Air）的执行制片人的消息，她读了我的剧本，有兴趣听听我的创意。我沮丧极了，因为这时候已经是洛杉矶时间下午4点，我在纽约的经纪人朋友已经去度周末了，我只能等到周一再联系对方。但是，随后我意识到，由于他对当经纪人这回事一无所知，我可以给对方回电话，假装我就是他。我们聊得很愉快，然后她问我，还有没有其他"年轻人"的东西，因为《茶煲表哥》是一部面向青少年的电视剧。我撒谎说，"我的客户"刚刚写完一集《纯真年代》（*Wonder Years*）的商投剧本——这不是真的，当时我已经把我写完的所有剧本都给她了。我告诉她，我可以在周二之前把剧本送给她，她同意了。所以，从周五晚上到周二下午，我匆忙炮制出一集《纯真年代》的商投剧本，然后戴上我的棒球帽，把它送到《茶煲表哥》的办公室。

✍ 有人告诉过你吗，你很会讲故事？（笑）然后发生了什么？那是什么时候的事？

那是 1993 年。几个星期后，我向他们提出一些创意，那是我第一次真正进入这个行业。

✍ 17 年后的今天，你有了自己的第一部电视剧《大西洋帝国》。这部剧集的灵感来自哪里？

《黑道家族》接近尾声时，HBO 的一位节目主管给了我一本《大西洋帝国》，这是一部介绍大西洋城的兴衰史的书，作者是尼尔森·约翰逊（Nelson Johnson）。她让我读一读，看看能否把它改编成电视剧。然后，她马后炮似的告诉我，马丁·斯科塞斯对这本书很感兴趣。我告诉她，如果是这样，我不用读就能回答她的问题，如果斯科塞斯对它感兴趣，那我绝对能把它改编成电视剧。我就是这样做的。从禁酒令时代的那一章开始。

✍ 这一章的故事后来成为第一季的弧线。但是以后各季呢？你想过这个故事要延续多季吗？

事实上，当时我心里只有一季。读完这本书，我就知道纳吉（Nucky）将成为我们宇宙的中心，此时的首要问题就是塑造他周围的人物，然后在第一季中为他制造一个困境。我知道故事将从《禁酒令》

颁布的那天开始，我知道它肯定与酒有关。时局动荡不安，犯罪率急剧上升，一种新的罪犯应运而生（正如我们在剧中所说的）——那些为了赚快钱不惜互相残杀的人。一夜之间，酒突然成了一种价值连城的商品，这意味着人们愿意为了它去杀人，愿意为了它去死。纳吉这个人物是一个腐败的政治家，他的生活即将发生剧变，因为他管理着一座海滨城市，而所有的私酒都是从海上来的。这是天赐良机，他不能放弃。他知道，通过贩卖这种违禁商品，他可以赚到几百万美元，他必须这么干——但是结果，他的生活一定会发生改变，因为这一定会带来暴力。这就是第一季的基本构思。现在，如何把它写成剧本？你知道，他有一个从战场回来的手下，有点幻灭，有点暴力，他当了三年兵，现在回来了，野心勃勃，想要大赚一笔，还卷入了一场失败的私酒交易——这次事件的后果将贯穿整季。

🪶 这个故事让人回想起 20 世纪 70 年代的电影，你不觉得吗？

当然，我是看着它们长大的。但事实上，写作就是寻找冲突。我曾经读过一本关于写作的书，它用一幅最简单的图画说明了这回事：一边是一个火柴人；另一边是太阳，代表他的目标；中间有几条直线，代表实现目标的障碍。简单地说，这就是我们要做的：找出人物想要什么，然后为他制造障碍。纳吉的目标是用和平的方式管理大西洋城，同时赚取数百万美元。于是，我们问自己：他面临的障碍是什么？政府想让他收手；禁酒探员对他穷追不舍；他的手下参与了可怕的大屠杀，这件事最终将成为他的政治灾难；他迷恋的女人是个受到丈夫虐待的有夫之妇，所以他杀了那个人，而这令两人的关系变得复杂……

🪶 你在每一集中安排几条主线？

没有一定之规，不过通常是两三条。有一集，我们安排了七条不同的故事线并行。那是第一季的第 10 集《翡翠城》（*The Emerald City*）。

这需要高度的技巧。我们在编剧室里讨论了三个月，努力理清这一季的情节，以及这些情节是如何展开的。我们需要决定在每个特定的时间点上，给出多少信息才是最有效的。讲故事时，时间和信息量是两个大问题。就像做饭，搅一搅，尝一尝，然后你会说：嗯，应该再加一点这个、再加一点那个——几乎全凭本能。我干这一行足够久了，所以当我读剧本或者看样片时，我知道故事进展得怎么样，是不是需要快一点，是不是需要更多的信息，是不是该回头去讲其他故事了，或者我们在这里已经花费了足够多的时间，该去讲讲支线了……诸如此类的事情。

在编剧室里交流时，你们会使用"幕"或"转折点"之类的术语吗？

不会。因为我们没有广告，所以我们不太关注每一集有几"幕"。在公共台，因为要时不时地插播广告，节目会被拆分成小单元，比如说六幕的结构，这不正常。我的意思是，故事有开头、中间和结尾，这是唯一真正的结构，所以我们只会考虑这些。出现了一个问题，问题变得更加复杂，然后有解决方案。我们就是这样讨论的。

有些人物的个人故事线贯穿整季。这意味着，作为观众，你只能按照剧本创作的时间顺序观看剧集。你必须看完整季，就像看一部 12 小时的电影。你是这样看待这部电视剧的吗——作为一部电影长片？

我们努力让每一集独立，就像一部迷你电影，如果你碰巧看到某一集，它仍然有自己的开头、中间和结尾，并且有意义。就像书中的一章，我是这样看的。但是要真正欣赏它，你必须看完整部剧集，你也会看完整本小说的。有些人只看了几集就发表评论，这是很可笑的。我的意思是，还有很多东西，第二集里发生了一些事，将在第九集得到呼应，他们现在还不知道。有人可能会说："不明白这场戏有什么用，谁关心那个家伙？"我必须对这些人说："耐心点，我们知道我们在干什么。"一切都是有原因的，如果到了全季终，你回过头发现这场戏没有意义，你的观点才成立。但是，只看了几集就这么说，还为时过早。还有一件事，并不是一切都有意义——有时候生活也是如此。有些人就是你生命中的过客。不是所有人都会影响到你的生活。你遇到某个人，发生了一些有趣的事，然后他离开了，再也不会出现。电视剧中的人物也是如此，这很正常。

🖋 是的，但我们努力在一切事物中寻找意义。

（笑）是的，的确如此。而且，观众已经习惯了期待大结局。你知道，可悲的是，观众看了这么多年的电影和电视，对特定的套路已经烂熟于心，所以他们不能相信，你会提出一个问题，然后不给他们明确的答案。这让他们抓狂。《黑道家族》因为让观众的期待落空而著称，但是即使在这部剧播出多年以后，人们仍然坚持说："哦，不，我打赌他们会告诉我们是怎么回事。"很多时候我们不会，我们就是要让人们抓狂。不过，他们还是会有所期待。

🖋 用不同的方式挑衅和教育观众，让他们的期待落空。你喜欢这样，不是吗？

是的，说实话，我喜欢。很遗憾，很多时候他们期待的都不是什么好事。只是某种简单的结局，不需要任何思考。不需要观众思考或提问。作为讲故事的人，这不能满足我。你可能希望一切打包得妥妥帖帖，还扎上蝴蝶结，但有时候最好的故事会让你思考它们的含义。你想知道那些人物在屏幕黑下来之后怎么样了，而不是看到他们一起骑马奔向夕阳就完了。看看《毕业生》（*The Graduate*）的结尾——那对年轻夫妇脸上茫然的表情。如果你在今天拍摄那部电影，你必须说明他们是不是从此以后幸福地生活在一起了——但实际上，你不知道这段关系会发展成什么样。

🖎 我猜，会变成《克莱默夫妇》（*Kramer vs. Kramer*）。

（笑）有可能。

🖎 你自己的计划就是这部剧会延续六季吗？

好吧，我希望如此。我必须这么想，才能创作出现在这个故事。我的假设是这部剧会有五到六季，每季 12 集。在我自己的头脑中就是这样。如果我知道我们只有两年时间，那我现在就要开始为结局做准备了，我要努力以某种方式结束这个故事。这并不意味着你要杀死每一个人物，不是每个人都必须死，但是你得想办法为到目前为止的故事安排一个令人满意的结局。

🖎 你的计划就是以禁酒令为时间框架吗？

我们可以写到 1929 年大萧条，世界陷入毁灭性的经济灾难；或者写到 1933 年禁酒令结束，这也是一个合乎逻辑的时间节点。这部剧可以从颁布禁酒令开始，到废除禁酒令结束，但是这需要往前跳跃一大截。如果我们只有六年，那么我就需要一次跳过好几年。现在，第二季回归时只是定位在第一季结束的几个月以后，所以后面就需要更大幅度的跳跃。

🖎 你有多关注真实性？

非常关注，我们非常注重细节。不过，人们仍然会认为我们犯了错误，即使我们并没有。戴尔·卡内基（Dale Carnegie）在讲授公开演讲课程时曾经写过一本书，叫作《公开演讲和商界影响力人士》（*Public Speaking and Influencing Men in Business*）。直到 1922 年或 1923 年，他还把自己的名字拼做"C-a-r-n-a-g-e-y"。然后他发现，人们听到他的名字时总是会联想到钢铁大王、亿万富翁安德鲁·卡内基（Andrew

Carnegie），尽管他们的名字拼法不同。于是，他在 1924 年把自己的名字改成和钢铁大王一样的拼法，因为他认为这样会让人们以为他们有关系。但那是后来的事。在 1920 年，他用的还是原来的拼法。我们的剧中有一个人物说他正在上卡内基的课，手里拿着一本卡内基的书。拍摄这场戏时，我说："我不在乎人们是不是认为我们搞错了，我们就按正确的拼法来，让他们自己去查明事实吧。"于是有人在互联网上说："他们搞错了，连名字都拼不对，就不能检查一下吗……"但事实上，我们是对的。

你能讲讲某一集是如何开发的吗？你自己定义核心故事，然后带到编剧室？

我在每季一开始就提出大致框架，包括每个不同人物在整季中的走向。我从人物和他们的旅程开始，比如第一季中的纳吉：我们遇到他，他遇到施罗德夫人（Mrs. Schroeder）。他和阿诺德·罗斯斯坦（Arnold Rothstein）达成了一笔进口私酒的交易，交易出了岔子，他意识到做交易的是他的手下吉米（Jimmy），他需要找个人来背黑锅，于是他陷害了玛格丽特（Margaret）的丈夫，在第一集结束之前解决了问题。但是，他还有更大的问题，因为现在他与阿诺德·罗斯斯坦开战了，而且还有一个联邦调查局的禁酒探员盯上了他。在第二集中，禁酒探员来见纳吉。纳吉需要买通施罗德夫人，给她一些钱，希望她不要说出她丈夫没有参与贩卖私酒的真相。结果，在这一集的结尾，人们发现，吉米制造的大屠杀可能有一个幸存者。现在来到第三集，事情变得更加复杂。联邦调查局从这个人口中得知，吉米可能与此事有关，所以现在纳吉要把吉米送出城。到了第四集，纳吉与玛格丽特·施罗德走得更近了；第五集，他们上了床；第六集，他们搬到了一起。我从一开始就定义好了这一切。但是，具体是如何发生的，我真的不知道。我只知道他们会在一起，他们的关系有点不稳定，他的兄弟中了枪，等等。再强调一遍，关于这一切的发展，我只有非常粗略的想法。他的王国受到了外部威胁。到了第十二集，他解决了所有的问题：他和阿诺德·罗斯斯坦做了交易，解决了他在第一集里遇到的问题，一切都结束了。一旦我们有了大的故事弧，我们就坐下来，逐一敲定每一集和每一场戏的节拍。像这样，我们在这一集要实现这个目标，具体发生的是……举例来说，在第四集里，玛格丽特·施罗德走入了纳吉的世界，所以我们问自己：这是怎么发生的？比如说，他举办了一个派对，邀请她参加，她就像灰姑娘一样，然后他们就在一起了……他的生日派对怎么样？那好，她为什么要参加他的生日派对？她是去送东西的，那她去送什么呢？让她在一家裁缝店找到一份新工作，来送一条裙子怎么样？他的女朋友在那里，我们已经看到了。她知道这个女人是一个潜在的竞争对手，然后她去送裙子，纳吉跟她跳舞，她觉得他就像一个国王，意识到自己真的很想进入他的世界……你看，一切开始慢慢聚拢。一旦我们就故事的结局达成一致，我们就把它写成大纲，然后指派我们当中的一个人去写剧本。

所有的编剧同时也是制片人吗？

你在电视剧演职员表中看到的大多数编剧/制片人主要负责写作，他们当中许多人并不实际参与制作，即使参与也是从创作的角度。达到霍华德·考德（Howard Korder）[①] 那个级别的人会参与制作——他会选角，会参加我们所有的创作会议，会出现在片场。就拥有制片人头衔的编剧而言，主要指的是编剧团队中的一种等级。剧组编剧（staff writer）、故事编辑（story editor）、执行故事编辑（executive story editor）、联合制片人（co-producer）、制片人（producer）、监制制片人（supervising producer）、联合执行制片人（co-executive producer）、执行制片人（executive producer）——这是一种描述你的业务等级的方式，

---

① 霍华德·考德是《大西洋帝国》的主要编剧之一。他还是 1988 年的成长剧《男孩生活》（Boy's Life）的作者，该剧获得了普利策戏剧奖提名。

就像军队里的军衔，从二等兵到将军。报酬越来越高，责任越来越大。这是对你从业时间的一种认可，意味着你的履历更加丰富，也是为了描述谁在做什么。

🖋 哪个编剧负责哪一集是由你来决定的吗？

是的。如果某个故事特别适合某个人，我会把它分配给他，比如说，他正是从这个领域出道的。如果有这样的倾向性，我通常都会顺势而为，我会说：你好像对这个很感兴趣，为什么不试试这集呢？

🖋 第一稿完成之后会发生什么？

我给第一稿提出意见，然后编剧再修改一遍。通常情况下，这时候还有另一集剧本和意见等待我的批复。所以，我通常从第三稿开始我的工作。

🖋 所以，你要完成每一集的第三稿，也是最终稿。你会做多少改动？

视情况而定。有时候，我把所有内容全改了，从第一个字开始重写。有些集我只改了一点点。霍华德·考德的剧本通常是按照原貌拍摄的——我可能会为了控制时长做一些剪辑。但是一般来说，或多或少，每个剧本我都要改写一些内容。但我认为这是我作为剧目管理人和首席编剧（head writer）的工作，无论如何，一切都要从我这一关经过……至于署名，我只在那些从头到尾由我完整创作的剧本上署名。你知道，在这一点上人们的看法是有分歧的。有些剧目管理人认为，如果一个剧本中他们改写了超过 50%，他们就应该署名。这完全有道理。而我选择不这么做，只是觉得这是我的工作，剧本最初被分配给谁就署谁的名字。我对在更多作品上署名不感兴趣，但是我完全理解为什么有人愿意这样做。

🖊 这和电影编剧的经历有什么不同？正如人们所说的，电影导演经常改写剧本，把它变成他们自己的作品。对你来说，为什么需要改写？是因为与原编剧的品位不同吗？我猜你的剧本也被别人改写过。

是的，我的剧本也被改写过，但我认为电视剧与电影不同。在电视剧中，你需要感觉这是一个连续的作品，是同一个声音在讲故事。所以，我会关注这一点，这一集的风格有没有和其他各集保持一致，人物有没有保持一致，他听起来还像纳吉吗？我的意思是，每一集都要经过我这一关的原因，是要让它整体上感觉像同一部电视剧。可以有不同的故事、不同的主题，但是故事的风格和讲故事的方式必须保持一致。最后，你说得对，是我的品位，无论好坏，我来决定这部剧集是什么样子……（笑）但愿我是把剧本改得更好了，我觉得是这样。必须有人来最终决定这部剧集是什么样子。电影则不一样。几年前，一个导演改写了我的剧本，在我看来，他彻底毁了我的剧本。那是我非常骄傲的一个剧本，制片厂立刻就开了绿灯①，事实上，制片厂的负责人说：这个剧本太棒了，我们只需要找个导演，周一早上就开拍。结果，他们找的导演把它改得面目全非。他拿到一个人见人爱的剧本，然后毁了它。那部电影一败涂地。令人沮丧的是，这一切都没有经过协商，没有考虑之前的设想，就好像有人急于给它贴上自己的标签。让我觉得受到侮辱的是，他在改动之前从来没有让我解释过：这场戏为什么在这里，它意味着什么。他的所有改动都没有道理，并不适合这个故事，而且没有问过我。这就好像你设计了一所房子，建筑工人无视你的设计，开始加入他们想要的东西，把柱子安在错误的地方，或者拆掉必要的柱子，也不问问作为建筑师的你为什么这里一开始要有柱子，或者至少给你个机会说明一下为什么你要这样做，而是直接按自己的意思来。这样盖房子是不可能的，你知道，二楼会塌下来。而这在电影行业经常发生，当然，这部电影也是如此。这是一个耻辱，

---

① 绿灯是行业术语，意思是"批准并出资制作"。

因为我真的为我最初的剧本感到骄傲，制片厂立刻就开了绿灯，然后一个导演毁了它……

🎬 真让人受伤。

是的。

🎬 你的著作权呢？

我尝试过向制片厂申诉，但是当时的情况有些特殊，他们正处在动荡之中，没有人真正管事，负责人即将离职，这部电影没有一个强力的制片人。而且，你知道，我们有一个口碑很好的导演，没有一个制片厂的人愿意出来说"你应该听编剧的"，没有人愿意负这个责任。每个人私下里都同意我的意见。每个人都知道我不仅是一个努力保护自己作品的编剧。每个人都知道发生了什么。但是，没有人愿意承担责任。

🎬 他把终稿给你看了吗？

哦，是的。我当时看到了终稿。我尽了一切努力，想让事情重回正轨，但是他完全听不进去。在最后关头，制片厂介入了，试图说服导演回到我原来的版本，但是没有用。他有自己的想法。最后，制片厂放弃了斗争，让他放手去做。结果就是你们看到的这部电影。

🎬 你撤销了自己的署名吗？

没有，出于商业原因。如果你获得了完整的署名权，那么合同中通常有关于分红的条款。如果我撤销署名，我就得不到那笔分红。所以，出于经济考虑，我需要保留我的署名。

✎ 他得到编剧署名了吗？

没有。他想要署名，这又是一种侮辱。他的经纪人早就说过，他"经常在他的电影中得到编剧署名"。我的意思是，编剧的署名权是编剧工会授予你的，不是你自封的！他当然想署名，但是不管他把我的剧本改了多少，故事的核心元素还是没变。我知道他争取不到署名权，而我当然不会因为他随心所欲地改写我的剧本就允许他署名。整件事情都是一种侮辱，也是电视和电影区别的象征。这件事生动地说明了为什么电影总是被毁掉。

✎ 遗憾的是，对于电影行业的编剧来说，这是司空见惯的经历。所以，更有必要强调编剧在电视行业的不同角色了。你觉得，他们为什么没有从中汲取经验呢？电视行业有那么多成功的故事，他们就不想想原因吗？现在电影的故事情节太容易预测了。

我认为其中很多只达到了最低标准的叙事水平。这些故事非常简单，其中很多都是俗套，漫改电影风靡全世界，被翻译成各种语言。细节、人物成长和文化差异之类的东西根本不存在，几乎不需要对话，全靠视觉效果，全靠爆炸，简单粗暴的好人、坏人，你知道，这个家伙不喜欢那个家伙，或者这个人爱上了那个人。这些故事非常简单，很容易翻译到全世界。

✎ 目前看来，美国的独立电影制作还很少。

是的，非常少。在我看来，一部电影的制作过程就像一部由人物驱动的剧情片，"哦，感谢上帝有人愿意为这部电影出资"；或者我不知道怎么才能把它拍出来，谁会为它买单。想想 20 世纪 70 年代那些卖座电影。70 年代的卖座大片是《法国贩毒网》（*French Connection*）、《热天午后》（*Dog Day Afternoon*）和《午夜牛郎》（*Midnight Cow-*

boy）。这些好莱坞大片，今天会被认为是独立电影。

💬 那时候由人物驱动的剧情片就是今天的电视剧。

是的，感谢上帝还有电视。你说得没错，电视剧比今天的好莱坞电影更接近 70 年代的电影。

💬 而这是因为电视剧的制作是编剧主导的。为什么电影人没有从中汲取经验呢？

跟钱有关，拍电影是一门生意，生意是第一位的。只要能赚到几亿美元，就没有人在乎故事。如果像《钢铁侠 3》（Iron Man 3）这样的电影能在全球赚取 5 亿美元，那么它究竟是一部好电影，还是像《特种部队》（GI Joe）或《变形金刚》（Transformers）一样，是一部完全没有人物成长却能卖钱的烂片，根本不重要。所以，在一个以赚钱为目标的行业，他们肯定要拍摄这些电影。

💬 但是，美剧在全世界也很畅销。

是的。到 3 月，《大西洋帝国》就会传遍世界。

💬 可能已经有数百万人通过盗版或非法下载看过了。

（笑）我敢肯定，一定是这样。

💬 在这部电视剧或者你以前制作过的其他电视剧中，有没有过这样的情况：某一集写得完全不行，编剧不得不卷铺盖走人？剧目管理人会重写这一集吗？

剧目管理人会重写。有人会被请出编剧团队。我的意思是，如果我从一个编剧那里连续接到两个需要我完全重写的剧本，我就知道他不是我要的人了。不是每个编剧都适合每部电视剧，不是每个导演都适合每部电视剧，不是每个演员都适合每部电视剧。所以，这并不意味着这个人不是一个好编剧，他只是不适合这个剧。我希望编剧至少帮我完成50％的工作。给我一份初稿，离我的要求还差一半。理想情况下，编剧能帮我完成95％的工作。但是，如果他们完全没有达到要求，我需要从第一页开始重写，那么通常意味着他不是我要的人。

🛰 当你只是剧组编剧，还不是剧目管理人时，你会整天提心吊胆，担心自己提交的剧本不够好吗？

当然。我会的。你已经尽力了。你努力领会剧目管理人的意图。幸运的话，你能拿到一个有意义的故事大纲。或者这个故事不怎么好，当你去写剧本时，你的任务就是让它说得通。要知道，剧目管理人是非常忙碌的。比如大卫·蔡斯（David Chase），我知道他最不希望发生的事就是，他的一个编剧给他打电话说："你能跟我谈谈这场戏吗？"让剧本达标是你的任务。如果它说不通，就在不改变现有内容的情况下修改它。大纲已经有了，他想看到特定的东西，得到特定的反馈。你只能希望你对剧集的理解和他的理解是一致的。而且你写的东西必须感觉像是同一部电视剧。我很幸运，在《黑道家族》中，我很早就明白了大卫·蔡斯想要什么、那些人物应该是什么样。

🛰 你之前提到的那位电影导演，与有着同样经历的剧目管理人有什么不同呢？

区别在于，首席编剧或剧目管理人实际上也是编剧。在我看来，前面提到的那位电影导演不是编剧，而且缺乏对人的尊重。我认为，大多数剧目管理人—编剧至少会和你一起坐下来，尝试搞清楚你写的是什么、为什么要这样写。而那位电影导演想都没想就把我的剧本扔到一边。这就是问题所在。如果你想改写，至少跟原来的编剧讨论一下，或者向我解释一下你为什么觉得这样行不通、现在的剧本有什么问题。从来没有过这样的讨论，他想怎么做就怎么做了。

🦴 是自大的问题吗？

当然。

🦴 作为电视剧的剧组编剧时，你有没有过这样的经历，觉得有些东西被改写得更糟糕了，甚至被首席编剧毁掉了？

是的。我写过一些情景喜剧，那又是另一种创作方式，因为它们通常有非常庞大的编剧团队，在某种程度上是集体创作的。我参与情景喜剧时，编剧会提交一份初稿，非常有趣，最有效的工作流程是围读剧本。编剧团队的每个人都会阅读剧本，然后看到一个笑话，有人会问："我们还有更好的笑话吗？"如果你对一个由 12 位喜剧编剧组成的团队说这句话，每个人都会认为他们有一个更好的笑话。然后，每个人开始提出提案。在喜剧中，由于你已经看过五遍剧本了，看第五遍时肯定不像看第一遍时那么有趣。这时候，有人讲了一个你没听过的新笑话，你就会想："太棒了，换成这个吧。"最后，读完整个剧本时，90％的笑话都被换掉了。所以，如果你是原来的编剧，到拍摄时你的作品可能已经所剩无几了。现在的版本不一定更好，很多时候只是平行替换，有时候只是为了改写而改写。对我来说，这并不令人满意。我倒没有感觉他们毁了我的剧本，只是我提交的剧本和最后的版本一样好，我不知道为什么他们不用我原来的版本。

🦴 你有最终剪辑权吗？

我最终决定每一集的风格。我不知道在合同上我有没有权利，也许没有。我想，如果 HBO 想要强迫我剪掉某场戏，这样做或许是合法的。但是，他们从来没有这样做过。

🎙 他们通常在什么时候和你交流？

他们阅读剧本大纲，然后给我打电话，提出问题和建议，要求澄清某些故事要点。

🎙 当你说到 HBO 时，你指的是？

HBO 总裁和他的创作团队。四位节目主管阅读大纲和相关评论，然后他们会阅读剧本，观看演员的日常录像，看看剧情怎么样、演员怎么样，确定一切都没问题。然后，他们会观看各集的剪辑版。是的，他们和我们联系很密切。

🎙 他们就像看门人。你必须通过一扇由四人守卫的大门才能接触到观众。

是的。我想，如果他们认为存在问题，会把那扇门看守得更严。当他们认为一切顺利时，他们就会退到幕后。只要你负起责任，而且一直做得很好，就没有问题。就像经营任何业务一样。他们（公共台或有线台）是母公司，有许多子公司。他们的业务就是电视剧。如果你是一家子公司，有盈利，运转良好，每个人都很开心，一切都按计划进行，他们就不需要那么密切地监督你。如果你经常超期、超预算，片场有人抱怨、投诉，剧本不能按期完成，诸如此类，那么就会有更多的审查。审查的最终结果就是，他们要替换掉现在的负责人，因为这对他们来说是一笔巨大的投资，他们必须确保物有所值。一旦你有了一部像这样大受欢迎的电视剧，就要让它多持续几年。他们的投资真的很大，必须确保项目取得持续的成功。

✎ 你如何选择编剧，如何选择导演？

很多都是以前跟我合作过的人，或者来自这些人的推荐；有时候是读到了我喜欢的剧本，加上私人会面。你知道，有时候一个人可能是个优秀的编剧，同时是个十足的疯子。我不知道自己是否愿意跟一个疯子每天在一个房间里待上 10 个小时，所以有一种我称之为"约会值"的东西。如果我每天都想跟这个人约会，他有天赋、懂剧集、有幽默感，他一点也不疯狂，我可以每天跟他在一个房间待上 10 个小时，不会想掐死他……我会问自己：他能跟其他人合作愉快吗？他不会太敏感、太计较吗？他愿意分享吗？对我来说，真正重要的是敞开心扉的意愿，关于你的过去、你的怪癖、那些令你尴尬的事情——在编剧室里你必须完全地敞开自己——因为我们要讲的就是这些事。我想听你说说你经历过的最尴尬的事情是什么。

✎ 别从我开始。

（笑）你知道，心碎是什么感觉？你最难过的事情是什么？你的梦想是什么？作为编剧，这是我们工作的一部分，一个人必须愿意讲述这些，并且把它们放在电视上，与所有人分享。如果你不愿意这样做，那么你对作为首席编剧的我就没有帮助，因为这就是我需要从你那里得到的东西，我需要你袒露你的灵魂。这很难，就像跟心理治疗师谈话；但你又不是在跟心理治疗师谈话，你是在跟其他编剧谈话，本质上你是在跟几百万人谈话，因为你内心深处的想法将在电视剧中以戏剧的形式呈现出来——但这就是我们的工作。导演也是一样。我需要的导演能够将剧本具象化，把它提升到另一个层次，用视觉语言讲故事，补充纸面上没有的东西，同时仍然尊重原有的东西。他们要找到一种视觉的方式来实现戏剧化，让演员以最可信、最生动的方式来表演，同时记住，整部剧必须看起来像由同一个人编剧和导演的一样。

✎ 《黑道家族》有什么不同？例如，在《火线》中，各集有不同的导演，甚至是电影导演，因此每一集的风格都不一样。

我们有全世界最好的电视导演——蒂姆·范·帕腾（Tim Van Patten）。

✎ 但并不是每一集都是他拍的。

我希望他能拍摄每一集，但是在现实中，这是不可能的。因为我们在拍摄某一集时，同时也在准备拍摄下一集，一个导演分身乏术。而且拍摄的最后一周，你要外出选景、选角，等等。前 12 集里，蒂姆拍了 4 集。拍摄其他各集时，他也在片场，作为执行制片人提供指导。《黑道家族》中有几位我们合作过的导演——艾伦·考特勒（Allen Coulter）、阿兰·泰勒（Alan Taylor），他们完全不需要监督。我们也尝试和几位非常有天赋的新人合作——布莱恩·柯克（Brian Kirk）、布拉德·安德森（Brad Anderson）、杰雷米·波德斯瓦（Jeremy Podeswa）、西蒙·塞伦-琼斯（Simon Cellan-Jones）——我看过这些人的作品，但不认识他们。在《黑道家族》中，每一集的风格都很统一，虽然只有一条规则——在治疗场景中，摄影机从不移动。远景，近景，中景，两个方向一边一个，都是这样。没有移动镜头，没有推拉镜头……因为你不希望看到一部电视剧，感觉"这不像同一部剧，到底怎么回事？"至少在我的哲学里，这里描述的是一个特定的世界——每周都应该看起来像同一个地方。

✎ 你什么时候停止修改剧本？

整个拍摄期间我们会一直修改剧本，有时候拍完还会改，比如在这里或那里加上几行。当我们开始选景和安排日程时，我可能发现，现在的剧本需要拍 15 天，而我们希望在 12 天里拍完，所以需要做一些修改。为了适应日程安排，我要删掉几场戏，或者合并几场戏，或者缩短几场戏。然后，我们会让演员通读剧本，我会听着他们大声朗读，对自己说："现在，我听到演员们把它念出来了，这段台词需要改一改。"甚至到了片场，当我们拍摄时，我还会看着屏幕，说："不，我觉得这样不行，现在我看到这场戏了，我们得修改一下，为什么不试试先说这句台词，然后走进来做那个呢？"甚至在剪辑时，我还会删掉台词。现在，我看到了全部内容，我不认为我们还需要那句台词。所以说，直到最终成品，剧本一直在修改。

这也说明了编剧参与制作有多么重要。或许这正是成功的秘诀。

正是如此。在电影行业就不是这样。

如果在剪辑室里，你发现有一场戏是你写的，你不再喜欢它了，但是蒂姆有不同的看法，怎么办？

我们会打起来（笑）。不，我们不会真的打起来。我们会争论。我们会说服彼此。我非常尊敬他。他知道，如果他对某件事有不同的看法，我会认真考虑他的意见。但是最后，你只能跟着感觉走。我们很少对什么事情有强烈的分歧。我们的感觉经常是一样的。所以，情况经常是相反的。我们会不约而同地说出同一个笑话。我们会相视而笑，因为我们想到一块去了。通常在95％的时间里，我们的意见完全一致；少数我们意见不一致的时候，也没什么大不了的，如果他对某件事态度很坚决，我通常都会同意，反过来也一样。

真是幸福的婚姻。

（笑）是的，没错。

沃伦·莱特

沃伦·莱特（Warren Leight）参与过《法律与秩序：犯罪倾向》（Law & Order：Criminal Intent）剧组工作，是《扪心问诊》（In Treatment）、《余光》（Lights Out）和《法律与秩序：特殊受害者》（Law & Order：Special Victims Unit）的剧目管理人。1999年，莱特的《身边人》（Side Man）获得了百老汇的最佳戏剧托尼奖（Tony award），这部作品还获得了普利策奖（Pulitzer Prize）提名。

📎 首先，我要说的是，你似乎是极少数在纽约工作的剧目管理人之一。你感到孤独吗？

（笑）现在有更多电视剧在这里拍摄了，不过，是的，大多数剧集仍然是在洛杉矶创作的。很遗憾。我想你能看出区别——在地点和人物的选择，以及你对它们的使用上。当我从洛杉矶的编剧那里拿到剧本时，发现里面总是有一些老掉牙的犹太人物，这类人物在纽约已经30年没出现过了。他们不知道关于种族的刻板印象已经变了。他们的剧本里会有一个人物，我们知道他要干坏事，因为他晚上出现在中央公园。然后，纽约的演员会打电话来说，你知道，现在每天晚上有20万人在那里骑行、跑步，早就不是以前的样子了。

📎 纽约似乎有很多演员。

我在纽约的剧院待了很长时间。《余光》有13集，都是在皇后区拍摄的，每一集的演员都很棒。我每周只需要花半小时选角，这里有很多演员。我会打电话给选角导演，告诉她我需要这个类型、年轻十岁的，然后她会给我四个人选，我在电脑上快速浏览他们的信息，就能找到我要的人。在洛杉矶，这是一份正式工作；而在这里只是口头承诺，对剧组和演员都是。

🎙 你是同时制作《余光》和《扣心问诊》的吗？

不，不是，那是不可能的。我做了《扣心问诊》的第二季①，有35集。这部剧有一部分是根据以色列电视剧改编的，但事实上，拍到一半我们就不得不跟原版分道扬镳了。

🎙 为什么？以色列原版的剧集都用完了吗？

不是。以色列原版已经有35集，对我们来说，这是一份礼物。但是，随着剧集的播出，你写得越来越快，压力越来越大。随着剧集的播出，情节开始失控。一些故事失去了平衡，那种失衡的方式在这里是无法容忍的。4集以后，主人公不再去做心理咨询，他的女儿来找他，一条重要的副线是：她是同性恋，做父亲的很难接受。她像许多以色列人一样去印度进行精神之旅，在我们这里用不上。故事走进了死胡同。事实证明，以色列编剧不打算让这条故事线发展到情感上的终点。而我无法想象，我们在一个人物身上花了四五集，然后就这样转移目标，这不公平。所以，我只能进行修改。在《扣心问诊》中，我的另一项尝试是让每一位病人的故事从一集延伸到下一集，然后，每一周，在每一集中追踪每一位病人，所以会有一点交叉。他们不是这样做的。原版有35集，从好的方面说，我可以看到他们做了什么……就像有35份第一稿一样。但是，在某些情况下，我只能把它们丢到一边。有些故事线在这里行不通。我想，在以色列，一个40岁还

---

① 《扣心问诊》是 HBO 的一部剧情类电视剧，由罗德里戈·加西亚（Rodrigo Garcia）开发制作，改编自海加·李维（Hagai Levi）创制的以色列电视剧。主角是一名50多岁的心理学家保罗·韦斯顿（Paul Weston）医生（加布里埃尔·伯恩饰），剧情就是他每周与病人的谈话，以及周末与他自己的心理医生的谈话。该剧于 2008 年 1 月 28 日首播，2010 年 12 月 7 日结束。

没有生孩子的女人有着各种各样的文化内涵，但是在美国不是这样，你不能这样写。你也不能像以色列原版结局那样，在这条故事线的结尾让心理医生说："生下孩子，这是最重要的。"心理医生对病人这样说是错误的。

🎙 你的工作从哪里开始——剧本还是成片？

我们看了成片。我们也有剧本的译本。然后，我们在编剧室工作了三周。整个团队观看了整部剧，我们从整体上重新规划了每一周人物的弧线和心理医生的弧线。在看到剧本之前，我们已经走上了一条完全不同的道路。然后，还发生了一件事，这种事情在任何剧组中都可能发生：当你拍摄时，事情发生了变化。当然，在心理治疗的过程中，心理医生可能会说："我希望她这周能意识到这一点。"但是，你无法控制病人会怎么样。我也无法控制演员的情感走向。我可能有预设，我可能有渴望，但人物的感情是非常微妙的，演员之间发生的一切必须在下一集反映出来……我一直祈祷约翰·马奥尼（John Mahoney）扮演的角色崩溃，我一直在打击他，但他就是不肯屈服。这让加布里埃尔·伯恩（Gabriel Byrne）扮演的角色非常沮丧，但这实际上反映了一个从来不去看心理医生的65岁老人是如何感受世界的——他会封闭自己。马奥尼的角色的崩溃比我预想的晚了两集半。那一刻非常感人，在很大程度上奠定了整季的基础。但是在原版中，这个人物后来消失了，如果我坚持最初的故事线，或者逼着他这样做，这一切就不会发生。顺应演员的表演让我们达到了目标。

🎙 你是《扪心问诊》和《余光》的剧目管理人，在那之前在《法律与秩序：犯罪倾向》剧组工作？

是的，背靠背。

✿ 你在这三部电视剧中的工作方式一样吗？

不。《法律与秩序》① 有不同的方法。首先，它不是那么基于人物的。它的故事是 45 分钟的谋杀案，有一条 A 线，有时候还有一条 B 线。最好的方法就是，花一个小时和编剧分解故事。在这部剧集中，有时候分解一个故事要花上七天。情节太复杂了。我在编剧团队待了四年，做了两年剧目管理人。在这六年里，每一集都把剧目管理人和编剧搞得筋疲力尽。在其他电视剧中，每个人有自己的声音，但是这部剧的剧情太紧凑了，有太多不成文的规定。剧目管理人的职责就是确保每一集都不重复。如果七集以前的一个嫌疑人因为出轨洗清了嫌疑，那你就不能再用这一招了。你必须努力保持故事线，你必须了解剧中的人物。在某种程度上，团队创作的剧情不可能那么严密——从来都不可能。这六年里，我们在编剧室中讨论剧情时从来不会超过三个人。这是一部一对一的剧集。你必须为你的警探制造最大的困难，这也意味着给你的编剧制造最大的困难。你必须不断尝试。

✿ 《扣心问诊》是什么情况？

从一开始，每一条故事线都有一个编剧。在编剧室开会讨论之后，我敲定每一个编剧的故事节拍，梳理每一条故事线。编剧给我一份大纲，我对大纲提出意见，我要求每一集都是三幕的结构。拍摄一部只有两个人坐在房间里的电视剧是有风险的——它可能结构散乱，可能缺乏叙事上的推动力。在第一季中，有时候一个人会说："我昨晚做了一个梦。"然后，他就开始讲述他的梦，足足用掉六分钟的时间——有时候这个梦甚至与这一集的主题无关。通常，一个编剧会给我一两份

---

① 《法律与秩序》是由迪克·沃尔夫（Dick Wolf）创制的警察和法律程式剧，是《法律与秩序》系列的组成部分。该剧于 1990 年 9 月 13 日在 NBC 首播，然后通过辛迪加出售给各有线台播出。截至 2013 年 2 月 13 日，已经有 995 集《法律与秩序》原创剧集播出，成为美国黄金时段播出时间最长的罪案剧。

初稿，有时候是三份。需要我改写的大多是心理医生的部分，他的语气必须保持一致，他可以用不同的方式对待他的病人，但是我们必须理解这个人物。大多数编剧都把注意力集中在病人身上，对病人更有认同感，所以我必须保护加布里埃尔的角色。还有，加布里埃尔一天12小时坐在那张椅子上，我必须让他活跃起来。在现实生活中，心理医生没有那么多收费减免，也没有那么多高光时刻。对心理医生来说，并不是每次治疗都能有完美的结局。不过，我有一位世界级的演员，他需要在表演中不断挑战自己，否则可能到了某个层次上，我就会失去他了。

每位编剧负责一个病人，写大约四集？

是的。我们每集拍摄两天，这个时间是非常短的。所以，用他们的话说，每周我都需要"出版"三集剧本。每天早上，我和加布里埃尔在片场，这是他第一次读到当天上午要拍摄的剧本。我们通读剧本时，通常其他演员已经准备好了，所以我们可以开始拍摄病人的角度。我们要花一小时阅读剧本，和加布里埃尔讨论。演员们去化妆。灯光亮起来以后，我会上楼去以最快的速度改写前半集，根据我看到的情况做出调整。这是我的职责。我很少让那一集原来的编剧做这件事，部分原因是他们喜欢自己写的东西；而作为剧目管理人，我的任务就是要知道我们可能做些什么、可以做些什么。原来的编剧在自己头脑中有一个剧本，但加布里埃尔可能不是这样理解的。如果我们是在花四周时间排演一出戏剧，有好几位剧作家参与的话，或许我能够让他们达成一致。但是，如果一个小时之内你就要开拍了，有时候你就得听演员的。你必须相信他们的直觉。在某种程度上，加布里埃尔比编剧们更加了解他的角色，也比我更了解。所以，我只需要看着他，观察他的反应。如果我注意到他不对劲，我想知道是怎么回事，或者他会问我："这个人物为什么会这样说？"我会说，背后的想法是这样的，这是心理医生告诉我的。我也让一位心理医生阅读了所有的剧本。

✒ *那正是我的下一个问题。*

我在第二年找来了一位心理医生。这样一来，至少我总是能解释人物为什么会这样说了。有时候会有错误，或者有不同的方法。我会观察加布里埃尔，他有时候会越来越情绪化，有时候则比较冷静。他和艾莉森·皮尔（Allison Peale）有一场对手戏，他几乎是强迫她去做化疗，甚至亲自带她到医院去，这是他们关系的高潮。这场戏写得很清晰、很冷静，但是当他们排练时，他们不再是医生和病人，而是父亲和女儿，场面变得非常富有戏剧性。这一切一直潜藏在那里——他想要付诸行动，想要摘掉所有面具。所以，我朝着这个方向改写了这场戏。这一集原来的编剧当时很生我的气，因为我改了她的剧本。不过最后，这一集成了她最喜欢的一集，只是在当时，她无法做出 180 度的转变。你只能希望你的选择是正确的，因为如果你错了，编剧永远都不会原谅你。即使你是对的，编剧也会记得他（她）当时有多生你的气。但是，加布里埃尔的直觉是对的。别让台词碍了事。不要给他们整段话，给他们几个词就够了，让他们来推动整场戏。

✒ *在《余光》中，编剧室的运行方式更加传统，是这样吗？*

是的，那是一次真正的编剧室体验。在《扪心问诊》中，甚至没有剧组编剧，只有独立编剧。从一开拍，编剧室就解散了。他们会过来提交几集剧本。中途我会把大家召集到编剧室一周，只是为了了解每个人的进度。《余光》[①] 在许多方面都不一样。我接手了一个失败的试播集。这个试播集已经拍完了，除了那个名不见经传的演员外，各方面都很糟糕。但是，其中肯定有某些他们喜欢的元素，所以他们想

---

① 《余光》是 FX（福克斯电视网）的一部拳击题材的剧情类连续剧，霍特·麦克卡兰尼（Holt McCallany）饰演帕特里克·"莱特"·利里（Patrick "Lights" Leary），他是新泽西人，曾经是重量级拳击冠军，正在考虑复出。该剧于 2011 年 1 月 11 日首播，最后一集于 2011 年 4 月 5 日播出。

让我来改写。他们不想重拍整个试播集，他们想让我保留尽可能多的部分，加入另一个故事，为已经拍完的一些戏重写台词。从技术上看，这是我做过的最棘手的一份工作。从零开始要容易得多。但是，他们已经花了六七百万美元，不想把它扔掉，他们不愿意承认他们需要做的就是把它扔掉。他们花了 15 天拍摄这个试播集，重拍又花了 7 天，而这后 7 天拍摄的内容占了全部内容的 75%。从原来的试播集中，完全看不出剧情的走向——这是他们找我来的另一个原因。所以最后，我改写了试播集，又写了一集正式剧集，他们说好，我们开始制作这部电视剧。然后，我组织了一个编剧室，这是一个传统的编剧室。

有多少位编剧？

不多。一个职员、四个编剧和我。实际上，一开始只有四个编剧，职员是在拍摄阶段才加入我们的。事实证明，这个规模很合适：五个人，每个人都有机会发言。超过这个数字，分歧可能就太多了。所以，我们有四位编剧—制片人和一个职员。职员是编剧工会指定的级别，拿固定薪水。在我这里，编剧要兼任制片人，因为我需要编剧去片场。实际上，随着剧集的拍摄，我们还有一些独立编剧。我想，如果是在五年前，我们的团队要大一倍。

所以，编剧室正在小型化？

当然。这些编剧拿的是制片厂的薪水，但是在我们的办公室工作。每位编剧有一张桌子，但是没有独立的办公室。有些编剧很喜欢这样，就像一个小社区；有些编剧还是喜欢用墙壁隔开，不太容易适应。摄影棚通常设在纽约的一些阴暗角落。我们的摄影棚在皇后区的三区大桥下，除非迫不得已，否则没有人愿意到那里去。我们只有在开拍后才会过去。这个地方更安静，也没那么混乱。

✎ 你认为编剧室的传统是美剧创作如此成功的原因吗？

事实上，这是我第一次参加法律意义上的编剧室。我们做的第一件事就是通读了我自己写的两集，他们对我非常残忍。他们对我的批评比我对他们的批评严厉多了，很容易严厉过头。我是剧目管理人，并不意味着我的自尊心就不会受伤。但是，编剧室是一个集体，集体的智慧胜过个人，就像一个更大的大脑。你需要有一个人说："不，我知道你在说什么。"但这太快了，如果我们在第二集就这样做，以后就没法收场了。你需要真正聪明的人，带来不同的声音。你不能有太强烈的自我意识，你不能有一个好胜心胜过一切的编剧。某个人的大男子主义会毁掉一间编剧室。如果有人一直争论不休，那家伙会毁掉编剧室。这是一种化学反应。你需要一个有点爱挑刺的家伙，对于他说的大部分东西，你都不想理会。但是偶尔，他会说出一些别人想不到的东西。

✎ 你是如何组织编剧室的？

这是一部关于拳击的电视剧，所以有一个高中时当过拳击手的家伙，有一个职业综合格斗（MMA）选手，还有两个人对过去30年里进行过的每一场比赛如数家珍。他们会提到一场比赛，我们就上 YouTube 去看。有一个人来自《广告狂人》（Mad Men）的编剧室。有一个编剧有三个女儿，我有两个女儿，女性编剧有姐妹。我不希望一部剧集中有三个女儿的角色，而所有的剧组成员都是男性，或者没有人有女儿。我想要某种程度上的文化融合。

✎ 说到文化融合，似乎大多数美剧都是由白人男性写的。

是的，有很多白人男性。这就是问题所在。如果编剧室里都是犹太人，而主要角色是一个爱尔兰天主教徒拳击手，这就不合适了。这个拳击手的婚姻是剧情的重要内容，所以对我来说，有一个编剧拥有一段长期、复杂的婚姻关系是很有帮助的。文化融合是很困难的，有各种各样的原因，但是如果做不到这一点，就会很麻烦。阶级融合也是必要的，我可不想看到五个贝弗利山的天之骄子写一部关于拳击的讽刺剧。我需要白手起家的编剧。我写的大多是蓝领阶层的人物，事实证明，那些白手起家奋斗上来的编剧比那些含着金汤匙出生的编剧更适合我。我有一个小测试：编剧第一次来跟我见面时通常会喝咖啡或牛奶，我会看他们离开时会不会把用过的杯子带走。如果你把杯子留在原处，说明你习惯了有人在你走后收拾它，你就不是合适的人选。如果有一集明天就要拍摄了，而剧本还没搞定，你不是这集的编剧，我请你帮忙改写其中女儿那场戏，你会答应吗？每个人都要给其他人补台，而这与署名无关。谁写了什么和电视上的演职员表没有关系，我们的署名体系很糟糕，所以我们平均分配署名。随着剧集的播出，我尽量给那些更努力工作的人多分配一些署名。但是，有些人只关心署名，他们就是你的麻烦。

✍ 这也和你在这个体系中能够赚到的钱有关，对不对？

和钱有关，也和你的下一份工作有关。我认为，洛杉矶的编剧等级观念更强，更渴望升级。在纽约，大多数人可能不知道不同头衔的含义。但是在洛杉矶，每个人都知道监制制片人和联合制片人的区别。在洛杉矶，你要顺着这道梯子往上爬。在纽约，没有那么多编剧室，有戏可拍就行了，所以不一样。

✍ 在你接手之前，编剧要写几稿？

视情况而定。到了季末，每个人的工作速度都要加快三倍。你有四天时间给我初稿，有时候我不得不接手，通宵改写，第二天就开始准备拍摄。最后有几集，我在初稿上熬了两个通宵。那真是要命，因为你要每周工作 80 小时，然后再熬一个通宵。有些编剧到了极限，有人生病，有人家里有事——作为剧目管理人，最后任务都要落在你身上。我们在编剧室里敲定节拍，整理出第一稿的大致框架。然后，我会说："你来写这集。"然后，你就把卡片贴在白板上，我们一起研究故事线。如果你知道你要写哪一集，你就必须对那一集负责。然后继续，我为接下来的每一集指派编剧。到第七集时，每个人都领到任务了，我写了前两集，而我们的职员离职，所以是时候重组了。但问题是，到了第七集以后，你的编剧中总有一个人不能参与剧情策划，因为他要在片场参与拍摄；还有一个人不能参与剧情策划，因为他要去外景地，为他那一集做准备；还有一个人不能参与剧情策划，因为他要保证在那一周写完自己那集。所以，你的编剧室——到了一季中的这个阶段，你就没有编剧室了。所以，到了第二轮，我基本上是单独跟每一位编剧策划剧情；如果还有别人能来，那就太好了。但是，随着剧集的播出，编剧室里的人越来越少。

🛰 当剧目管理人和只当编剧有什么区别？你的写作时间变少了吗？

是的，我的写作时间变少了。不过，我会参与剪辑。每一集可能耗费 4 小时到 60 小时不等。这是真正意义上最后的改写。每一集都是我剪辑的。我也会改写每一集，每一集最后都要过我这一关。剧目管理人可能改写每一集的 10%～100%，取决于我拿到的东西、初稿的状态、编剧的状态、我面临的时间压力，等等。

🛰 发生这种情况时，你会在一季中间更换编剧吗？

是的。每次策划剧情时，我的助理都在工作室，所以他能帮上忙。我有一个剧本监督协调员，他总是能搞定一切，我把整个剧本都交给他。编剧签了整季的合同，所以如果有人不能胜任，你要么付给他们全部薪水，让他们走人，要么把他们留在团队中，希望他们还能为你做点什么。

有时候他们能，有时候他们不能。不过，在其他剧组中……例如，在《法律与秩序：犯罪倾向》中，我从预算中预留了一点钱，如果情况不妙，我还可以再找一位编剧来写最后两三集。现在的问题是，九集中，我已经改完了八集的初稿，剪辑了其中六集，如果找一个新人来帮忙，怎么才能让他跟上进度？有跟他解释清楚的工夫，我自己都写完了。

✒ 又是这个问题：你为什么不自己写呢？

因为我要去片场，我要选角，我要处理制片厂的意见，我要处理电视台的意见……

✒ 都是什么样的意见？在创作方面，你对制片厂和电视台的控制力有多大？

你知道，这很有趣。FX①会逐字逐句地阅读每一部初稿。我跟NBC、HBO和FX都合作过。在《扪心问诊》中，制片厂和电视台几乎不可能这样做，因为我们每天都要交出30页剧本。有一个执行制片人，有时候他会提出一些意见。我总是听取意见，总是跟他们沟通，希望搞清楚他们是怎样理解的……我不是假装聆听，你知道，我是真的试图理解他们的问题。这段情节让你觉得困扰，好吧，我们这样安排的原因是这样的。如果你是和通情达理的人共事，进行通情达理的讨论，这样就很好。有时候，旁观者清，跟他们交谈你才发现，某些你以为很清楚的东西实际上并不清楚，他们完全没有意识到两个人物正在坠入爱河，他们一点都没看出来——知道这种事情总是好的。我发现FX的人是绝对的内行，在一季里，可能会有三次他们表示强烈反

---

① FX是新闻集团福克斯娱乐集团旗下多个相关付费电视频道的总称。FX最受欢迎的原创剧集有《盾牌》、《整容室》（*Nip/Tuck*）、《裂痕》（*Damages*）、《火线救援》（*Rescue Me*）、《混乱之子》（*Sons of Anarchy*）和《火线警探》，以及喜剧《费城永远阳光灿烂》（*It's Always Sunny in Philadelphia*）、《路易不容易》（*Louie*）、《联盟》（*The League*）、《犬友笑传》（*Wilfred*）、《间谍亚契》（*Archer*）和《美国恐怖故事》（*American Horror Story*）。

对，大多数时候他们的意见非常有帮助，提醒我有些东西需要澄清。不过，也有一些明显的分歧。当一季进展到中途，我会说："你看，你一定知道，我一向认真对待你的意见。如果这是我第五次说'不'了，我的意思可能就是不行。所以，要么告诉我不想改也得改，要么就别再问我了。我尊重你，但是我不想这样做。"

🎬 你认为这些修改是基于戏剧理论，还是基于其他日程上的要求？

每家公司都不一样。在公共台，他们要保证你的主角讨人喜欢。他们要保护主角——这经常让电视变得乏味。FX 喜欢复杂的、有缺陷的人物。有时候，人物有个原型，来自团队中某个人的观察，所以我必须解释：不，剧情不是这样发展的。他们需要澄清。有时候，他们担心以前已经看过类似的东西了。有些意见是关于制作的，比如我们可能不能在 7 天内拍完。这些意见，我都很重视。

🎬 你会听到诸如"观众不喜欢这样"之类的话吗？

没有人知道观众喜欢什么。不过，是的，有时候他们会这样说。有一个经典的例子：即使在《广告狂人》中，编剧们也希望妻子在某个时刻有外遇。电视剧的规则是"妻子不能出轨"（笑）。所以，他们在结局让她出轨，但是她不喜欢这样，她只是为了报复他，出轨是个错误。

🎬 这很荒谬。

美国电视上的妻子不能出轨。

🎬 所以，是有道德规则的？

是的，有，但是只有当你违反了这些规则时，你才会知道。显然，观众能够容忍男主角的许多性格缺陷，对女主角的容忍度则要低得多。

我认为,《护士当家》(*Nurse Jackie*)很有趣,因为它突破了这种限制——但它是一个特例。它的女主角天生就有观众缘,所以她能做一些别人做不到的事。无论如何,这是不成文的规则之一。

🎙 你认为这些规则是从哪里来的?

我怀疑他们发现,观众看到妻子的角色时会关掉电视机。如果她出轨了,你不会再同情她。有些规则可能没有事实依据。有很多电视剧制片方说:"我们不想看到穷人抢劫或者杀害穷人,观众不感兴趣。"有些东西是随着时间决定的。看看现在的公共台,我觉得已经没有多少严格意义上的黑人剧集了。

🎙 的确如此。

所以这很困难。如果你去看《海军罪案调查处》(*NCIS*)或《犯罪现场调查》(*CSI*),时不时就会看到黑人对黑人的犯罪,顺便说一句,这是美国最常见的犯罪。你不再会在美国的电视上看到这种情节了——许多罪案剧中的受害者通常都是富人,凶手也是富人。南方是个例外,但大多数罪案剧都是高端犯罪。因为没有人真的相信,观众想看到贫民区的犯罪。

🎙 这就造成了曲解。

是的。但是,如果你尝试改变,而收视率在三集之内下降了,他们就会说:看到了吗?

🎙 你觉得有足够的空间让你去尝试一些东西吗?

在《法律与秩序:犯罪倾向》中,我每年会做一两集这样的尝试,我会遭到迪克·沃尔夫(Dick Wolf)排山倒海般的批评。我认为,我们做得最好的一集是以纽约的一桩无差别三重谋杀为原型的。几个移民孩子杀害了几个从大学放假回家的黑人孩子——这些黑人孩子逃离了那个社区，却被无缘无故地杀害了。这是令人心碎的一集。我十分肯定这一集没有失去观众，但是你知道，很多人对我说："别做太多这样的剧集。"（笑）还有一条不成文的规则：如果是警察剧，他们不想看到太多腐败的警察。这可能是因为警察剧剧组与警察的关系很好，因为要在他们的地盘上拍摄。传统派相信，你的人物必须是英雄，所以公共台想让警察成为英雄，而不是犯错误。有线台则不同，《火线》不是那样，《盾牌》（*The Shield*）也不是。

📡 **你认为有线台正在变得越来越保守吗？**

有线台的情况是这样的：现在竞争太激烈了。比如，我有一部非常好的拳击手题材的剧，它要和《橄榄球之恋》（*The Game*）——讲的是橄榄球大联盟运动员的爱情故事——竞争，要和《南城警事》（*Southland*）竞争，要和《小妈咪》（*Teen Mom*）竞争。以前不是这样。如果你有一部剧情类电视剧在有线台播出，它就是那天晚上那个时段唯一的剧情类电视剧，大家都能接受。你知道，周日晚上是 HBO，周六晚上是 FX。但是，现在有很多竞争者。现在电视台有品牌，所以每个公共台都在推广特定类型的电视剧，观众也知道在哪个台可以看到哪类剧集。我不知道这是不是让电视台变得更保守，但是每个公共台内部的相似程度越来越高。我还是要说，有线台拥有最具挑战性的、人物驱动的剧集。《护士当家》不可能是公共台的剧集。《余光》不可能是公共台的剧集。《南城警事》作为公共台剧集失败了。有些电视剧在公共台坚持不了一个小时。有线台也有类似公共台暑期档的节目。

📡 **顺便说一句，《实习医生格蕾》（*Grey's Anatomy*）里面有一位出轨的妻子。**

哦，是的。那是一出群戏，那种情况下，或许你可以这样做。不过，说真的，《广告狂人》对此进行了大量的讨论。《广告狂人》在有线台播出，它天生就是一部突破性的电视剧，马修·韦纳（Matt Weiner）来自大卫·蔡斯的编剧室……你知道，这就像一种信仰。人们不会质疑这些规则，他们只会牢牢抓住它们不放。

🛰 这也与你作为剧目管理人的压力有关吗？

我想，许多剧目管理人，甚至是那些我们所知的最敢于打破规则、最强硬的家伙，内心深处也有某些规则。说实话，我不认为不让珍妮特（Janet）出轨的压力来自 AMC，我觉得可能是马修自己不敢这样做。这可能就是编剧室中有个跟你不一样的人的好处。你知道，如果编剧室中有女性编剧，讨论就会很不一样。编剧在他们的作品中体现出一定的文化视角，自己却不是总能认识到。所以，我需要编剧室中有人为那个 15岁的女儿代言——因为她曾经是一个 15 岁的女孩，对她来说可能更容易一些。我们需要有人说："哦，不，我不喜欢我的父母那样做。"

🛰 能在编剧室里做到这些真是太棒了！

编剧室成员几乎都是我挑选的。

🛰 你会看人们的履历吗？我是说，除了他们的作品和影片集锦。

我会阅读他们写的东西。大多数时候，人们的写作都是有机的，他们总是在通过这样那样的方式描写他们自己和他们的生活——所有的事情。我想知道你感兴趣的主题是什么，以保证我选择你是正确的。

🛰 作为一名剧作家，电视剧能够满足你吗？

《余光》的创作让我非常兴奋，我觉得它是我职业生涯中最好的作品之一。为一种篇幅更长的叙事形式策划情节是令人兴奋的。戏剧或电影只有一集。电视剧有 13 集——最后可能只有 13 集，但是这个长度已经很好了。

🎞️ 你是把一季电视剧当成一部电影看待的吗？

是的。我们在一季中采取了三幕式结构。我们很清楚，我们要将主角的复出推向高潮。前 4 集是第一幕，在第 4 集的结尾，他们不接受他重返拳击台，显然整个故事还没有结束。第 5 集到第 9 集是第二幕，是这一季的中段，在我心里是剧本的第 60 页。这是他复出后的第一场比赛。最后几集推向一场重要的重赛。加上试播集，12 集中的每一集都围绕着一场比赛。他要对抗他的家庭，他要对抗他的原生家庭，他要对抗拳击比赛的赞助人。整季采取了电影的结构。

🎞️ 这在电视剧中并不常见。

不常见。我也不确定能不能坚持下去。我甚至不确定第二季还能不能这样做，因为没有一个像这样的重要使命了。我认为，三幕式结构是非常有价值的，甚至在一场戏之内也是如此。我认为，总是应该采取三幕式结构。当然，一整季应该有一种人物在旅途中的感觉。就像正游到湖中央，感觉筋疲力尽，既到不了对岸，掉头返回又太晚了——对我来说，这就是中点。中点是一场他毫无胜算的比赛。我在这部剧集中有很好的故事弧。在某种程度上，我觉得整部剧都是我写的——实际上，我只写了试播集、第二集和最后一集，这几集是我自己写的（当然，我对其他集也有贡献）。这个故事由我开始，也由我结束。我一直想写最后一集，一个晚上就写完了，我一直在等待着这一刻。

🎞️ 你喜欢尝试不同的形式吗，电视、戏剧、电影？

喜欢，但是戏剧需要的准备时间太长了。而在电影行业，大多数剧本根本不会被拍出来。电视有电视的乐趣——在某种程度上，我比剧作家更有控制力。排演一部戏剧是很难的，现在连立项都很难。我在 4 个月里拍了 35 集《扪心问诊》，在 4 个月里拍了 13 集《余光》，这是很多很多故事。在纽约，3 年能有一部戏剧上演就很幸运了，我受不了那种漫长的等待。我喜欢被人用枪指着，我喜欢压力。

✎ 拍完《余光》之后呢？

我不知道。这是电视的另一个特点。我们结束了《余光》，我想这可能是我在电视行业干得最好的一年，自从《身边人》获得托尼奖以来，《余光》收获的评论是最好的。[①] 但是，电视评论并不那么重要。我们在一个糟糕的时段播出，必须为了生存而战。这有点像戏剧。每一次都像掷骰子。你知道，我是做戏剧出道的，早就习惯了。你可能有一出每个人都喜欢的戏剧。如果《纽约时报》给了你差评，你就完了；或者你也可能得到了好评却不卖座，因为你没有名演员。在戏剧界，你总是能够感到你的职业生涯多么短暂。电视行业也是如此。在电视行业，每年春天你都在考虑你的下一份工作是什么，你要从头开始做一部新剧吗？那工作量会大得可怕。《余光》的第一年比《法律与秩序：犯罪倾向》的第六年要困难得多，后者是我担任剧目管理人的第二年，是那部剧的第六年。如果我死了，可能要等到播出七集以后才会有人注意到。剧组成员知道他们在做什么，你不需要招人，不需要指导剪辑师，导演可能已经跟你共事多年，有一个简单的说法：你不用重新发明轮子。一部电视剧的第一年是一次飞跃。

✎ 尤其是原创作品。

演员们要搞清楚他们的人物在哪里。摄影导演要搞清楚如何拍摄、如何打光，以及我们还有多少时间。

---

① 《身边人》于 1998 年首播，讲述的是一个爵士小号手、他酗酒的妻子和他们的儿子的故事。三位音乐人由弗兰克·伍德（Frank Wood）、迈克尔·马斯特罗（Michael Mastro）和约瑟夫·莱尔·泰勒（Joseph Lyle Taylor）饰演。

🎞 这令人着迷。

是的，但是也令人筋疲力尽。《余光》的拍摄周期是 7 天，跟 8 天的拍摄周期完全不同，我没有意识到它会有多复杂。这不仅增加了每天的拍摄难度，而且缩短了准备期。而且你需要额外的周末。在 8 天的拍摄周期中，你几乎总是能有额外的周末；7 天就不行了，你只有一个周末。光是后勤工作就很困难。我意识到，我们不能回公司，我们必须留在外景地，因为通勤时间就会要了我们的命。

🎞 你手头总是有准备就绪的项目吗？

不。今年冬天我写了一个试播集，但是似乎没有被选中。现在，我正站在一个十字路口。我在等待《余光》的消息，我也接到了别的邀约。如果《余光》不再继续，我就要思考下一步要干什么了。这部剧的第二季、那部剧的第十季——此时此刻，我还不知道自己想干什么。每周工作 90 小时是家常便饭。

🎞 那是什么感觉？

忙得晕头转向。

🎞 但是，你也需要一些休息时间。

是的，我已经四年没有休息过了。一部剧结束，马上开始下一部，我必须抓住机会。《扪心问诊》在一年中最尴尬的时间结束，幸运的是，《余光》刚好出现了——但是这意味着没有暑假了，我整个 8 月都在忙这部剧。如果我只做公共台的节目，会有一种自然的季节周期。而因为我从公共台转到有线台，又转到没有固定日期的有线台，难度越来越高。对我来说，一部剧的第六季比第二季要容易。我可以马不停蹄，不过你说得没错，我也不介意慢下来喘口气。

🎙 你能做到吗？你会不会害怕失去动力？

是的，如果到 5 月还没定下来，我就要失业一年了。

🎙 那很糟糕？

（笑）是的。

🎙 为什么？

好吧，你总是希望有点收入。你必须保持惯性，从头开始是很难的。有许多编剧会休息一年，创作他们自己的戏剧。但我总是在赶最后期限，我很擅长这个——在这一点上，我了解自己。我需要知道有人在等着我的剧本，然后它会被拍出来。

🎙 你不会感到疲倦，或者遇到创作瓶颈吗？

没有最后期限时，我就会遇到创作瓶颈。而我面临的情况是，周一就要拍摄。（笑）如果周一就要开拍，现在已经是周五晚上了，你真的不会遇到创作瓶颈。你只能赶快写完。

🎙 你喜欢拍摄阶段吗？听起来你喜欢。

是的。我非常喜欢和演员一起工作。

🎙 你是边干边学的吗？

我在剧院时学会了跟演员合作。关于选角的流程，剧院教会了我许多，这对我帮助很大。我想，很多剧目管理人只是在编剧室里写作，但是我喜欢跟设计师一起工作，他们通常都很敏锐、有见地，而且和你越来越默契。如果你在关键点位上拥有这样的人选，比如制作经理，那就太好了。很多时候，他们能够用创造性的解决方案来解决恼人的预算问题。《余光》中有一场戏，我们想在科尼岛上的一座水族馆拍摄引子。但是，当我们到了那里时，我们发现那个地方前不着村、后不着店，我们不能开两个小时的车只拍一场戏。还有一场戏是关于他的对手的，有点像是介绍性质的，所以我们决定把他的对手也纳入进来。这是一个边走边谈的场景，对于人物来说完全合理，也是一个非常聪明的解决方案。这一次，我让制作经理来主导了决策。这符合人物，因为他是在那里长大的。整件事情就像坐过山车一样，但是效果非常好，对我来说则很有乐趣。

🎬 当导演怎么样？

我导演过一部电影，在《扪心问诊》中导演过一集。作为剧目管理人，你要做许多导演的工作，你要在片场。导演们很棒，但是他们不了解故事、人物和演员。当你到片场时，你已经跟每个演员讨论过关于这一集的尽可能多的细节，然后你会在片场监督关键场景——你以另一种方式完成了许多导演的工作。演员的弧光是我的责任，不是片场导演的。我知道人物的走向，我知道人物的历史。导演只在那里待几天，然后就去下一个剧组了。如果他们是来拍第8集的，来的时候已经看过前面七集，就真的很好了——不过，人物弧仍然是我的责任。

🎬 你选择导演，是吗？

我认识很多导演。我请一个拍过《法律与秩序：犯罪倾向》的家伙来重拍《余光》，然后他又导演了三集。我们的合作很完美。如果我停下来去导演某一集，那么就没法为下一集做准备，没法为再下一集策划情节，所以我唯一能够导演的就是一季的最后一集，而这一季的最后一集是一场最后决战的拳击赛，有大量的观众，完全超出了我的导演能力。我能恰当地指导演员，我能合理地安排几个人的室内戏，我能稳住摄影机，但是电视对技术的要求很高。我认为，几乎每个人都能导演自己的故事片，因为即使是低成本电影，你也有 28 天的时间，相当于用四倍的时间拍摄一半的剧本。但是，从技术上讲，要在 7 天之内导演 45 页一集的剧本是一项非常艰巨的任务。所以，我尊重他们的技术专长，他们尊重我对人物的了解，结果非常令人满意。

📽 7 天拍摄 45 页剧本是正常的吗？

公共台是 8 天，有些有线台是 7 天，HBO 是 100 天。（笑）是的，现在 7 天是许多基础有线频道的常态。这很困难。压力很大……第一天是前期准备，你要开制作会议，要选角，要选景，要演员通读剧本，你必须在开拍前一天开个会，你要跟导演开定调会，要给他讲剧本，这可能需要几个小时。你怎么才能在前期准备阶段完成所有这一切？如果前期准备需要 4 天，我宁愿是 8 天里的 4 天，而不是 7 天里的 4 天，因为从这个时候起，一切都开始和你作对。

📽 真有意思。不过，还是有许多电视剧看起来像电影。

我们的节目制作精良。我从独立电影那边带来了一个摄影指导，他是个艺术家，我们的 7 天得到了充分利用，几乎没有废戏。我们整季可能都没删掉五场戏。我必须把剧本写得更加经济。对于不打算用的东西，我们根本不会拍。这样做的风险是，如果有一场戏你不喜欢，你还是不得不使用它，因为没有别的替代品。但是，你知道，在《法律与秩序：犯罪倾向》中，我们的剧本有 58 页，粗剪版可以比正式版长 15 分钟，需要大刀阔斧的剪辑。不过，在谋杀案中，"红鲱鱼"本来就是用来混淆视听的，如果你把它们都剪掉，那就太愚蠢了。所以，这部剧的粗剪版通常有 45 或 46 分钟，正式版是 41 分钟，不会剪掉太多东西。

✍️ 你会缩减对话吗？

视情况而定。剪辑师会说："我们为什么不把这一段剪掉呢？"他们不会对编剧这样说，通常他们都不希望编剧在场。他们希望，当你走进剪辑室时，你能用全新的眼光看待一切，不管你写了什么，不管你拍了什么，现在你必须找到最好的故事。编剧会不遗余力地让成片符合他们的意愿，他们很难放手。即使某件东西行不通，让他们抓狂，即使他们自己也看得出这样行不通……答案是肯定的，他们会说："你可能不需要它，但我还是喜欢这场戏。"

✍️ 这取决于编剧的出身，不是吗？

绝对是这样。我认为，剧作家更加执着。但是，你必须接受现实，而且大多数时候编剧并不去剪辑室，这是剧目管理人或制片人的工作。拍电影时，你有两个星期的休息时间，剪辑师在这段时间里完成剪辑，当你再看到影片时已经有了一段距离，你有时间去适应。电视的速度要快得多，学会立刻放手是很重要的。改写：我拿到一份初稿，编剧已经死了，我要在一天之内改写完，所以我要删掉这里、砍掉那里。有些编剧不能足够快地适应这种变化——然后就到了剪辑时间，他们很难接受。有剧目管理人在剪辑室中是一种优势。可能因为这些剧本通常都不是我原创的，也可能是因为我学会了狠下心来，对我来说，剪辑是再创作的过程。我喜欢与剪辑师合作。不过，如果我问他们："听着，我今天去不了剪辑室，你想让我派编剧过去吗？"几乎所有与我合作过的剪辑师都会说"不"。（笑）

✍️ 在电影行业，他们也不希望编剧在片场。

但那是因为权力结构的问题。在电视行业，没有导演认为自己是作者。这是一种更强调合作的工作环境。我们拍摄时，我总是让编剧待在片场。我认为这很重要，因为他们最了解最初的创作意图。理想状况下，他们也知道什么时候应该踩刹车。如果已经耗了 14 个小时还是行不通，那么是时候放弃了。编剧必须明白这一点，他们需要待在那里，知道什么时候应该说些什么。你知道，在我接手《法律与秩序》之前，编剧是不去片场的。迪克不希望编剧干预拍摄，他也不希望拍摄干预剪辑。

✎ 即使他自己是个编剧。

（笑）作为剧目管理人，你需要一套神奇的技能。许多编剧不能成为剧目管理人，实际上，绝大多数都不能。

✎ 有时候，现在的电视剧让我想起 20 世纪 70 年代的电影。

是的，没错。他们不再拍这样的电影了。看到这些电影时，我会想：它们今天怎么可能卖座呢？甚至怎么可能拍出来呢？这不可能。你知道吗，约翰·休斯顿（John Huston）的拳击电影《富城》（*Fat City*），就是斯泰西·基齐（Stacey Keach）演拳击手的那部？他在我们的电视剧中演父亲。拍摄《余光》之前，我去看了《富城》，我觉得斯泰西就是我要的人。但是，现在不可能有人拍摄那样的电影了。那是一部失败者的精神之旅——绝对是个糟糕的选题。现在很多电影都是大制作——即使不是所有的——需要大量的宣发，需要大片、续集，它已经成了另一门生意，独立电影和独立院线越来越少。所以，我认为现在电视是编剧最好的归宿，我这样说不是因为我正在从事这一行。在剧院谋生几乎是不可能的，除非你的戏剧有超级巨星参演——即使他们通常并不适合你的角色——否则没有人会感兴趣。至于电影……我认为大公司就像远洋邮轮，它们是大企业，不能移动得太快。独立电影，你的时间都花在设法把它们拍出来上了。而一部有线台的电视剧，13 集，每集 250 万美元，没有人会为它倾家荡产，你可以把它卖到海外，有足够的市场，有重播，还有 DVD 销售，最终总能赚回来。人们开始期待在有线台看到更有挑战性的东西。也许我不想花 100 美元和我妻子去看电影——还得找个保姆看孩子。但是，我可以打开 AMC 看一集《绝命毒师》，这样就很好。这种转变非常耐人寻味。20 年前，没有人会预料到电视会发展成今天这样。

🎞 但是，会不会有时候，你有一个故事想拍成电影？

我喜欢写电影剧本，但是大多数时候它们都没有被拍出来，或者它们被拍出来了，但是拍摄过程令我感到耻辱。

🎞 你是说因为导演？

导演、错误的选角……这种事情太多了。除非我自编自导，否则永远无法避免。但是，你知道，我花了三年时间才得到自编自导的机会，一天有 10 个小时都在打电话。电视行业压力也很大，但是另一方面，我能在四个月里拍出 13 集电视剧。创作和剪辑每一集都让你学到很多东西，然后马上是下一集，你在这个过程中成长很快，远远超过自己写一个电影剧本，然后等着它被拍出来。你知道，我从四年前开始担任剧目管理人，这四年里我拍了将近 90 集电视剧。

🎞 很多。

是的。而且到了一定的时候，你对自己的工作有了清楚的认识，然后就得心应手了。现在，一切都在我的掌握之中。

🎞 这是一个非常有价值的观点。电视电影呢？

已经过时了。有那么一段时间，每个月都有连环强奸杀人案之类的电影。但是，那种题材已经过时了。即使预算和剧组规模缩水了，现在的有线台电视剧也很不错。作为编剧，这是你现在能够赖以生存的、最有表现力的形式。我想念我的电影，我想把它们拍出来，我想去找个导演，但是我讨厌浪费时间等待有人给我开绿灯。现在还不是重返电影业的时候。

非常感谢，如果我还有其他想问的……

随便为我编一个答案就好。

汤姆·丰塔纳

汤姆·丰塔纳（Tom Fontana）是《波城杏话》（*St. Elsewhere*）、《情理法的春天》（*Homicide：Life on the Street*）、《监狱风云》和《大慈善家》（*The Philanthropist*）的编剧和制片人。目前，他正在拍摄法国的 Canal + 频道和网飞的《波吉亚家族》（*Borgia*），以及 BBC 美国频道（BBC America）的《纽约警察故事》（*Copper*）。他获得过三次艾美奖、四次皮博迪奖（Peabody award）、三次美国编剧工会奖、四次电视评论家协会奖（Television Critics Association Award）、有线电视杰出奖（Cable Ace Award）、人道主义奖（Humanitas Prize）、埃德加特别奖和日内瓦国际电影节一等奖（Cinema Tout Ecran Festival in Geneva）。

你是怎么开始写电视剧的？当时，你人在纽约吗？

（笑）我出生在纽约州的水牛城，一个和表演完全不沾边的家庭。我从很小就开始写作了。我的父母带我们去看了一场《爱丽丝梦游仙境》，回到家我就开始写对白，我连自己写的是什么都不知道，但我就是不停地写。我在高中写作，在大学写作，写戏剧剧本。然后，我去了纽约。我在马萨诸塞州的威廉斯顿戏剧节（Williamstown Theater Festival）上排演了一出戏剧。那年夏天，布鲁斯·帕特洛（Bruce Paltrow）来了，他是布莱思·丹纳（Blythe Danner）的丈夫，现在已经去世了。戏剧节上有两家电影公司，布莱思是其中一家的女演员。我的戏剧是在第二家完成的。布莱思带他们的两个孩子来看戏——格温妮丝和杰克·帕特洛（Gwyneth and Jake Paltrow），他们当时还是小孩子。他们很喜欢这出戏，不停地对布鲁斯说："你得来看看这个。"布鲁斯是一个大牌电视剧制片人，我是一个剧作家，我不喜欢电视。（笑）所以，整个夏天过去了，布鲁斯也没看过那出戏，布莱思为此很生气。他正要开始拍《波城杏话》，而她几乎是半强迫地让他雇我写一集。直到今天我都相信，如果他看过那出戏，绝对不会雇我的。因此，我的整个职业生涯是建立在零野心和好运气的基础之上的，当然，还有一个名叫布莱思·丹纳的守护天使。

真是一个美丽的故事。你知道，我在纽约经常听到两个名字，一个是布鲁斯·帕特洛，另一个是你。关于你们俩，他们的说法很一致，他们说，你就像布鲁斯。

他是我的导师，他是我的拉比，他是……你知道的。

布鲁斯·帕特洛似乎是一位传奇导师，总是提携新人，或者把人们团结在一起。你也以同样的慷慨著称。你现在是一个著名电视编剧了，但是每次谈到你，人们告诉我的第一件事都是你有多么慷慨。保密和竞争不是这个行业的信条吗？你为什么如此与众不同？

其实有一次，我对布鲁斯说过："布鲁斯，我该怎么做，怎样才能报答你？"他说："好吧，汤姆，事实上，你永远无法报答我。永远不会有那么一天，你能够为我做我为你做过的事。但是总有一天，你可以为其他人做这些事。你为其他人做这些事，就是报答我。"

多么了不起的人。

是的。我铭记于心。听着，我们的行业竞争的确很激烈，但是我不需要踩着别人的尸体获得成功。如果我要成功，我希望只是因为我做的事情有价值，我不想通过毁掉别人的职业生涯而获得成功（如果我的成功是这样获得的，我不会高兴的）。

你太成功了，欧洲的电视台都来找你。你正在制作一部完全由欧洲市场出资的电视剧，你可能是第一个这样做的美国编剧。你正在与欧洲的剪辑师合作，他们以前的合作对象可不像你这么难伺候。我的意思是，在欧洲，电视编剧的处境虽然比电影编剧好一些，但是远没有美国电视编剧的能量和创作自由。习惯了发号施令之后，在这样的环境下工作，感觉怎么样？

（笑）说实话，我非常享受这次不必跟美国制片厂打交道的经历。

🛰 是吗？

就像欧洲的编剧受够了与欧洲电视台打交道一样，我也受够了与美国制片厂打交道。显然，二者存在差异，但是同样令人感到挫败。我还有过两次享受创作自由的经历。一次是在 MTM 与布鲁斯共事，这家公司已经不复存在了，但是在当时，它是一家以编剧为主导的公司。第二次是为 HBO 做《监狱风云》，他们给了我惊人的创作自由和鼓励。

🛰 不是因为电视剧，而是因为 HBO？

没错。是克里斯·阿尔布雷克特（Chris Albrecht）和安妮·托莫普洛斯（Anne Thomopoulos）。他们让我感到，"我们雇你来，是因为你知道怎么做，交给你了。"这就是我的感觉。不是说节目主管不应该有意见，但是在 HBO 和拉加代尔集团（Lagardère），给人的感觉是，"我们会告诉你我们的意见，然后你来做决定，因为要由你来决定这部电视剧的主题和风格。"

🛰 所以，他们把你当成导演。因为在欧洲，只有导演才能享有你所说的待遇。你是怎么让他们把你当成导演的？

是的，他们在研究美国的剧目管理人模式，最后他们发现，或许给编剧一些权力，能够做出更好的电视节目。这就是剧目管理人的"第 22 条军规"：所有编剧都渴望完全的创作自由。但是，伴随而来的是必须承担剧集制作的财务责任。所以，你不能既当剧目管理人，又说"我不在乎成本"。因为那样你就不是一个剧目管理人，你就不是一个编剧—制片人，你只是一个编剧。如果我们想让欧洲的编剧获得权力，那么编剧的态度也必须改变，而不仅仅是制片厂和电视台的态度需要改变。你明白我的意思吗？

✍ 编剧怎样才能成为制片人？

我以前也不是制片人。布鲁斯·帕特洛教会了我如何做一名制片人。他教我如何写电视剧，他教我如何拍摄电视剧。他对我说得非常清楚，我有道义上的责任保护投资，这不是我的钱，但是我必须像对待自己的钱一样对待它。当我带新人入门、帮助他们晋升时，我也教他们这样做。这是非常重要的一课，也是非常困难的一课。我知道一部电视剧是怎样拍出来的。

✍ 在不影响质量的情况下？

没错。比如你说："我需要这个布景，我为这个布景写了一场戏，但是与其搭建一个新布景，我能不能把这场戏放在另一个布景里拍出来？"我相信一场好戏在任何地方都能拍出来。我可以把我们俩安排在这个房间里，或者安排在暴风雨中的布拉格街头——无论环境如何，这场戏的核心都是一样的。除非你在做弥撒，那你就必须在教堂。

✍ 仍然很难相信欧洲的广播公司给了你完全的控制权。

是这样，如果我处在欧洲编剧的地位上，我就不会接受这份工作了，因为我明白那样的地位有多卑微。所以，事情是这样的，如果你想要一个美国剧目管理人，你就必须按规矩来。这需要调整。但是，合作的感觉非常好。这并不容易，但以后就会变得容易了。

你认为主要区别是什么？

对我来说，最困难的不是编剧，这方面他们已经非常开放。困难的是拍摄。我在纽约认识许多剧组成员。我知道谁是最好的布景。我知道谁是最好的照明。我知道谁是最好的道具。在欧洲，我谁也不认识。我不仅谁也不认识，还不知道他们的职能是不是和在美国一样。所以，对我来说，过去的几个月是学习的过程。我会说，我们的演员和剧组之间隔着 18 个不同的国家。他们那里的工作方式就是那样的，所以我必须调整双方的心态，好把工作推进下去。但是，我也不得不承认，有时候事情就是这样，无论好坏。我必须学会适应那些我改变不了的事情。纽约的摄影棚与捷克的不一样。没有谁更好，只是不一样。

你认为，如果在美国拍摄这部电视剧，会有什么不同？

好吧，从取景的角度来讲，我们不可能在这里拍摄。看起来完全不一样。除此以外，因为在布拉格做事情要花费更长的时间，我们能够更加面面俱到，对每一场戏更加精雕细琢。不过，我花了很长时间才弄明白为什么拍得这么慢。这是特殊情况，其他剧组通常节奏更快？还是只有在纽约人们才会说"让我们快点拍"，在布拉格没有这个必要？在美国，特别是在纽约，拍摄时有一种咄咄逼人的劲头，是布拉格的人们身上没有的。他们都是天才，只是并不着急。（笑）

编剧方面呢？如果与美国电视台合作，剧本会有什么不同？

正如我所说的，Canal＋频道和德国电视二台（ZDF）非常谦和。

在我开始写作之前，我们聊了很多——关于这部电视剧的主题和风格，以及应该包含多少性和暴力。

多少？

哦，法国人想要更多的性，德国人想要更少。（笑）我认为部分原因是：在德国，我们是在免费频道播出；而在法国，Canal＋是收费频道。所以，Canal＋更像 HBO，ZDF 更像这里的公共台。实际上，这部电视剧我们有两个版本，在人物和主题方面没有区别，只不过一个版本有性爱场景，另一个没有。

这很奇怪，同时为 HBO 和 ABC 制作一部电视剧……所以从来没有人告诉你，人物应该更和谐？

没有。

你确定你是在欧洲工作？

（笑）。

你们有编剧室吗？

没，我没有过严格意义上的编剧室。我们聚在一起，但不是以那种"让我们坐下来开始写故事"的方式。在大多数编剧室，每个人 9点来上班，开始分解故事。但是，在 8 小时以外，你至少要花一个半小时吃饭、两个小时谈论你的生活、一个小时刷手机，所以，实际上用来完成工作的时间，只是漫长一天中的一小部分。对我来说，最有效的方法是与要写这一集的编剧一对一地坐下来。通常我都是这样做的，在《波吉亚家族》中也是如此，我为全部 12 集写了一本指南。然后，我说："这一集里可能有这样几场戏。"我写完指南，每个人都读了它，然后我们坐下来讨论，但这是对我的反馈，而不是"让我们坐在一个房间里开始写故事"。我认为，必须有一个人为剧集的愿景负责，然后邀请其他编剧来塑造它、填充它。我喜欢和编剧们一起工作，他们总能想到一些我没有想到的东西。但是，所有的创意都来自我写的大纲。

所以，你们会讨论大纲？

是的。然后，大纲就变成一份无用的文本。

大纲有多具体？

具体到列举一系列事件。"这个时刻发生了这件事。"不过，就我而言，我不会说"这是我想要的"。因为如果你对另一个编剧说"这是我想要的"，你就只能得到这个，而我不希望他们交给我的剧本是我自己也能写的。我希望有人告诉我剧情能走向哪里，让我说出："天哪，我怎么没想到！这场戏这么拍真好！那段对话太棒了，说到我心里去了！"这就是我对编剧室不太热心的原因。

所以，你不认为编剧室是美剧成功的秘诀？

不。我的编剧有自己的办公室，他们穿过走廊，交换意见，分享创意，完成工作。

但是，他们都有自己的房间。

正是，他们都有自己的房间。如果有人有问题，他们会来找我，或者去找其他编剧。这更像是一个编剧社区，我们不会每天 8 小时困在一个房间里。

🛰 你拿到初稿，然后改写？

我经常对编剧们说："在第一稿中，你教我如何写这部剧。在第二稿中，我教你如何写这部剧。"我希望他们完全自由地尝试他们想要的一切。当我拿到剧本时，我不做评判，而是说"想想这个""想想那个"。因为一些剧目管理人犯的另一个错误就是，他们告诉另一个编剧如何写剧本。我认为那是错误的。然后，我给编剧提出意见，我会说："这里不太清楚，我不明白她是怎样走到这一步的。"我会问问题，有时候我会提出建议，但是我的建议从来不是金科玉律。第二稿一完成，我就必须准备拍摄，我必须卷起袖子，做任何需要我做的事，无论是给其他编剧补漏，还是满足拍摄的需要。我必须为一切问题想出解决方案。每一集《波吉亚家族》的第一稿可能有 75 页，当我们开始拍摄时，必须缩减到 50 页。

🛰 你的时段有多长？

48 分钟到 52 分钟。所以，现在拿到其他人的剧本，我必须删掉 25 页。你知道，我还需要删掉某场戏、修改某场戏，或者删掉另一场戏。我尽量不扔掉任何东西，尽可能地保留原编剧的素材。有时候，独立编剧会给我打电话，说："我为这场戏写了这段对话，可是它忽然被放到另一场戏里了。"那是因为这里已经有了大量的对话，我保留了这段对话，为它找到一个更好的位置。

🛰 全部内容都是用英语拍摄的吗？有没有配音？

在德国是的。在法国，我相信两种情况都有。

🛰 也有意大利人参与？

我不知道全部合同细节。我不知道哪些合同取消了、哪些仍然有效。

✎ 在欧洲，当你说到制片人，意思是这个人也要负责全部财务合同。

是的。你看，雇用我的法国公司就是这样做的。

✎ 你没有带你的公司一起去？

一向如此。莱文森/丰塔纳公司（Levinson/Fontana）受雇于华纳兄弟公司，但是我们不负责财务。

✎ 无论在开发阶段还是以后，你都不会冒任何风险。你知道，这和欧洲模式有很大差别。当你对欧洲的编剧说，你要当制片人，我们想到的是你必须筹集资金、拖延付费，至少在一定程度上弥补赤字、承担风险。

在美国模式中……制片人要对成本负责，维持制作成本。换句话说，你同意了这个预算，就要努力执行它，这是你的工作。

✎ 比尔·戈德曼（Bill Goldman）说过一句话，给我留下了非常深刻的印象。他说："我不喜欢我的剧本，我从来都不喜欢我的剧本。"你喜欢你的剧本吗？

不，不喜欢！我讨厌我的剧本。他也这么说，真有意思。因为每当我写完剧本，翻到第一页，都会说："不，这不够好。"我总是觉得它可以更好。对我来说，再看《波城杏话》《情理法的春天》或《监狱风云》时，最困难的部分就是，我会说："哦，该死，现在我知道怎么写这场戏了。"因为随着阅历的增加，你能做得更好。希望如此。给你讲一个小故事：有一次在伊莱恩（Elaine）的餐馆，三个编剧和我，其中一个人在《法律与秩序》剧组工作。他对我们三个说："你们看上周的《法律与秩序》了吗?"我们都说没有。他说:"那可能是电视史上最伟大的时刻之一。"他给我们讲了那个故事,我们都很喜欢。"听起来很棒,"我说,"是谁写的?"他说:"是我写的。"他走后,我们三个继续喝酒,我说:"你们喜欢过自己写的东西吗?"他们都说:"没有!我们都被那家伙的自豪感吓坏了。"

🖎 他是个幸运的家伙。大多数编剧都没有安全感。

是的。我从电视行业学到的最重要的一课是:你可以写写写,然后到了某个时刻,你不得不停下来。因为他们要拍摄,而你要剪辑,所以你必须停下来。这时候,你必须对自己说:"这已经够好了。"电视剧的好处是,你可以说:"还有下周,下周我会做得更好,我会重新开始。我知道我在这一集做错了什么,所以下一集会好得多。"

🖎 你写过戏剧,你写过电视电影和电视剧,你写过纪录片。你最喜欢的形式是什么?

我喜欢做电视剧,因为我喜欢电视剧那种长篇小说式的性质——用五年时间描述人物的旅程。说到这里,我想,如果我有一个创意,它应该是一首俳句,那么我就会写一首俳句。有些东西应该是戏剧,有些东西应该是电视剧,有些东西应该是电影,有些东西应该是广播剧,有些东西应该是史诗。还有一件事是我喜欢写作。我觉得每天早上都能写作是一种祝福,可能有一天我就做不到了,所以我想趁现在把一切都写下来。我的写作能力终将耗尽,我希望在那之前,我可以说,我已经把想写的都写完了。我喜欢写作。我不是一个诗人,我不会写诗。

🖎 你完全不用电脑,是吗?

我手写,然后把稿子交给凯特和拉里(汤姆的助理)。你知道吗,手写（模仿用笔写作）是一种享受，用电脑写作（模仿敲键盘）不是。你不知道，我在键盘前没有灵感。还有，你会想要这样做（从桌上抓起一张纸，揉成一团扔到房间另一头）。我每十分钟就会把电脑扔到房间另一头。（笑）这就是我为什么没有电脑，那太贵了。而且，在电脑上，剧本看起来如此完美，连拼写检查都做完了，可第一稿不应该这样，它不应该看上去很完美，它应该看上去乱糟糟的。在电脑上工作太整洁有序了。写作应该是混乱的，是无序的，你不觉得吗？

🎙 我已经无法想象不用电脑工作了。

我的同类已经不多了。我知道大卫·凯利（David Kelley）仍然坚持手写。

🎙 了不起。给我讲讲你在《波吉亚家族》中用过的编剧吧。

我带来了以前合作过的编剧，所以我们可以省掉很多环节。在一部电视剧的第一年，了解你的同事是很重要的。然后，你可以开始实验。正如我所说的，剧组的人我一个都不认识，在拍摄之前我只认识两个演员，我不认识任何一位导演，这对我来说风险很大，就像把孩子交到陌生人手中。但是，我非常幸运。我遇到了奥利弗·希施比格尔（Oliver Hirschbiegel）——我们非常尊重对方。我一直在等着天花板掉下来，但是它一直没有掉下来。（笑）

🎙 你的编剧们呢？他们跟你一起在片场吗？

总是有一位编剧在片场。现在，我在这里时，是布兰特·英格斯特恩（Brant Englestein），我们的故事编辑之一在那里。我们的另一个故事编辑凯尔·布拉德斯特里特（Kyle Bradstreet）很快也要去。有一位编剧在片场是很重要的，他们能够听到对话，了解拍摄的情况。因为在电视行业，节奏非常快，有一个编剧在那里说"这场戏的目的是……"真的很重要。如果没有编剧的积极参与，我的本能反应就是重写那场戏，让它变得非常直白。对我来说，这是最糟糕的剧本，因为毫无微妙之处。如果编剧不在片场，我就会这样做，然后拍出糟糕的电视剧。

  这是一个非常有价值的观点。

而且，你知道，有趣的是，每个导演刚来的那几天都会说："他为什么在这里？"然后，他们会说："哦，是为了沟通。"事实上，《波吉亚家族》的一位导演对我说，他从来没有过这样的经历。他可以回过头，对编剧说："就是这样对吗？我们拍得对吗？"我觉得他得到了一点启示，这是一件好事。

  就应该这样。

有时候，拍摄过程中事情太多了，导演在关注别的东西，或者要去摄影导演那边，我就坐在监视器前，我要做的就是观看。

  你自己来当导演怎么样？

不。如果我愿意，随时可以雇我自己当导演。但是，我不想这样做。

  为什么？

我不是一个视觉系的人。如果你对我说，需要十英尺的距离，我说不出十英尺有多远。我是一个编剧，编剧有编剧的思维方式。并不是说编剧不能成为伟大的导演，这方面有很多成功的例子。不过，我认为让别人去拍摄我的剧本是一件好事。当然，我愿意放手，是因为我知道我随时能把它要回来。

你又说到点子上了。

而且我有最终剪辑权。

你有最终剪辑权？！

我总是有最终剪辑权。

太了不起了！我没听其他剧目管理人这么说过。

我不知道。

我每次都会问他们，而他们会说"没有"，至少合同上没有。但实际上是这样的。

归根结底，在美国，如果电视台说某一集不能接受，制片厂可以砍掉它。如果他们不这样做就违反了合同，所以，从技术上说，制片厂和电视台可以从我手中拿走它，但是在创作上，我有最终剪辑权。

不是导演？

不是导演。

你在纽约剪辑，不和奥利弗一起？

奥利弗自己剪辑。他会做出一个导演剪辑版。

在布拉格？

是的。现在我正在修改它。

他没有意见？

（笑）到目前为止还没有。

汤姆，还有什么你认为很重要的事我们没谈到吗？

我只想补充一点，这是一个非常"非好莱坞"的观点。我认为，作为编剧，必须去写那些对我们重要的东西、感动我们的东西、让我们开怀大笑的东西，而不是试图取悦他人。这并不是说你不想取悦他人，我希望每个人都喜欢我写的东西，但是我认为，在好莱坞，人们期待的是成功而不是忠诚，不知道在欧洲是否也是如此。我说的忠诚，是指忠于自己，忠于内心的真理。在追求成功的过程中，人们很容易迷失自我，"哦，我想要奖杯，我想要钱，我想要车，我想要房子。"我只想说，希望你在受到那些诱惑之后能够清醒过来，说："等等，这真的是我想成为编剧的原因吗？"我的职业生涯更加成功，可能正是因为有好几次，我没有做出商业上最明智的选择。我觉得自己一直很忠诚，因为我一直忠于写作，我并不觉得需要在职业生涯中追求成功。这给了我自由，并邀请其他人加入这个行列。你明白我的意思吗？人们很容易迷失，特别是在我们这一行中。

如果能让时间回到 20 年前，你会做出不同的选择吗？

我想不会。这么说吧，有些事情我希望能够做得更好，但不是像"哦，我应该接受斯皮尔伯格那部电影的工作"，我没有那种遗憾。有时候，我会说："我本可以做得更好，真希望能够重新来过。"

你为什么不多拍一些电影呢？

告诉你吧，我改写过很多电影。我从来都不像许多人那样对电影怀有敬畏之心。对我来说，讲故事、探索人物、定义我们生活的时代——这就是我要做的。如果我能在电视上做到，并且拥有相当大的自由，我为什么要自取其辱，改行去写电影呢？电影导演对编剧毫无尊重。我为什么要那样做？而且现在拍的这些电影……我对它们不感兴趣。

但是，为什么像你这样的人不出来扭转这种局面呢？

因为那样我就得去筹钱了。我正忙着为美国编剧工会东部基金会（Writers Guild of America East Foundation）筹集资金。（笑）

珍妮·比克斯

珍妮·比克斯（Jenny Bicks）是 HBO 剧集《欲望都市》（*Sex and the City*）的编剧和执行制片人，因这部电视剧获得过多项金球奖和艾美奖。她现在是《如果还有明天》（*The Big C*）的编剧和执行制片人。她还是 ABC 剧集《情归何处》（*Men in Trees*）的创剧人和编剧，并为 2003 年的电影《女孩要什么》（*What a Girl Wants*）创作了剧本。

你 1993 年写了第一部电视剧。你是怎样入行的？你是学什么的？

你居然能找到我 1993 年写的东西，太棒了！我毕业于一所小学院，取得了英语文学学位，在纽约从事广告业，干了五年。然后在 1993 年，我在一个情景喜剧剧组找到一份工作，是费·唐纳薇（Faye Dunaway）的《情缘天定》（*It Had to Be You*）。这是一个非常罕见的组合，因为唐纳薇以前从来没演过情景喜剧。这是我的第一份工作，我觉得自己太幸运了，于是我搬到了加利福尼亚。然后，我又参与了六七部情景喜剧［其中包括《布坎南夫人们》（*The 5 Mrs. Buchanans*）、《假面娇娃》（*The Naked Truth*）、《几近完美》（*Almost Perfect*）和《天降神迹》（*Leap of Faith*）］，接下来几年做了电影《女孩要什么》，这些作品有好有坏。大多数人没看过它们，它们播出的时间也不长，有的只有 17 集，甚至不到一整年。但是，我在情景喜剧中得到了锻炼，无论是在剧情创作方面还是在编剧室的工作方式方面。因为那段时间情景喜剧正处于巅峰，他们花了很多钱，编剧室里挤满了编剧。我有机会在一个以男人为主的环境里工作，我是说，通常只有我一个女人。

这方面变化不大，不是吗？

（笑）是的，没怎么变。现在仍然如此。对我来说，最棒的是在那里学会了喜剧的结构。那时候，单镜头喜剧还不存在——单镜头喜剧时长在一小时以上，或者是有线台节目。我第一次参与的一小时剧集是《恋爱时代》（*Dawson's Creek*），当时还不存在。然后，我加入了《欲望都市》剧组，做了六年。我的剧情创作能力主要是在这部剧集中得到锻炼的（注：从 1998 年到 2004 年，珍妮写了 15 集《欲望都市》）。我们认为，是《欲望都市》把半小时单镜头喜剧带给了电视观众。然后，我创制了《情归何处》，这是一部 ABC 的一小时剧集，做了两年。然后，我开始做《如果还有明天》，直到现在。这是一部半小时单镜头喜剧，是我们的第二季。我们称之为喜剧，但它只是采取了喜剧的形式，内核既是喜剧也是剧情类电视剧。在某种意义上，我们重新塑造了喜剧。

你谈到情景喜剧的编剧室。这个概念是什么时候、如何诞生的？

编剧室早在 20 世纪 50 年代就存在了。在早期的漫画工作室，就有三四个作者一起工作，我认为编剧室就是从那里发展而来的。然后在八九十年代，编剧室的规模扩大了，从三四个人发展到 15 个人。他们来自不同的地方，聚在一个房间里。编剧室最初是给喜剧演员试演笑话和素材的。我参与的编剧室还是那样：你来讲一个笑话，看看反响如何。每个编剧室都不太一样，取决于剧目管理人是谁，他喜欢什么样的方式，但是一般来说，这是个互相讲笑话、讲故事的地方，重要的是把房间里的人逗乐……你知道，如果你能把房间里的人逗乐，那么你的笑话就值得一试。

《欲望都市》有编剧室吗？效果如何？

那是个很小的编剧室。刚开始时，我们只有三个人。结束时，我们有六个人，感觉已经是一个大团队了。每一季开始时，我们在编剧室里花很长时间，为《欲望都市》中的每一个人物确定开始和结束的弧线，把它们画在白板上，确保这些弧线彼此配合，确保每个人物的高峰不会同时出现……这就像作曲，你要弄清楚哪件乐器在什么时候发出强音。我们会在编剧室花很长时间分解每一集，也会花很长时间一起讨论剧情……现在还是这样。我相信，即使在一小时剧集《情归何处》中，我们也是这样做的：找到你希望事情开始和结束的地方。通常，你要决定每一季的第一个和最后一个画面。比如，我们现在正在这样做。三周前，我们刚刚为《如果还有明天》组织了编剧室。我们花了一周到十天的时间确定大的弧线，然后我们开始分解前四集。先确定大的弧线，然后进入每一集，每一集有一个编剧。比如，今天我们要讨论第三集和第四集，我们把剧情画在白板上，讨论每一个故事的节拍，确保每个故事自身没有问题，放在整季中没有问题，与前一集的衔接也没有问题。

🖊 然后，每个编剧去写他自己的第一稿？

基本上我们是这样做的，我想通常大家也都是这样做的……在《欲望都市》剧组，我们称之为独立研究……每个编剧自始至终负责自己那一集。分解故事之后，她会离开编剧室去写大纲——一场戏接着一场戏，描述每场戏发生了什么。然后，我（作为剧目管理人）把大纲带回编剧室，收集评论，反馈给编剧，告诉他们我认为哪些问题需要解决、哪些不必。他们去写剧本，然后再来一轮，剧本回到编剧室，每个人都会阅读、提出意见，然后进行修改。这时候，剧本才会被拿到制片厂，然后是电视台。

🖊 会有几稿？

那要看我们有多少时间了。一开始，我们有足够的时间多改几稿。

当然，如果你把给制片厂和电视台的初稿当成两份单独的初稿，那你会有两份或者三份初稿。有时候，你没有那么多时间。有时候，我拿到剧本，必须用超快的速度做出修改。理想情况下，我们从编剧室拿到初稿，回到编剧室讨论，做修改，然后拿到制片厂，他们修改，然后再拿到电视台，他们再修改。

✎ 作为剧目管理人，有没有过你必须修改大部分原编剧所写的内容的情况？

这种情况很罕见。我想，上一季我们有一个例子，而这不是编剧的错。偶尔会有一个故事，在剧本阶段就行不通。你希望不会发生这种事，你应该在拿到剧本之前就发现问题。我们只能把剧本拆开，每个编剧写一场戏，还有一次我自己重写了整个剧本。但是，对我来说，花时间做这种事是没有意义的。当然，有些剧集的首席编剧会写得更多，他们会拿到所有的剧本并改写。

✎ 我理解他们的想法，他们认为整部剧集应该有一种声音，给人感觉就像是一个人写的。

我会给编剧提意见，而不是自己润色每一集。我也相信——这也是我从《欲望都市》中学到的——一部剧集中有不止一种声音效果会更好，每个人物都是多面的，可以由不同的编剧来表现。如果你看过《欲望都市》，你会发现每一集的感觉都有点不一样。我知道每一集是哪个编剧写的，因为这一集好像有点愤世嫉俗，就像米兰达（Miranda），那一集更像嘉莉（Carrie）。最后，她们塑造了不同的人物，而不是只有一种声音。或者，也可以说，还是一种声音，但是有不同的角度。

✎ 有意思。我真的很喜欢这种说法。这似乎是对编剧室合作性质的最好解释——一种表现人物个性不同侧面的方法。除了规模，剧情类电视剧和情景喜剧的编剧室还有其他区别吗？编剧之间的开发和合作方式，或者编剧室的结构，有什么不同吗？

这是个好问题。自从 90 年代末，我就没加入过情景喜剧的编剧室了，或许现在情况已经改变。你希望尽可能地将自己的声音融入剧目管理人的声音。你希望剧目管理人感到满意，你想成为一个好的模仿者。在剧情类电视剧中，重要的是你要从结构上知道如何写剧本。或许这也是因为过去十年里，我更多地在有线台而不是公共台工作。结构更重要，特别是在一小时剧集中。尤其是现在，因为大多数电视台希望你有六幕，每次插播广告就是一幕，所以你总是要写到一个关键时刻，然后切出去。这是大错特错的。长话短说，我认为区别在于：在情景喜剧中，你不太关心结构，更关心笑点；而在剧情类电视剧中，你更关心人物的连续性和剧本的结构。不过，情景喜剧可能已经不是这样了，我已经有一段时间没做过情景喜剧了。

内容和素材呢？有线台和公共台越来越接近了吗？

我不得不说，公共台的问题是：它们仍然不会触及某些领域，它们不允许我们探索某些领域。这很有意思。例如这部剧是我为 Showtime 写的，却是索尼电视（Sony Television）订购的，所以我们的制片厂是索尼。索尼的节目主要在公共台播出，所以有时候我从他们那里得到的意见是公共台的意见，比如说，我们如何确保人们喜欢这个角色。公共台更关心人们是否喜欢你的人物，他（她）是不是讨人喜欢，尤其是女性角色。所以，你可以让他们有缺点，但是必须非常小心。有线台通常给人这种感觉，你的人物可以很强大，缺点也很突出。但是在公共台，你不能那样做。公共台仍然有一种愿望，要有开头、中间和结尾；每一集都要有某种结尾；而在有线台，你不必让人物吸取教训或者有圆满的结局，就像把他们用一个蝴蝶结绑起来。在有线台，我们可以与人物相伴，我们可以让他们犯下巨大的错误，而不一定要从中吸取教训。在公共台，这仍然是个问题。你知道，在有线台取得巨大成功的基础之上，公共台没有像你期望的那样获得真正的成长。当我短暂地回到公共台时，我惊讶地发现，在我做完《欲望都市》六年之后，他们没有从《欲望都市》和《黑道家族》的成功中学到真正的东西。我不认为他们信任美国观众。人们知道自己喜欢看什么，但是他们没有给予观众足够的信任。

🖊 基本上，是少数人的品位决定了观众能够看到什么，对吗？他们就像看门人。正如你所说的，主要是男人。但是，他们没有改变吗？比如说，在有线台和公共台之间来回跳槽？

他们正在越来越多地这样做，这是好事。鲍勃·格林布拉特（Bob Greenblatt）是 Showtime 的掌门人，正是在他的监督之下，诞生了《如果还有明天》、《单身毒妈》（Weeds）、《护士当家》，以及一大把拥有强大的、有缺陷的女性角色的电视剧……他刚刚跳槽到 NBC。对我们来说，这是一个巨大的变化。一般来说，这种事情并不常见。如果你在电视台工作……好吧，这里说的主要是男人，他们在公共台工作，一路晋升，他们会留在制片厂和公共台的世界里。有些编剧在有线台和公共台之间来回跳槽，所以这些做决策的家伙也可以来回跳槽，对不对？比如保罗·李（Paul Lee），他接替了史蒂夫·麦克弗森（Steve McPherson），现在是 ABC 的掌门人，他是英国人：他带来了一种新感觉，他想要的那种电视剧以前从来没有在这里出现过。区区几个人就能拥有这么大的力量，让我非常惊讶。同样让我惊讶的还有，喜剧的负责人毫无幽默感。跟他们在一起时，你只想知道为什么要由这些人来选择下一部喜剧。我相信，在未来一两年内，这种事情听到的会越来越多，他们会开始建立一套新系统，更多地基于对剧目管理人的信任，让他们做自己擅长的事，而不是告诉他们电视台需要什么。所以，或许这能带来更美好的未来。这意味着，剧目管理人可以走进来说："你知道我对什么感兴趣：莎拉·佩林（Sarah Palin）——保守派的强大控制力，我想写一部关于这方面的电视剧。"然后，他们不会说："好极了，不过能让故事发生在面包房吗？"（笑）他们会说："这真的很有意思，他能做好，让他放手去做吧。"

🎙 每个剧目管理人都有自己的制作公司吗？

我有自己的制作公司，但只是名义上的。没有人给自己的剧投资。即使我有一家制作公司，我也必须找一家制片厂，由它来出资，然后我们一起去找电视台，所以我们都依赖于制片厂和电视台会投资什么。也许迪克·沃尔夫例外……我不确定他是不是也要这样做。如果你想为开发新剧获得报酬，你要去跟制片厂谈，他们会给你一份开发协议，然后你们一起合作。

🎙 基本上，当你们讨论剧情时，电视台和制片厂的节目主管都会在场？

首先是和制片厂的合作者一起。作为编剧方，他们实际上是你的投资人，你提出创意，你们共同完成它。索尼的情况又不同，他们与不止一家电视台合作……这是过去十年里出现的新模式之一——垂直整合，基本上每家制片厂都与一家电视台合作。如果你和 ABC 的制片厂签了合同，你就要向 ABC 推销。如果他们不想要你的剧，你可以找别人，但是很难卖给别人。索尼可以把剧卖给任何人。但是，这样的公司越来越少了。大多数制片厂都与一家电视台合作。

🎙 作为一位热爱写作的作家，你更喜欢做剧目管理人还是在编剧室里做编剧？

你知道，理想情况下，即使作为剧目管理人也应该加入编剧室。或许并不是所有剧目管理人都这样想，但我是在情景喜剧的编剧室里成长起来的，我喜欢合作，我喜欢讨论，我喜欢一起开发故事。当然，作为剧目管理人，会有一些时候你更希望自己不是剧目管理人，因为做决策太痛苦了，压力太大了，远远超过待在编剧室里创作……而且有时候，你不想承担责任，你只想当"二号人物"。这样一个人是剧目管理人的下级，拥有足够的权力，但是不必做出最终决策。他可以只是个编剧。

电视剧的形式有没有发生变化？我是说，现在有没有一种特定的趋势？

现在的公共台非常喜欢半小时单镜头喜剧。以前不是这样的。90年代末，当我刚入行时，一小时剧情类电视剧或有线台才会使用单镜头，公共台不会。

到有线台以后，你不再需要收视率，因为没有广告。但是现在，他们的确越来越关注收视率了，不是吗？

收视率很重要。不过，在有线台，他们不把收视率作为销售工具——它不会改变节目的观看人数。《广告狂人》在 AMC 的观众不多，但是得到了广泛的好评，所以这里面有一个权衡。

你是说，他们会为了好口碑保留某些节目？

是的。这使得他们能够并且愿意冒险。他们寻求订购用户，所以他们寻求关注和宣传。人们会看到金球奖，问：《大西洋帝国》是一部什么剧？然后就去订购。在有线台看来，增加订购用户比什么都重要。当然，他们也关心国际市场。他们希望他们的节目像吸引美国观众一样吸引德国或意大利的观众。

还有其他趋势吗，特别是随着互联网的普及？

你知道，有趣的是，或许在五年前，人们认为互联网会为电视剧创造大量的财富。我认为这还没有发生。我是说，人们开发了网络剧，但是还没有人想出如何营利。当然，互联网也没有使有线台和公共台的节目变得更短。有些东西是来自互联网的。比如，丽莎·库卓（Lisa Kudrow）的《网疗记》（*Web Therapy*）一开始在互联网上播出，现在在 Showtime 播出。但是，除此以外，他们讲故事的方式是非常传统的。在 HBO，剧集有一种迷你化的趋势，这意味着每一季更短，也许只有八集，这是一件好事。HBO 在这方面做出了很多探索，Showtime 则比较少。

预算在增加吗？有一些电视剧的预算似乎很高？

是的，他们花了不少钱。HBO 总是很舍得花钱。他们比公共台或有线台等花钱都多。但是，即使是半小时的单镜头喜剧也比情景喜剧贵得多。他们的钱主要花在制作上。

剧目管理人如何决定邀请谁加入编剧室？如何选择二号人物？如何选择其他编剧？

这是许多因素的组合。首先，要看你写的是什么剧，你认为这类电视剧需要什么样的经验。我个人喜欢选择那些以前合作过的人，因为这很重要。编剧室是一个小公司，你必须确保每个人都能与别人和睦相处，必须精心组织。所以，你首先要问自己：我认识的人中谁能做这个？然后问自己：我们需要什么样的人来做这个？比如，在这部剧中，我们希望避免类型化。比如，我们是否想要那些在电视行业经验不多，但是擅长塑造人物的剧作家？因为当你在某个系统内接受过长时间的训练之后，你会养成一些坏习惯。如果你擅长情景喜剧，你不一定能做好基于人物的剧情类电视剧。所以，你需要看很多简历，见很多人。你需要找到那些非常愿意分享自己生活的人，因为从技术上讲，他们需要从自己的生活中取材，你需要找到能跟别人合作愉快的人。有时候你没办法知道，你必须把他们安排在一个编剧室里试试看。

✎ 你做过很多以女性为主角的剧。编剧也会像演员一样被定型吗？作为编剧，你自己被定型了吗？或者，专注于某一类电视剧是你自己的选择吗？

相信我，我不想做别的。我有一定的特长，我不想追求其他东西。有其他人专门做其他节目。我不会做罪案剧，我不会做间谍剧，我不是正确的人选。所以我想，答案是二者兼而有之。可以说，我在一定程度上被定型了，因为我想要这样。我认为我写得最好的就是我了解的东西。对我来说，这没问题。我的问题在于，有人会说，她不会写男人。这可能是真的。我喜欢写关系——不一定是浪漫的关系——这把我置于爱情喜剧的世界。在电影行业也是如此。我喜欢写爱情喜剧。

✎ 电影编剧和电视编剧有什么不同？

我写过电影。实际上，我只有一个剧本真正被拍成电影，叫作《女孩要什么》，是我 15 年前写的，翻拍自 20 世纪 50 年代一部叫作《春闺初恋》（The Reluctant Debutante）的老电影。这是一个很好的例子，说明了电影编剧和电视编剧之间的差异。这是我写的第一部电影。我非常幸运，因为实际上，我没有给他们写商投剧本，大约在我写完剧本十年之后这部电影才开拍，在这段时间里有八位编剧参与过这个项目。女主角原本是一个 20 多岁去伦敦的女孩，电影讲述的是她的个人成长史，结果，它变成了一部 16 岁少女去伦敦的爵士风格的小妞电影：这改变了一切。这充分证明了编剧只是项目的工具，而不是负责人。我很幸运，我做过足够多的电影，现在人们知道我给这个项目带来了什么。通常，编剧都被抛在一边。无论好坏，一旦投拍，剧本就被交给导演，导演就成了剧目管理人。我很幸运能与那些乐于合作的导演共事，他们重视我说的话。但是，通常情况下，他们接手以后就按照自己想要的方式来了。在电视行业，编剧是国王。现在，我尽量只和那些知道我是谁，并且愿意与我共事的电影制片人合作。我给自己设定了规则，除非我需要钱。（笑）我也是一位剧本医生，靠编辑剧本赚钱很容易。但我不认为这是艺术。一般来说，在电影行业是这样的：哦，我们不喜欢这份初稿，让我们再雇一个编剧吧。我认为这是一个错误，不仅伤人，而且不利于风格的统一。

✎ 人们常说，电视编剧和电影编剧之间没有交集。你最终要么成为这个，要么成为那个。你同意这种说法吗？

不太同意。为有线台工作让我有更多的时间，就像现在这样。我们正在拍《如果还有明天》的第二季，有 13 集——不是 22 集或 24 集。你知道，我有很长一段时间——大约半年——不用工作。所以，我可以写电影剧本。

✎ 有些电视剧似乎每一集的导演都不一样。

是这样。在过去三年左右的时间里，我们决定每部剧有一个主导演。这个导演要比其他人执导更多集。他也会帮忙指导其他新来的导演。事实上，当你的导演来来去去时，就没人知道剧集的风格了。你不希望你的剧集每周看起来都完全不一样。还有我们所说的"交叉拍摄"，这意味着同时拍摄两集。你不能每五天就有一个新人。但是，我们有两部剧，所以我们可以一起准备和拍摄。

🛰 你手头一共有多少个开发到一定程度的项目？

过去几年里，这方面发生了很大变化。以前有大额的开发协议。我不认为这是个好主意。你会收到很多钱，然后他们选出一两个创意，你埋头写，他们去推销，争取把它拍出来。对他们来说，这在经济上不是一种非常明智的模式。所以，开发协议的金额在缩水。他们也开始寻找市面上已有的推销项目。比如这一季，他们就会选择更多人们自己创作的剧本。这意味着编剧可以在与制片厂接触之前就展示他们的愿景。在这方面，最成功的是那些被人认识的编剧，这些人可以成为剧目管理人，他们会带来一个已经打包好的项目。如果你喜欢这个剧本，我会负责运营。有时候，他们还会带来导演。我个人可能有八九个创意，存在我的脑子或我的电脑里，我希望有一天能基于它们创制新剧。我不知道我会不会把它们全部写出来，或者在我找到正确的合作人选之前做一些开发工作。有一段时间，大公司会为大牌一掷千金，比如大卫·凯利或艾伦·索金。现在，他们的资金更加分散，更愿意把钱花在那些崭露头角的新星身上，而不是那些一年要花费他们七八百万美元的人身上。经济形势变了，他们不再那么大手大脚。现在还有许多电影编剧跨界进入电视行业。曾几何时，总是我们的人去电影界闯荡。现在，电影界的人开始来我们这里写试播集。

🛰 《如果还有明天》怎么样？你不是这部剧的创剧人，对吗？

是的。实际上，这是我第一次运作不是自己原创的电视剧。这部剧集是个混合体。我们合作得非常好。创剧人达琳（Darleen）是个演员，她知道她的长项就是人物。

🛰 所以，这不是一条单行道，你成为创剧人以后就回不去了？

你可以回去，不过幸运的是，因为我的职业生涯已经走到这一步，我可以想做什么就做什么。这部电视剧很棒，我想为有线台再做一部同类的剧，而且我个人有过一些关于癌症的经历。人们被赢得金球奖的欲望驱使，但是我不需要更多的奖项了。我们不必重复自己。

你是个幸运的人，喜欢你的工作，同时不必重复自己。

相信我，我知道。写你了解的东西，写你想写的东西，为爱而写。我对所有的编剧都是这样说的。你被什么吸引，就去做什么。

奖励就是创作自由，是吗？而且你能从这里写出最好的作品。

完全正确。《欲望都市》就是如此。我们喜欢它。我们彼此合作，我们喜欢塑造这些人物，我们喜欢这些声音。成功只是锦上添花。如果你能找到这种东西，那么你非常幸运。然后，你会得奖，太棒了！但是，你不能为了"哦，这能让我得奖"而写。我已经试过了，那是搬起石头砸自己的脚。

在编剧室工作，会像兄弟姐妹在母亲面前争宠吗？

现在，形式和内容方面都发生了很大变化，但是有一件事没有变：女性在这一行仍然非常艰难。我很幸运，我已经过了让别人评判我的阶段了。但是，很多女性到了一定的位置就会受到阻碍，她们会被归类。这一行是由男性主导的。我希望能有所改变，我必须大声疾呼，因为这是我们都在努力争取的东西。

你有什么建议？

作为剧目管理人，我能够做出的小小努力就是雇用女性，给女性更多的晋升机会，证明女性可以做得同样好。有些情景喜剧的编剧室完全没有女性。我希望他们意识到，女性是非常幽默的，她们也能出色地完成工作。我在公开场合也这样说：我认为女性比男性更适合做剧目管理人。我认为我们具备多任务处理的能力。科学家对男性大脑做了测试，结果显示，他们更擅长分门别类——而女性是更好的外交官，我们擅长聆听。我在餐馆吃饭时，会倾听周围人的对话……男人有时候过于关注自己的愿景，对周围的一切视而不见。坦白地说，我认为电视行业的优秀女性从业人员越多越好。

罗伯特·卡洛克

罗伯特·卡洛克（Robert Carlock）和蒂娜·菲（Tina Fey）是《我为喜剧狂》（*30 Rock*）的剧目管理人。在此之前，1996—2001 年，罗伯特·卡洛克是《周六夜现场》（*Saturday Night Live*，*SNL*）的编剧团队成员，2001—2004 年是《老友记》（*Friends*）的编剧团队成员。他获得过三次艾美奖、三次美国制片人工会奖（Producers' Guild award）、六次美国编剧工会奖、一次皮博迪奖、一次电视评论家协会奖、一次同性恋反诬毁联盟媒体奖（GLAAD award）和一次金球奖。

你是怎样开始制作电视节目的？

没有直达线路。人们从哪儿来的都有，而我的路线可能是最无聊的，至少在喜剧领域是这样：我曾经为哈佛大学的幽默杂志《哈佛讽刺》（*Harvard Lampoon*）①工作。我本科时就加入了杂志社，我的家庭中有很多记者、广告人和画家，所以我加入杂志社，想认识更多志同道合的人。然后，我发现，所有从杂志社走出去的人都干了这一行。我一直是《周六夜现场》的粉丝，我学的是历史和文学专业，没有其他技能，又不想进学术圈。忽然间，我开始恐慌，于是我开始尝试写作。幸运的是，我出道时赶上了喜剧的黄金时代。电视上有许多喜剧。

---

① 《哈佛讽刺》可能是世界上持续出版时间最长的幽默杂志。该组织的大部分资金是通过将"讽刺"（lampoon）这一名称授权给《国民讽刺》杂志获得的，后者是由《哈佛讽刺》的毕业生们于 1970 年创办的。《哈佛讽刺》的作者们帮助创立了《周六夜现场》。这是《哈佛讽刺》的毕业生们创立的一系列电视节目中的第一个，他们的作品还包括《辛普森一家》、《飞出个未来》（*Futurama*）、《大卫·莱特曼晚间秀》、《宋飞正传》、《联盟》、《新闻广播台》（*NewsRadio*）、《办公室》、《我为喜剧狂》、《公园与游憩》（*Parks and Recreation*），等等。还有许多著名作家出身于《哈佛讽刺》，如乔治·普林顿（George Plimpton）、乔治·桑塔亚纳（George Santayana）和约翰·厄普代克（John Updike）。

90 年代中期，电视上有许多类似 40 年代那种的半小时情景喜剧，还有整个深夜秀（Late Night）系列。我大学一毕业就有了经纪人——一个很棒的经纪人。有人看到了我的剧本。很快，我就参加了一档黄金时段的喜剧节目《达纳·卡维秀》（The Dana Carvey Show），那个节目把黄金时段的喜剧钉进了棺材。（笑）无论出于什么原因，那个节目不成功，然后我去了《周六夜现场》。

所以，你在找到工作之前就有经纪人了。这种情况在今天可不常见。

是的，那时候是经纪人寻找客户，今天已经不是这样了。不管怎样，跟"第二城"（Second City）的单人喜剧表演相比，我的故事显得有点干巴巴了（他们有另一套背景和技能）。但是，我很幸运，从那以后就入了行。

基本上，你是在工作中学会写剧本的。

是的。我为了表演学习写剧本。你知道，我写过幽默散文之类的东西，我跟一些真正有趣的人在一起共事。很多时候，我们坐在一个房间里，互相讲笑话；不是在相互竞争，因为我们的目标都是一样的，就是让剧本更好……不过，你知道，每个人都或多或少在私下里计分：谁的贡献最大，谁的笑话最有趣。我渴望融入其中。《周六夜现场》的工作令人兴奋，竞争很激烈。现场节目是最刺激的，今天很难做到了。有些优秀的喜剧编剧在那里做了很长时间，但是我不想那样，我想写故事，所以我离开了，去做了三年《老友记》。

感觉怎么样？

太棒了！我在那部剧快要结束时才加入，我只是一名剧组编剧，在那里成长为制片人，所以我还在学习。但是说实话，我认为，从叙事及其复杂性的角度，这部剧被低估了。事实上，它的剧情规划是非常严肃的，最好的那些集之间都有严谨的内部联系，我非常喜欢这样。这部剧有某种光彩：在他们创造出来的这个虚构的纽约，每个人的生活都熠熠生辉……它在剧作方面从来没有得到应得的尊重。跟这些人坐在一起，看他们如何编故事、如何提问题，真是太棒了。我在《我为喜剧狂》中也尽量这样做，我问编剧们非常具体的问题：这令人满意吗？情节有发展吗？推动了故事吗？这些问题经常能够得到非常有趣的答案。比如，《老友记》中的罗斯（Ross）可能跟一位客串演员有很多对手戏，而没有和他的伙伴们联系，而后者正是人们为这部剧着迷的原因——朋友之间的互动。你会问自己，为什么围读剧本或排练不那么令人满意。通常，你需要把某些东西分解、重组，或者完全改变它。我们在《老友记》中经常这样做。有时候，如果一个故事行不通，我们会把它彻底删掉。

《周六夜现场》有编剧室吗？

在《周六夜现场》，由你自己做决定。所有编剧每周开一次会。有各种各样的情况。每个人都贡献出自己的创意。每周三，他们把 50 份文档摆在大桌子上，每一份顶端写着作者的名字或首字母……然后其中 11 份或 12 份会被拍出来，其中八九份会在那一周的电视上播出。

由编剧们集体决定？

由制片人决定。出于需要，这个过程中没有那么多合作，更多的是兽性和竞争。综艺节目的重点在于有许多不同的声音，而情景喜剧只能有一个声音。每周的《周六夜现场》都有许多不同的声音被播出，也有许多不同的声音被排除在外，这是一个平衡的过程。这意味着编剧室远不如在情景喜剧中那么重要，作用也不尽相同。出于生存需要，演员需要与编剧合作，当然，编剧也需要通过演员的声音让他们的作品被人听到，所以编剧和演员之间需要持续的合作。但是，在情景喜剧中，团队合作更加至关重要……在《周六夜现场》和大多数综艺节目中，人们没有动力进行剧本围读。在《周六夜现场》，你为其他人写的东西能够得到完整的署名权，这是一种完全不同的体验。《周六夜现场》的团队是为了搜集尽可能多的声音。在这里，我们是一个整体，我们搜集不同的声音——但是然后，我们把它们融合在一起，形成一个多面而独特的声音，但愿这是蒂娜·菲想要的。

🎙 《我为喜剧狂》的编剧室有多少位编剧？

包括蒂娜在内，我想今年我们有 13 个人。我在《老友记》那几年是 12 到 14 个。这个人数让你可以分成两组，这很重要。许多工作是大家一起完成的。一个剧本交上来时，你希望听到每个人的意见；或者在提案阶段，你需要每个人在去写自己的剧本之前知道其他人剧本的内容。但是，为了效率最大化，你可以分成两组，一组负责两周内要拍摄的剧本，另一组为那以后的剧本做准备。刚开始的时候，因为蒂娜和我不想在确定基调时分组，所以我们有八九个剧组成员，蒂娜在表演，一个制片人在舞台上看着，我们没有分组。这是有意为之的，因为当时我们都在试图把握节目的风格。

🎙 你和蒂娜总有一个人在编剧室中，或者两人都在？

是的。当然，蒂娜的情况很特殊，因为她几乎每天都要作为演员表演。所以，我做的很多事情就是设法把她拉进来，让她能够在关键时刻在场。当我推销提案时，实际上是在向蒂娜推销。支持团队提出一个故事，他们找到我，我们一起做一些基础工作。不过，然后，如果我们打算制作它，就要把它逐步分解，画在白板上，然后我去找蒂娜，让她从她疯狂、忙碌的生活中抽身看看它，她可能会有一些建议。

在大多数电视剧中，没有必要去找女演员，但是，她实际上不是女演员，而是编剧—制片人。我也向亚历克（Alec）推销提案，因为我希望他了解情况：如果我们要对这个人物做点什么，我无疑希望他在看到剧本之前知道我们为什么要这么做。所以是这样，我会让编剧们去把那些我脑海里浮现出来的念头变成现实。我们有一套资历等级：有人管理编剧室，有人在学习管理编剧室，有人只是剧组编剧。

"管理编剧室"的意思是？

负责编剧室的运行。

然后向你汇报？

是的，每天或每几天的工作结束时。通常，每天我们都要和顶级编剧—制片人一起坐下来。

能给我讲讲一个剧本的完整开发过程吗？

在理想情况下——这种情况不常见，但时有发生——有人在编剧室里提供指导，比如说我吧。我会说，这是上一季留下的尾巴，这一季我们准备把重点放在故事的下一阶段。这时候，幸运的话，编剧室的规模不大，假设有我和另外四个人，我来讲故事，然后把它画在白板上，形成大纲。然后，我可能会找其他编剧室的人来，征求他们的意见，然后做出调整。我们一般为一集写三到四个故事……

每个故事都与一个不同的人物有关，是吗？

是的。这是杰克（Jack）的故事，他需要这样做，因为他刚刚有了一个孩子……诸如此类。我坚信故事都是相互联系的。所以，我们会讨论故事 A、故事 B 和串场人物——我们经常发现我们有两个故事 A、一个故事 B 和一个串场人物。我非常信赖串场人物——通常有四五个喜剧节拍，情感不是重点。

🎬 你能给我一个串场人物的定义吗？

通常是某个共同的人物。这是纯粹的喜剧故事，情感不是重点，没有太大的起伏，他的故事是最短的，我倾向于把它当成一个小小的放气阀。如果你刚刚讲完两个重量级的故事，接着你就可以讲一个这种小故事。我们通常会重写，所以我们的串场人物的故事不是传统的四五个节拍的故事。这里（指着他办公室里的一块白板，上面有一集的大纲）我们有七个节拍……然后我们把它拿给蒂娜看，征求她的意见，得到她的批准，然后把它分配给一个编剧，连同大纲或节拍表（beat sheet）。我猜，分解故事或某一集就像驯服一匹野马……（笑）

🎬 这是一个有趣的比喻！我们还在理想情况下吗？

是的，我们还在。编剧和编剧团队会写一份大纲，在理想情况下，他们会有四五天时间来完成这项任务。在一年刚开始的时候，节奏会比较慢，我尽量把大纲保持在六页左右，但是更多时候我们会写七到八页。大纲基本上只描述各场戏和一些笑话，我们只是试图理清叙事线索，表明内容是怎样联系起来的。

🎬 这是你第一次拥有真正的时间轴，你可以看到故事如何随着时间发生、如何相互联系吗？

是的，在那之前，我们要对各场戏进行编号排序。

🎬 对编剧来说很容易，不是吗？

万事俱备，但他们还是会搞砸。（笑）你会遇到各种各样的事情，比如新的一天从哪里开始，等等，有时候你会犯错误——每个阶段都能学到很多东西。在推进的过程中，有时候你会忽视一些没有意义的东西，或者重复的东西。当你让他们把这些东西变成几页纸时，他们会意识到内容太多了，会带着困惑回来找你，提出问题。写大纲时，我们总是要聊很多。通常在把大纲交给蒂娜之前，我会改写一遍。然后，我们把大纲发给制片厂/电视台，等他们批准。所以，大纲上会有意见。

✐ 一个没有做过编剧的人真的能读懂大纲吗？

这是一个非常好的问题。很多时候，解释一件小事可能比解释一个复杂的情感故事占用更多的篇幅。我们经常听到这样的说法：这个小故事似乎占用了太多篇幅。而我经常发现，到了剧本阶段，它又恢复正常了。解释"一个人买了一顶新帽子"和解释"一个人的母亲去世了"，需要花费同样多的时间——这就产生了不平衡感。这是一个非常好的问题。节目主管知道他们不是编剧，有人对这些问题更清楚一些。我们一直很幸运。我的意思是，这并不容易，在这部剧集的这个阶段，我们的节目主管非常了解它的风格。与此同时，如果让另外一群不了解我们的人提出意见，那就比较麻烦了——但是如果你把他们想象成观众……

✐ 但是，观众看到的是成片，这是不一样的。他们不会去阅读那些半成品。

当然。你看，有一个好主管总比有一个坏主管来得好。

✐ 我会引用你的话。

（笑）当我们对某些事情有疑问时……例如，两年前到了季末，蒂娜的角色丽兹（Liz）想要一个孩子，我们以"我准备领养一个孩子"结束了那一季。在最后一集里，我们让每个人的故事跳回到三个月前。我们为下一年制定了计划：故事如何发展，它在丽兹的整个故事中处于什么位置。但是，当我们拍摄时，我们有一些挥之不去的疑虑，电视台也给我们提出意见，比如"这会不会太疯狂了？""这会不会把丽兹置于一个尴尬的位置？"他们担心让丽兹整个夏天都悬在那里，他们真的很担心。所以，我们进行了讨论。但是回到现实……大纲已经得到批准，编剧们已经拿到意见，去写第一稿。而且你知道，作为编剧，当你根据大纲写第一稿时，你会发现错误。大纲中有错误太正常了，现在你需要把它戏剧化，找到一个人为什么这样说或这样做的原因。通常，电视台会问：这场戏真正的目的是什么？在大纲中，我们尽量让一切简单明了，忘了那些笑话，搞清楚人物在想什么、有什么感觉，让他或她与之前或之后的场景联系起来。所以，初稿可能被退回来，因为它行不通，它不合理。

🖊 为什么行不通？

当你只有 20 分钟来讲一个故事时，你必须非常简明扼要，想不简明扼要都不行。没有足够的空间和时间来容纳那些不能推动故事向前发展的戏。如果一场戏不能给你新的信息，其中的人物没有明确的态度，那一定是出了问题。也许是戏剧结构的错误，也许是错误的人在相互交谈。

🖊 你会从幕的角度考虑问题吗？

通常，我们尽量指出我们认为幕间休息在哪里。是的，我们通常会写三幕。但是，坦白讲，我们经常是在剪辑时发现幕间休息问题的。NBC 坚持有两次幕间休息，其中一次出片头，但是后来，他们希望片头之后的故事能够留住观众，这是有道理的——这就强制形成了三幕式结构。但是，某些集更适合两幕，或者一集之内的某些故事更适合两幕，某些故事更适合三幕……串场人物就像一个独幕剧演员，是没有幕间休息的。从情节点的角度，应该有幕间休息。但是，当你希望你的主线故事有一次幕间休息，实际上却必须有两次时，你就得想办法另外制造出一次幕间休息来。所以，我们的确是从幕的角度考虑问题的，但是我会尽量不要太早定下来。

剧本有哪些典型的问题？

真的要说吗？故事迟迟没有展开；得到的信息太少；叙事和创意是否令人满意；有没有惊喜；第二幕有没有复杂性——如果你做的是三幕剧，第二幕通常是创造广告收入的……如果你做的是两幕剧，没有什么新鲜事发生，那么也有问题。你希望整个故事是严丝合缝的，但是可能有各种各样的原因使你做不到。然后，我们作为一个小组进行讨论，就需要做出哪些改变达成共识。我们在编剧室里把一切都写下来，每个人都听到同样的意见。我们要成为自己最好的批评者，因为等到真正的批评者，也就是观众介入时，再想改变就来不及了。然后，我们进行改写，这通常需要另外两到三天时间。

是由原来的编剧负责吗？

如果时间紧张，有时候我会自己写各场戏，但是改写仍然是由团队完成的。

你们在编剧室完成第二稿吗？

是的，以小团队的形式。我们把剧本投到屏幕上，一边滚动、一边讨论。如果你想修改一个笑话，最后会得到一页半可能的笑话，你必须从中选择一个，删除其他的，把选中的那个放进去。通常要改写

30～35 页。然后进行剧本围读。按照时间表，我们的剧本围读在拍摄前一周进行，也就是一年中的这个时候。一开始，我们会做两次彻底的改写，然后进行剧本围读，让演员表演各场戏，然后我们回到编剧室（又一次指向画着一集大纲的白板）。比如，这里有一场戏，她跟特蕾西（Tracy）吵了一架；下一场戏是她和杰克在一起，然后她会带着杰克的建议回去找特蕾西解决问题。但是，这里缺少了一些东西：杰克没有给出具体的建议，丽兹要采取什么行动呢？有人提出可以怎样做，以及结果会有什么不同。

这些意见来自演员吗？

剧本围读之后，我的确要跟他们每个人谈。不过，这些意见不是，大部分是我们的。我们只是听听他们怎么说。

演员们知道他们朗读的东西还没定稿吗？

是的，但是他们很了不起，他们都是100％地投入。这非常非常有帮助。因为你不能责怪表演，你只能责怪素材。如果够幸运的话，你还能有三四天时间进行改写——以小组的形式。

你们是做完一集再做下一集吗？

我们总是同时在做好几集。我们 6 月开始写剧本，8 月开始拍摄，所以这时候，你有两个半月的交付时间。现在，蒂娜、我和另一位编剧正在写我们的第 100 集，这一集会有一小时，是我们以前没有做过的。但是，这不是结束，我们后面还有两集。所以，我们三个人都在写各自的部分，希望能在周末合在一起，这样下周每个人都能读到，演员可以排练。这有点冒险。换句话说，现在交付时间不是两个半月了，而是只有一周半。这还是理想情况——每个人都很满意、都能参与的理想情况（笑）。

你们现在拍到第五季了，这种情况多吗？

要我说，大概一半一半吧。因为在夏天，你有两个半月，然后越来越短。每一季有 22 集，从 8 月拍到来年 3 月底。通常，拍完 4 集会有一个制作上的间歇期，你可以有多一点编剧时间，然后就到了圣诞节假期。如果你做的是像我们这种单镜头剧集，就像电影一样，那么停播周就是下一集的准备周。而在多镜头情景喜剧中，停播周就是纯粹的编剧周，所以我们领先两周，因为他们需要为一个已定稿的剧本做准备。幸运的是，我们有一个非常耐心的导演，他会在今天结束前拿到剧本，花一个小时做准备，然后开始拍摄，这时候距离周一可能还有一星期。他会拿到大纲，这很有帮助。然后，我们会在周三进行围读，希望它行得通，然后在周末完成改写。所以，在一年中的早些时候，你能在改写和拍摄之前创造更多的空间，到了一年中的这个时候……

你从来没有真正休息过？

3 月底拍摄结束后，蒂娜和我会放一周的假，我们通常还有三四集要剪辑，这要占用整个 4 月，然后我们会从 6 月中旬重新开始。所以，你有一个半月去看看你的孩子。

这一定是最困难的工作之一吧？

很多人期待这个节目，这对我们真的很重要。蒂娜总是错误地把质量当成等式的一部分，这变得越来越困难了。无论喜剧还是剧情类电视剧，一切都必须看起来像迷你电影，而且更紧凑，也更昂贵。收视率也很重要。是的，我写过电影——我的剧本从来没有被拍出来，不过至少我拿到了报酬——在某些方面，电视更糟糕，但是好的方面是你有控制权。我们说了算。这项责任，我们不打算交给任何人。

✎ 但是，截止日期的压力是巨大的……

如果你的编剧室里有四个人，每个人都全力以赴，确实有压力。到了六七点钟，有两个人会爆发。压力可以是好事，你知道。有些东西，如果你有太长时间去思考就看不到了。但是，你也会看到，有些事情本应该做得更好。你知道，淋浴原理……

✎ 你有过这样的时刻吗？在这个地方，突然间灵光一现？

有时候。通常，我们会在这里待到凌晨五点。如果能够选择的话，我宁愿晚上早点结束，早上早点开始——有时候，早上的三个小时比一个通宵更有成效。但有时候，你没有选择。我觉得，如果能有的选，会有很大不同。

✎ 《老友记》也是以同样的方式制作的吗？

不是，制作过程的差异很大。《老友记》是周五晚上拍摄，整个拍摄过程需要五六个小时。在观众面前半小时的电视喜剧。《人人都爱雷蒙德》（*Everybody Loves Raymond*）的拍摄过程是三小时。但是，这一周的其他时间你都在改写和排练，有时候……你知道，周一觉得很有趣的东西到了周四就不再有趣了，因为我们已经厌倦了，演员已经厌倦了，它已经不新鲜了……但是，每天晚上，你要根据排练的情况进行改写，你会获得更多的信息。所以，我们在游戏中处于领先位置。我们可以有意识地说，真正的麻烦在这里，其他地方没问题。出于不同需要组织的编剧室有着不同的运行方式。每天晚上会有一个深夜编剧室。基本过程是一样的，只是多镜头和单镜头的区别。我想起大卫·马梅特（David Mamet）做过一部军事动作题材的电视剧，他在进入拍摄阶段时说："拍电影就像跑马拉松，拍电视剧就像跑到死。"（笑）

🖋 真是金句！

是的，我是在一次关于那部电视剧的访谈中听到的。你就像登上一台不会停止的跑步机。你越跑越快。如果做的是一部优秀的电视剧，你的感觉会好很多。我做过一些被认为很糟糕的剧，但我仍然倾尽全力。

🖋 你总是负责最后的润色吗？

我们在编剧室中集体润色，由我负责。所以，如果有四个笑话需要考虑，我们会进行小组讨论，我会做出决定——这一切都是在蒂娜和我讨论之前完成的。我给她的是我认为最接近最终版的东西。然后，她发回她的意见，我尽量把它们与我自己的版本整合起来。

🖋 你有没有想过，如果有更多时间，你可以不要编剧室，自己写完所有的东西？

你知道，我们肯定不能在现有的时间内做完这么多集。我想，也不会做得这么好。如果我们每集平均有 3 个故事，一年就是大约 70 个故事。有各种不同的人物，每个人都有开头、中间和结尾。但是，我认为，最有效的是个人和集体的结合——我是指每个天才作家都有一个好编辑！合作很重要，但是不止如此。一天结束时，这个节目要给人感觉像是蒂娜的声音。我为自己的努力感到自豪，但是你必须有一个好的编剧室。我曾经参加过一些编剧室，成员都是精心挑选的，但它们就是行不通……

你如何组织一个编剧室？

看简历，面试。通常，我会雇那些以前合作过的人。我努力寻求不同技能的组合，特别是有许多不同人物要写时。特蕾西是一个贫穷的非洲裔美国人，与丽兹受过大学教育的费城中产阶级背景截然不同。

所以，每个人物都有一个编剧来写吗？

不完全是。把特蕾西当成一个特例——如果有人有和特蕾西相似的背景，那当然好——你要找的是能写各种人物的人。你要寻找的是多样性。我们有没上过大学的编剧、作为耶和华见证人（Jehovah's Witness）信徒成长起来的编剧。我们有单人喜剧演员，想在全国巡演之后尝试另一种生活。我们有一群哈佛大学的书呆子。我们有很多人。有些东西会对某些人物有帮助，有些不会。从创作过程的角度，我喜欢看到不同的个人经历、不同的创作方法，我想和不同的人一起坐下来讨论。

在整部剧中，编剧室都保持原样吗？

理想情况下，我希望它保持原样。去年，我们的人员变动很大。

你会做一部警察剧吗？

我很愿意做一部警察剧。

你有过做警察剧的机会吗？

这就是我喜欢这个节目的原因。我想可以说，一个从这个节目走出去的编剧可以做任何事。我认为，《我为喜剧狂》是一个优秀的训练基地。作为剧目管理人，在很大程度上我的角色就是教育和培训我手下的编剧们。

✎ 你是否也鼓励他们去冒险？感觉你在这里承担了很大的风险。

好吧，蒂娜是个喜欢冒险的人。

✎ 最后一个问题：你喜欢你的作品吗？

有时候。我经常为自己的作品感到尴尬，但是也有感到骄傲的时候。在电视行业，到了一定的时间节点，你必须把它交上去，无论你自己怎么想。（笑）这很有帮助。

珍妮特·莱希

珍妮特·莱希（Janet Leahy）的电视剧作品包括《考斯比一家》（*The Cosby Show*）、《干杯酒吧》、《罗斯安家庭生活》（*Roseanne*）、《波士顿法律》（*Boston Legal*）和《吉尔莫女孩》（*Gilmore Girls*）。最近，她在 AMC 的剧情类电视剧《广告狂人》剧组工作。她获得过两次艾美奖和一次美国编剧工会奖。

✍ 你是如何成为电视编剧的？

我在加州大学洛杉矶分校（UCLA）上学，得过好莱坞广播电视协会（The Hollywood Radio and Television Society）的一个奖。这让我在情景喜剧《纽沃特》（*Newhart*）找到一份秘书的工作。就是在那里，在一个满是风趣幽默、才华横溢的编剧的房间里做笔记，我第一次学会了讲故事的基本要诀。和所有人一样，我尝试写了一个剧本，那是个非常平庸的剧本，但是第二个要好一些，剧组接受了它，我也决定成为一个编剧。

✍ 你在 UCLA 学什么？

我在电影电视学院学习制片专业。我从来没有打算成为编剧。我想成为导演和制片人，但是我知道我需要学习如何讲故事。最初写那些剧本更像是一种尝试，如果不行，那就不行吧。这不是完全计划好的。

✍ 珍妮特，你为三部风靡世界的电视剧写过剧本，《干杯酒吧》《考斯比一家》和《罗斯安家庭生活》，它们至今仍然在全世界播放。你一定是个非常富有的女人。

（笑）好吧，告诉你一件有趣的事：我会收到追加酬金。按照事物的自然规律，《考斯比一家》应该早就没有追加酬金了……但是在我收到的所有追加酬金中，《考斯比一家》是最多的。《罗斯安家庭生活》和《干杯酒吧》也有。但是，你会惊讶地发现，《考斯比一家》一直有追加酬金。我们肯定做出了某些非常具有普遍性的东西。

你当然做出了。我经常旅行，每当我在某个国家的旅馆里打开电视，总有频道在播放《考斯比一家》，要么就是《干杯酒吧》或《罗斯安家庭生活》。这些电视剧给人一种家的感觉。

（笑）从这个意义上说，我非常幸运。

然后，你还为最令人耳目一新的电视剧之一《波士顿法律》写过剧本。你们这些人似乎百无禁忌——尤其是在关于政治正确的问题上。是这样吗？

我又要说，我很幸运。我的老板和那部电视剧的创剧人大卫·E.凯利①允许我说了算，想写什么就写什么。而且，因为大卫的影响力如此巨大，所以他在制作中有很大的回旋余地，我可以在他的保护伞下自由地工作。编剧团队和我必须处理法律方面的问题。我们遵循与调查记者相同的原则，对我们的资料来源进行标注。一切都会经过我们的法务部门。但是，只要我们做好准备，就可以做任何我们想做的事，从这个意义上说，我真的为这部剧感到骄傲。它在政府和媒体力量不

---

① 大卫·E. 凯利创制了《警戒围栏》（*Picket Fences*）、《杏林先锋》（*Chicago Hope*）、《甜心俏佳人》（*Ally McBeal*）、《律师本色》（*The Practice*）、《波士顿法律》和《哈莉与法律》（*Harry's Law*）。他是为数不多的自己创制的剧集在全美四大商业电视台（ABC、CBS、Fox和NBC）都有播出的编剧之一。

平衡的时候播出，为不同的声音提供了空间。

📎 当你提到奥巴马（Obama）和希拉里·克林顿（Hillary Clinton）时，正在举行大选，是吗？这部剧对投票产生影响了吗？

我不确定。不过，我为我们所做的事情感到骄傲。我和编剧团队对很多事情感到好奇。我们有极其出色的研究人员，我们让他们去做研究，得到原始素材。有时候，我们的节目——制作需要六到八周——会在主线故事登上报纸的同一天播出。所以《波士顿法律》比其他电视剧更有新鲜感。

📎 你一定收到过愤怒的政客或说客的来信吧？

我们的确收到了愤怒的来信，但是更多时候，我们也收到了大量表示支持的信件。我们收到了来自教师、医生、母亲的来信，他们的声音并不总能被听到。（笑）实际上，当时我们的电视剧是前总统克林顿（Clinton）最喜欢的电视剧，他对奥普拉（Oprah）这么说的。

📎 作为一个欧洲人，在我看来，这更像是一场辩论——无论你在讨论什么问题，你都能听到双方的观点，或者更多。

但问题是，就像在《考斯比一家》中那样——我从《考斯比一家》中学到了很多东西——除非你能娱乐观众，否则就不能进行这样的辩论。我是娱乐观众的专家，但愿如此，喜剧就是这样诞生的。它允许我们制造戏剧性，创造过山车似的效果。因为当你似乎要向人们说教，或者太把自己当回事的时候，你可以就此打住，用一些幽默的东西来收场。就像生活一样，上一刻你还在笑，突然之间糟糕的事情就发生了。出色的演员能够表现出这种状态。所以，对我来说，首要的任务是娱乐观众。如果能让别人听到你的意见，那是你运气好。

你们有编剧室吗？

是的，不过不同剧组的编剧室的运行方式不同。我是做半小时电视喜剧出身的，所以我的工作室是以这种方式运行的。我们也有一群拥有不同技能的编剧。有些人更擅长剧情类电视剧，有些人更擅长喜剧，有些是法律专家（改行当编剧的律师），也有人擅长写故事。在这种情况下，我战略性地利用了我们的资源。每一集通常包括三个故事，所以我们独立地分解每一个故事，然后把它们搭配起来，平衡剧情类电视剧和喜剧的基调。我们在白板上创作第一个故事，我把各场戏分配给每一个编剧。然后，我们把这个故事整合起来，我进行改写，然后继续下一个故事。三个故事都完成后，我和另外一位编剧把它们整合在一起。

所以，你不是把整个剧本交给一位编剧。

不是，虽然大多数电视节目都那样做，但是在我们的节目里这样不够有效率。这里面有时间的因素，还涉及如何最好地利用我们每个人拥有的技能。这是克服这些障碍的具体策略。我进行改写，是为了创造一个统一的声音。你会在《广告狂人》中看到同样的情况。那个声音就是马修·韦纳的声音。

制片厂方面呢？他们什么时候看到初稿？

由于大卫的影响力，我们很少收到制片厂或电视台的意见。我们把初稿交给大卫，他会打电话提出他的意见。另一位执行制片人比尔·德埃利亚（Bill D'Elia）提出他的意见，然后我们进行改写。偶尔，电视台会打电话来提出意见，但是不超过四次。我们有充分的自由去做我们想做的事。（笑）为了获得那种自由，你的工作必须非常出色。

✎ 我猜，有大卫·凯利在也有帮助？

（笑）实际上，我很幸运，因为《考斯比一家》也是这样。在《罗斯安家庭生活》和《干杯酒吧》中，制片厂和电视台也很少干预。

✎ 演员为《波士顿法律》贡献了多少内容？《考斯比一家》和《罗斯安家庭生活》呢？

你挑的这三部电视剧都很特殊，主演的确都有一定的话语权——我会具体说明。在《波士顿法律》中，大卫·E.凯利答应詹姆斯·斯派德（James Spader），他可以为他的角色注入内容，这是非常罕见的。所以，我和詹姆斯密切合作，我们花了许多个周末讨论他的结案陈词——他几乎每周都要做一次。在《考斯比一家》中——好吧，那是比尔·考斯比的节目，他会贡献很多东西。每次围读剧本后，比尔会提出他的想法，我们的改写都会基于这些想法，以及我们自己根据听到的东西提出的意见。当时，情景喜剧是在观众面前录制或拍摄的。《考斯比一家》的第一批观众会在下午进场，我们像拍摄一场戏剧一样拍摄它，针对不同的场景，把摄影机移动到每一幅布景前。然后，晚上会有第二批观众，我们再拍摄一次。所以，我们会有两场表演。比尔会在下午表演写好的剧本，然后，晚间秀是属于他自己的。我以前从来没参与过这样的节目。

✎ 以后也没有。

以后也没有。比尔是即兴表演的大师，所以他有时候会在晚间节目中即兴发挥。你不知道他会说什么，菲利西亚·拉斯海德（Phylicia Rashad）或其他跟他合作的演员需要用剧本上没有的台词把他拉回节目和剧本中——通常他会跟菲利西亚或马尔科姆-贾马尔·华纳（Malcom Jamal Warner）合作。看着他表演，真的是一件非常奇妙的事。然后，我们会一起剪辑这两个节目，与我之前或之后做过的任何节目都截然不同。我参与了《罗斯安家庭生活》的最后一季。我到那里时，罗斯安的故事已经得到了批准。她对真实性有强烈的感觉。如果不够真实，她会告诉你；如果不够有趣，她也会告诉你。她在巡回演出的日子里雇了许多单人喜剧演员，有丰富的人才储备。我们有整本的备用笑话，每句台词的备选方案，我是说一大本……这一切造就了一部伟大的剧集。

🎙 那里的编剧室怎么样？典型的一周是什么样子？

哦，当然，就是情景喜剧那样。我来给你描述典型的一周：周一上午，剧本围读。下午和晚上，根据你听到的东西来改写。周二上午，编剧们着手准备下周的剧本，或者规划未来的一集。然后，一个编剧负责去把这个故事写出来。周二下午，你到摄影棚去看彩排，演员们为编剧和制片人表演。周二晚上要进行大量的改写——取决于节目，可能持续到凌晨。周三上午，准备未来的剧本；下午，跟制片厂和电视台一起为目前这一集进行彩排。根据你看到的东西，还要改写。周四摄影机走位。演员们找到自己在舞台上的具体位置，在导演的指导下排练。如果是胶片拍摄，周五下午是带服装彩排。如果是录像带，观众会进场，进行实拍。晚上拍摄第二场节目。在所有这些事情中间，你要提出更多新故事，改写现有的剧本。

🎙 这基本上是一个新兵训练营，你没有自己的生活。

你有理解你的朋友和家人，当然，偶尔他们也会抓狂（笑）。拍摄阶段非常困难。但是，你可以有春假，通常是 3 月、4 月和 5 月的一部分。

🎙 你在《波士顿法律》中用过即兴表演吗？有时候听起来像是即兴的。

没有，从来没有。一切都是有剧本的。《考斯比一家》是唯一的即兴表演节目。这是闻所未闻的。这个节目在许多方面都是与众不同的。

🎙 你还为《吉尔莫女孩》写过剧本，在那里遇到了剧目管理人中途退出的情况？

是的，艾米·谢尔曼·帕拉迪诺（Amy Sherman Palladino），她是这部剧集的创剧人。不过，她几乎做完了整部剧集。

🎙 这种情况常见吗？

哦，是的。这一点也不奇怪。这是一项艰巨的任务。

🎙 你认为编剧室的概念对于美剧在全球的成功有多重要？

我认为，编剧室意味着一切。据我所知，还没有一个人能够写出一季电视剧中所有的故事，这是天方夜谭。编剧室至关重要。不仅因为每个编剧带来自己的故事，而且因为这些人聚在一起，使得灵感的火花不断迸发。这真的很了不起！

🎙 写电影剧本时，是你自己一个人在写。写电视剧时，很多人聚在一起。是人多力量大，还是存在失控的风险？

当然存在风险。如果剧目管理人对叙事没有强烈的感觉，或者在压力下惊慌失措，满足于不够好的东西，这就可能发生。最好的剧目管理人应该是真实性、原创性和娱乐性的最强音。编剧室是独裁的。为了听到那个声音，这很重要。电视是一项团队运动，你必须遵循创剧人的愿景，有时候这不容易做到。我们的目标是推出一档精彩的节目，为了这个目标，需要你做什么你就得做什么。最好的电视编剧知道他们是团队的一部分，最困难的是那些不理解团队概念的人，他们通常坚持不了多久。

🖋 如何才能成为一名剧目管理人？你如何在剧目管理人培训项目中做培训？

　　这个项目是美国编剧工会举办的。作为电视编剧，你可以写申请，每周六开课，为期几个月。一些著名剧目管理人会来传授他们的知识。制片厂的节目主管和其他行业的专业人士也会来分享他们的经验。这是一个非常成功的项目，许多从这个项目中走出来的人现在都在负责自己的节目。

🖋 你还参与了《不期而至》（*Life Unexpected*），这部剧在第二季后被砍了。现在这种情况经常发生……

　　是的，确实如此。丽兹·蒂格勒（Liz Tigelar）为那部剧集制作了一个出色的试播集，但是她以前从来没有运作过一部电视剧。他们让我来与她一起运营这部剧。她是一名才华横溢的编剧兼组织能力很强的制片人。所以，我最大的贡献就是让故事保持在正轨上。我的目标是让这部剧开播，并持续到第二季。我们做到了。遗憾的是，它在第二季播出期间被砍了。那时候，我已经离开了，所以我不知道发生了什么。

🖋 男性剧目管理人似乎比女性要多。女性为什么不能晋升到高层？

　　她们能晋升到高层，只是没有男人那么多。传统上，我认为这是因为男人喜欢跟他们了解和熟悉的人共事，而这些人通常是其他男人。

🖋 所以，并不是女性没有足够的信心去寻求晋升？

　　不是。这个行业有许多歧视。年龄歧视屡见不鲜。我有许多朋友失业了，因为他们已经过了 40 岁，而这个行业每天都在发生变化。就我个人而言，我不会以性别取人，特别是当我看到有那么多成功的女性每天都在创作节目。机会在变化。平台在变化。我们接受故事的方式一直在变化。我的观点是，人们可以悲观地看待这些事，也可以为自己创造机会。

🎞 你最近在忙些什么？

过去几年，我一直在做《广告狂人》。我在那里做了两年顾问，今年是全职的执行制片人。

🎞 你能透露一些本季的秘密吗？

（笑）绝不！

埃里克·奥弗迈耶

埃里克·奥弗迈耶（Eric Overmyer）2006 年作为顾问制片人和编剧加入《火线》剧组——这是这部剧的第四季。此前，他曾参与过《波城杏话》《情理法的春天》和《法律与秩序》。他与大卫·西蒙（David Simon）合作创制了 HBO 的剧情类电视剧《劫后余生》（Treme）。他获得过一次美国编剧工会奖和一次埃德加奖。

你为什么认为美国的电视剧比电影写得好？

许多美国电视剧和美国电影一样糟糕。有线台只是提供了一个环境，你可以做点不一样的东西。

你总是与编剧室合作吗？

与《火线》一样，在《劫后余生》中，我们在开始创作下一季剧本前三周召集了编剧团队。我们不是每天开会——我的意思是，有些剧组每天开会，我不能理解，因为如果你每天都在开会，还怎么写作呢？你不停地说、说、说，太无聊了，我不喜欢那样。事实上，我们有一个非常棒的编剧室，我们在试播集和开拍之间碰几次面，在这一季的拍摄过程中碰一两次面。但是，举个例子，当我们拍摄第 8 集时，大卫·西蒙①正在改写下一集，大卫、乔治·佩勒卡诺斯（George

---

① 大卫·西蒙创作了 NBC 连续剧《情理法的春天》的原著小说。他还与埃德·伯恩斯（Ed Burns）合著了《街角：市中心社区生活一年》（*The Corner：A Year in the Life of an Inner-City Neighborhood*），并将其改编为 HBO 的迷你剧《街角》。他是 HBO 剧集《火线》的创剧人，还与埃里克·奥弗迈耶共同创制了 HBO 的《劫后余生》。

Pelecanos)① 和我开会讨论本季的最后三集。我们的编剧室就是这样运行的。

🎙 你们开会时都做些什么？头脑风暴，还是分解和整合故事？

大卫和我，也许还有另外一两个人，我们就故事内容达成共识。有时候，大卫和我会写第一稿，但通常是由一位外部编剧来写——是一位独立编剧。他们不是真正的外部编剧，他们一直参与创作过程。

🎙 你会使用"幕""转折点"之类的术语吗？

在这部剧中，我们没有幕。我们会做一个引子，仅此而已。没有幕真好。

🎙 你如何组织故事？

我们组织剧本。但是，你知道，因为《劫后余生》是关于音乐的，有些人物是真正的音乐家，我们的音乐都是现场拍摄的，我们要在现场做决定。这些音乐不是回放，所以充满活力，但是如何进入和结束一首歌曲也是一件棘手的事。音乐是一种非常有趣的元素，我从中感受到真正的快乐。

🎙 看剧的时候，你能感受到那种快乐……《火线》呢？我听说其中的家庭故事是你写的。

这不是真的！有几次，大卫说："你来写那场戏好吗？"——他不想写主角和他妻子的对手戏。我们是开玩笑的。而且我只参与了一

---

① 乔治·佩勒卡诺斯是著名的侦探小说作家，主要以他的家乡华盛顿特区为创作背景。他在《火线》和《劫后余生》中都做了大量工作。

季——第四季。他们开始时，我正忙着拍《法律与秩序》，我在那个剧组已经待了五季了。当我离开《法律与秩序》时，大卫问我是否愿意加入。那一季结束后，因为 HBO 电视网的时间表很长，我等不及《火线》的第五季了，所以我找了另外一份工作。

当你在一个剧组待得太久时，你的灵感不会枯竭吗？

我想这是有可能的。我在《情理法的春天》剧组待了三年。一般来说，如果情况不错，你会想留下来。

你是在哪里学习电视编剧的？

我认识汤姆·丰塔纳……

当然。

（笑）是的。我是在纽约的剧院认识他的，后来他成了一位非常有影响力的编剧—制片人。他给我打电话，问我愿不愿意写剧本，我说愿意。有些东西与戏剧类似，比如人物、对话，但是其他一切都不一样：事实上，你必须写别人创造的人物，这么说吧，按照特定的风格正确地执行。这里面有一定的自我意识。这里面有著作权属于谁的问题。当你在一个电视剧的编剧团队工作时，你想给它带来一些东西，你想把它做得更好，但是它并不属于你。毫无疑问，戏剧和电视是截然不同的形式。

你怀念剧院吗？

这取决于我在电视行业干得怎么样。现在，我很开心。这么长时间以来，我对新奥尔良已经很有感情了。我们在这里有房子，但是我的家人在纽约，所以我住在纽约。我在电视行业也经历过挫折，有过疲惫不堪的日子——但是戏剧创作也有它的挑战。

和佩勒卡诺斯合作怎么样？他是一位小说家，你们的创作过程有什么不同？

他做过很多电视节目。如果你采访他，你会发现他最想做的就是写他的新小说。但是，我想他喜欢为我们写作。

关于改写，我听到过两种主流观点。大多数人说他们必须改写，赋予剧集一个统一的声音；也有人说，他们希望在剧中保留每个编剧个人的声音。

大卫和我都希望我们属于第二种……我认为，有些剧目管理人是彻头彻尾的控制狂，什么都要改写。但是，《劫后余生》没有编剧团队，只有大卫和我。如果我有一个团队，当我拿到一个需要我改写的剧本时，我真的会很生气，因为明明这些人拿了钱，却要我用周六的时间来改写别人的剧本，我不会高兴。在这部剧中，我们不期待编剧们像我们一样理解它，这太难了，但是我们希望他们给人物带来一些不一样的东西，去到我们没有去过的地方，用全新的视角看待事物。他们会发出独特的声音。所以，我们希望我们属于后者，虽然实际上，我们通常只能成为前者。我们希望有人从他们自己的全新视角来捕捉剧集的声音，初稿只需最少的润色就能投入制作。

有时候是为了换一种口味，你不觉得吗？

是为了推动故事发展和捕捉人物的本质。有一些电视剧，比如《白宫风云》，所有人物都必须用一种特定的方式讲话，全都那么风趣幽默……对于喜欢那部剧的人来说，这很重要，观众希望他们听起来都一样。你知道，每个人都很聪明，这很适合那部剧。如果其他电视剧这样做，效果就不会这么好了。在那种情况下，他们必须把每个人物写得不一样。

    你有没有过这样的感觉，即有些东西在发展中被毁掉了？

哦，当然有。电视台的节目主管希望一切都能得到解释，他们希望一切都能简单化。我经常会有这样的感觉，即剧本越改越差。这是司空见惯的事了。制片厂是被恐惧支配的，他们害怕投资人，他们必须预测到最糟糕的情况，并确保灾难不会发生。有许多人的工作就是提意见。你会得到数不清的意见，让你的作品变得不那么辛辣，更通俗，更容易接受，更像以前做过的东西。HBO 不是这样。他们会问更多的问题，他们试图理解发生的事情，这是一种创造性的方法。

    听起来就像天堂。

确实，他们是从不同的地方来的。在某种意义上，这也是 MTM 的哲学。你知道：雇用优秀的编剧，不要干扰他们。这听起来合乎逻辑，但是大多数节目主管都不会这样做。HBO 是这样做的，他们有相似的哲学。他们相信这个项目，他们相信大卫和我能完成我们的工作。制片商是被恐惧支配的，他们害怕投资人，他们必须预测到最糟糕的情况，并确保灾难不会发生。有许多人的工作就是提意见。你会得到数不清的意见，让你的作品变得不那么辛辣，变得更通俗，更容易接受，更像以前做过的东西。

    我在欧洲做电视编剧时就是这样。我一直认为，是不是基于恐惧行事，是创造性能否得到激发的关键所在——在美剧中有更多的创作自由。你摧毁了我的幻想。

（笑）这里的大多数人也是这样。只有你说的少数几个例外——

HBO、Showtime 和 FX，或许还有 AMC。在美剧的广漠荒原上，这只是很少的一部分。

🎞 HBO 从来不提意见？

他们会看到第一份正式初稿，然后交给制作团队。如果有意见的话，我们会用蓝页。

🎞 所以，他们与制作部门一起看剧本？在讨论剧情的阶段，他们不参与吗？

在剧本写好之前，大卫会给几个节目主管打电话，他们会做一些大面上的讨论。

🎞 基本上，你拥有最终决定权和最终剪辑权。

我们认真对待 HBO 的意见。有些我们能做到，有些不能。如果我们同意他们的意见，或者不会觉得困扰，我们很乐意按他们说的做。如果这是个好主意的话。否则，我们就会拒绝，并解释原因。很少有他们非要坚持的情况。如果他们坚持……好吧，这是他们的节目，他们说了算。但是，从没有过这种情况。

🎞 有没有不许做什么的潜规则？

不许做蠢事？（笑）不，没有什么是不允许的。或许不能让人物发表种族主义或性别歧视言论，但是我们自己也不想那样做。

🎞 编剧会被定型吗？

肯定会。你是写警察剧的，或者你是写医疗剧的。

🎬 你想过做喜剧吗?

是的。这是最难的。从剧情类电视剧到喜剧,或者从喜剧到剧情类电视剧,是一个巨大的职业转变。

🎬 写电影剧本怎么样?

这个领域被一线编剧小心翼翼地守护着,他们能够通过改写赚大钱。我也想做一些这样的工作,但是很难得到机会。如果有更多的时间,我会写一个商投剧本。

🎬 你有私人生活时间吗?

几年前,编剧们搞过一次罢工。

🎬 那次罢工救了你们的命,是吗?有时候,你们这些人好像会被一关好几个月。

的确如此,但是这也有令人满足的一面,所以感觉并不像坐牢。去年,我做《劫后余生》时休息了一段时间,然后我做了《扪心问诊》,这非常有趣……但是我想一直写下去。我有过一些空窗期,那样很无聊。

🎬 你还有其他项目吗?

我有几个创意。但是,你不能在做一部电视剧的同时推销它们。根据合同,你不能为其他人工作。我想,理论上,我可以向 HBO 推销。不过,他们会看着我说:"你不应该在做《劫后余生》吗?"他们会怀疑我不够专注。

✎ 当你做完手头的节目时，就会像变魔术一样拿出这五个项目？

（笑）没错。

✎ 美剧的编剧室似乎主要是由住在洛杉矶的白人男性组成的。这在美国总人口中所占的比例非常小。

女性的数量比你想象的要多——不过通常也是白人。我不知道。我不认为有很多优秀的电视编剧。我认为，大多数电视编剧都非常平庸。有一打左右真正优秀的编剧，但是也有很多编剧从一个剧组转到另一个剧组，因为他们有署名作品，他们提交剧本，由剧目管理人改写，但是他们的技能从来没有长进。制片厂认识他们，他们的简历越来越长，但是他们的作品从来没有真正完成——他们的剧本需要改写，他们没有真正参与过拍摄，而拍摄是非常困难的。这套系统非常奇怪，在某种意义上令人沮丧。如果我要开始做一部电视剧，并且被允许雇用一个大团队，我可能会想出十个名字——他们都是我以前合作过的人。这是因为我不认识其他人，而选择你不认识的人是很冒险的。这是一套非常封闭的系统。

✎ 年轻编剧呢？

我试过，特别是剧作家。事实上，通常都是为了接替某人，你能够雇用的人非常少，你还得征得每个人的同意。一旦加入剧组，你就要做好。每个人都想有位黑人女性作家来充门面。但是，进入这一行很难——眼下还在变得越来越难。就像抢椅子游戏，椅子越来越少，却不断有新人加入。

✎ 电影学院一直在推出新人。

是的。再加上编剧团队在缩小。制片厂是由股东所有的，他们要看报表，和以前的制片厂不一样了。

🎬 你选择导演吗？

导演是 HBO 找的。对导演来说，这是个大制作。与你不认识的人共事总是一种赌博。编剧也一样。有许多电影人想做《劫后余生》，但是在 HBO 看来，他们的名气还不够大。

🎬 他们对名气的要求比对内容的要求更严格？

他们担心的是缺乏经验。我们的拍摄周期是 11 天，比故事片的压力大得多，这部电视剧还有音乐和表演方面的额外挑战。好吧，你拍过一些独立故事片，但是你从来没做过 HBO 剧集，你没有经验。但是，如果你不雇我，我怎么得到这种经验呢？这是一个棘手的问题。我不知道。我不是做决定的人。执行制片人和 HBO 负责雇用导演。他们会问我是否有异议，但是，是她和 HBO 的节目主管们一起解决这个问题，是她负责打电话和看简历。

🎬 还有什么我没有提到的问题吗？

哦，不，我想没有了。你自己就是做这一行的，你知道你在说什么。

🎬 好吧，最后一个问题：在你的职业生涯中，你是否已经到达了那个梦寐以求的阶段，想做什么就可以做什么？

没有，完全没有！我可以提出提案，但是能不能做成就是另外一回事了。我的下一部剧可能就会遇到麻烦。有很多因素……就像把闪电装进瓶子里。

简 · 艾斯宾森

简·艾斯宾森（Jane Espenson）的电视剧作品包括《吸血鬼猎人巴菲》（*Buffy the Vampire Slayer*）、《太空堡垒卡拉狄加》（*Battlestar Galactica*）、《权力的游戏》（*Game of Thrones*）、《火炬木小组》（*Torchwood*）、《童话镇》（*Once Upon a Time*），以及和布拉德·贝尔（Brad Bell）合作创制的《丈夫们》（*Husbands*）。她获得过两次雨果奖（Hugo awards）。

你为什么认为现在的美国电视剧比电影写得好？

一般来说，电视是编剧的媒介。你讲述故事、制作素材、参与拍摄、监督剪辑……即使是一个低级的电视编剧，也比一个经验丰富的电影编剧对最终产品拥有更大的控制权。我认为有一些写得很棒的电影，但是，是的，电视可以提供很多东西，所以我并不惊讶，许多最具创造力的人才都在这里工作。

你是在哪里学习编剧的？从什么时候开始，别人问你"你是做什么的"，你可以自然地回答"我是个编剧"？

我想，除了观察和批判性地思考你看到的东西之外，学习写作不需要其他。就像学习制造机器——最好的方法就是研究其他机器，从中推断出一般的机械原理；而不是通过学习原理，然后根据原理去发明机器（一个原因是，这样太难了）。我还是个孩子时，在电视上看《笑警巴麦》、《肥皂》（*Soap*）、《陆军野战医院》和《欢迎归来，科特先生》（*Welcome Back, Kotter*），思考它们为什么好看。可以说，从那个时候起，我就开始学习电视编剧了。关于人物、对白和笑话，我想了很多——现在回想起来，我也应该看看结构，不过我学到的东西已经足够了。我在大学里没有学习过编剧，只上过几门课，没有一门是关于电视编剧的——加州大学伯克利分校当时没有提供相关课程。我想，我是不得已走野路子出身的。关于"我是个编剧"的问题——你问得很有意思。我一直期待着把这句话说出口。当我在《恐龙家族》（*Dinosaurs*）剧组找到我的第一份剧组编剧工作时，我终于有这个机会了。我喜欢这样说——现在也是。这仍然令人激动。有谁能靠兴趣爱好谋生呢？就像做一个付费的"思想者"？我记得有一年我没有加入任何剧组，我甚至喜欢把它写在失业申请表上。

你也是一位学者，二者是如何相互影响的？

哈！"学者"听起来有点像几个世纪以前的东西了，但是我喜欢。我更像是一名永远的学生，直到我找到摆脱困境的方法。我研究隐喻，这对我的工作非常重要——尤其是在创作科幻剧时。科幻大多是关于隐喻的。但是，我不能说，我研究的东西对我写的故事有什么实实在在的影响。应该说，我的研究和我的写作都是想要概括这个世界的一般性方法的产物。我喜欢抽象的东西。

你是为数不多的没有被归类的编剧之一。你似乎既能写喜剧，也能写剧情类电视剧和科幻剧。你是怎么做到的？此外，与大多数编剧不同，你似乎不喜欢在一个剧组停留很长时间，你喜欢不同的类型和故事。是这样吗？

我想你会发现，每年都会有大量的电视编剧失业，因为统计数据就是这样显示的。大多数电视剧都会被砍。我写过的许多剧集，我都希望能写得更久一点。事实上，在我写过的剧集中，可能只有《吉尔莫女孩》和《橘子郡男孩》（*The OC*）在我离开后还继续播出，而《橘子郡男孩》本来就是一份临时工作。我只做了很短的一段时间……其他剧集都是在我参与期间结束的，我不得不另谋出路。随便一数，我就能举出 11 部在我参与期间结束的剧集。我想我还漏掉了几部。或许是我把它们搞砸的！但是，对我来说，这不是一件坏事——当然，对剧集来说是坏事。而且有些剧集，比如《萤火虫》（Firefly）值得播出更长时间。但是，就我个人而言，我喜欢自助餐——每样东西都能尝一点，我很高兴我的职业生涯也是这样。从喜剧到剧情类电视剧的转变是经过深思熟虑的——我意识到这是一个更好的选择。剩下的就是偶然的机会了——就在《吸血鬼猎人巴菲》之后，我接到了《橘子郡男孩》和《吉尔莫女孩》剧组的邀请，我想这可能让我更受非科幻剧的欢迎。我的喜剧背景让我很适合《杰克兜兜转》（Jake in Progress）和《天才妙探》（Andy Barker，PI）之类的剧，所以我可以回去再做一些喜剧。我的经纪人知道我喜欢到处转，所以他会毫不犹豫地给我带来其他选择——动画片，或者任何其他类型的节目。如果肥皂剧领域还有工作机会，我绝对愿意尝试一下，因为那是我从来没做过的。

🛰 你从事电视这行很长时间了。你认为，情况已经改变，或者正在改变吗？还有更多可能吗？你真的能像外人看到的那样随意尝试？真的感觉那么自由吗？

天哪，我已经做了这么久了——19 年！简直不敢相信！很多时候，我感觉自己还像个新人。很多东西都变了：编剧室更加多样化了。钱更少了——巨额"协议"消失了。更多的剧集，更多的类型——比如《斯巴达克斯》（Spartacus）、《火炬木小组》、《广告狂人》和《废柴联盟》（Community）——我刚入行时这些都是非常"小众"的。编剧团队的规模缩小了。互联网内容更多了。是的，实验的机会很多，但是你仍然要为一家企业提供符合希望和预期的产品。并不是完全的自由，但是你能提供给他们的产品种类更多了……这就是更加自由的地方。

✎ 你参与的所有剧组都有编剧室吗？对你和剧集来说，最好的编剧室是哪一个？

每个剧组的编剧室都不一样。但是，到目前为止，我参与的所有剧组都有。有些剧组是没有编剧室的——每一集的编剧与剧目管理人一对一地合作。但是，我参与过的剧组中，至少在每条主线开始时都要有一个阶段，我们全都坐在一起策划剧情。通常，这个过程在所有剧组中都是类似的——剧目管理人提出大致的路线图，我们在沿途加入一些路标。在那以后，情况就各不相同了。在喜剧中，编剧室实际上是作为一个团队来改写剧本的。在剧情类电视剧中，它通常用来为即将播出的剧集提供创意和结构。我们"分解"每一集。编剧们有时候围坐在桌边，有时候躺在沙发上。编剧室可能是嘈杂、吵闹的，也可能是安静、专注的。可以使用显示器，也可以使用白板。什么样的都有。

✎ 你是《太空堡垒卡拉狄加前传：卡布里卡（Caprica）》第一季的剧目管理人。感觉怎么样？

很有趣。我知道这会很困难，但是我不清楚困难的地方在哪里。事实上，这比我想象的还要难。我不认为我擅长这个——我没有准备好解决所有的需求。我不再有时间真正沉浸于某一集的写作，我不喜欢这样。我一有机会就想回去写剧本。如果将来我创制了一部电视剧，我必须想方设法让它延续下去。

✎ 有线台一开始是不需要收视率的，因为没有广告。现在，收视率突然变得重要了——人们喜欢以《卡布里卡》为例来说明这一点。

嗯……这很有意思。但是，我对商业模式了解不多，也没有费心去自学。分配给我一个剧本，我会把它写出来。我对除此以外的东西都不太关心。

📡 我只看过一点《卡布里卡》，但是我发现它非常迷人、非常真实，讲的就像是今天的我们，以及危机前的世界，说明是什么导致了我们现在的危机。但是，在它还没来得及引起观众的关注之前，SyFy 频道就把它砍掉了。似乎很没有耐心——而且是一种浪费？

收视率不高，因为人们不看。事后回想起来，我怀疑是我们做错了什么、我做错了什么——在制造悬念和吸引观众注意力方面。但是，我敢肯定，热门剧集也会犯错误——我想后见之明没有什么用。我以为这个前传有可能成为大热门，但是它没有吸引观众。我猜，只要有一些基础数据，SyFy 频道有办法预测出一部剧集的天花板在哪里——他们一定有理由认为它无法触及足够的人群，从而获得足够的经济回报。这很遗憾，不过我的好朋友迈克尔·泰勒（Michael Taylor）正在制作新的《太空堡垒卡拉狄加前传》——《太空堡垒卡拉狄加前传：血与铬（Blood and Chrome）》，我对这部剧抱有很高的期望。

📡 当你和其他编剧交流时，比如在编剧室里，你会使用"幕""转折点""高潮"之类的术语吗？

当然会！"幕""幕间休息""故事转折""角色时刻""A 故事""B 故事""揭示"……你在一本关于"如何成为电视编剧"的书中读到的全部术语……我们使用所有这些术语。它们是我们制造的机器上各个零部件的名称。

📡 你是在哪里学习运作一部电视剧的？

哈！我没学过！我只是喜欢写作。当我为乔斯·韦登（Joss Whedon）和罗恩·摩尔（Ron Moore）——现在是为拉塞尔·戴维斯（Russell Davies）这样的大牌剧目管理人——工作时，我总会观察他们是如何塑造人物、对话和场景的……而不是他们如何运作剧集！如果我当初学着点，我会把《卡布里卡》运作得更好。美国编剧工会有一个剧目管理人培训班，但是我没有参加，因为我没想过要自己运作一部电视剧。

🛰 你能以某一集为例，给我讲讲《卡布里卡》的开发过程吗？你自己定义核心故事，然后带到编剧室？

我们非常幸运，有罗恩·摩尔参与《卡布里卡》。他带领我们的编剧团队来了一次闭关，在此期间，我们协助他确定了 10 到 11 集的故事弧。在这个时候，每一集背后的大致概念就确定了。然后，我们回到编剧室，编剧团队和我依据这个概念进行大范围的小组讨论，在基本的"开头—中间—结尾"和主题中找到结构。做完这些，我们就能得到更具体、更明确的各场戏。然后，我们向罗恩汇报，得到更多的信息……最后，我们会指派一个具体的编剧去写这一集。

🛰 由谁来决定指派哪一位编剧？

可以由剧目管理人来指派。不过，通常编剧们已经通过表现出对某一集的偏爱自己指派了自己。在一些剧组中，编剧的分派是按照固定的顺序循环的，但是即便如此，如果某位编剧对某一集特别感兴趣，也可能打乱顺序。如果某个创意是由某位编剧带来的，这种情况经常发生。

🛰 我在采访中听到了两种主流观点。大多数人认为，为了让剧集有一个统一的声音，剧目管理人必须润色甚至改写所有的剧本。还有一些剧目管理人希望在每一集中保持独特的声音，甚至通过不同的编剧表现出人物的不同侧面，他们只在绝对必要的时候进行改写。作为一名编剧和剧目管理人，你怎么看？

这两种思路我都能理解。实际上，我认为这取决于剧集。我认为

《吉尔莫女孩》得益于艾米·谢尔曼-帕拉迪诺（Amy Sherman-Palladi-no）带来的独特声音。而《太空堡垒卡拉狄加》得益于有时候各集带有的鲜明的作者风格。我要说的是，即使最倾向于保留作者风格的剧集，剧目管理人也会去改写。作为编剧，我喜欢听到我自己写的台词。作为剧目管理人，我也喜欢听到我自己写的台词。所以，作为编剧的我可能觉得作为剧目管理人的我改写得太多了。好吧。

✎ 作为编剧（被剧目管理人改写），这和在电影行业的经历有什么不同？在电影行业，导演很容易将剧本改写成他们自己的。对你来说，为什么要改写？是因为与原编剧的品位不同吗？我猜你的剧本也被别人改写过。

电影导演可能"很愿意"改写剧本，不过我不知道他们能否"很容易"地做到。改写是很困难的，有时候比创作更难，因为首先你必须从脑海中抹掉你刚刚读到的东西。保留原作的一部分往往比从头开始困难得多。改写有太多类型，也有太多理由，很难把它作为一件事情来讨论。每个编剧在提交剧本之前自己就要改写好几次。然后，他们会接到剧目管理人的意见，再然后是制片厂和电视台的。然后，剧目管理人接过他们传来的球。然后，拍摄过程中的需要会带来更多改变。然后，一场戏在剪辑中消失了，所以需要再次修改台词，以补充一些丢失的信息；演员要来重新录音，放在最终的版本中。任何一句台词能从第一稿保留到最后出现在屏幕上，都是一个奇迹。改写最常见的原因可能是需要从整体上调整场景——改变发生的事件或人物的视角。不过，有时候也要改变一个人物的语气或一个笑话的节奏。很多时候，只是因为剧目管理人有不同的想法。剧目管理人都做过编剧，他们的作品被改写过无数次。这不是一件坏事或伤人的事。电视剧不是为了让编剧有机会听到自己写的台词而存在的。编剧是为剧集和剧目管理人服务的。剧目管理人有大局观，这是他们的愿景。当我看到一场拉塞尔、罗恩或乔斯改写过的戏时，我经常会感叹它有多美。

✍ 我相信，关于署名有两种不同的方式。有些剧目管理人每一集都署名，另一些则不，后者认为他们所做的改写只是剧目管理人职责的一部分。你认为哪种方式更公平——作为编剧还是作为剧目管理人？

在电视行业，原作者保留署名是被普遍接受的。正如你所说的，改写只是剧目管理人职责的一部分。我看到的情况大多是这样——我自己也是这样做的。有些剧目管理人倾向于让署名更加准确地反映他们所做的工作的百分比，这是另一种看问题的角度。我不会反对和一个使用这套系统的剧目管理人分享署名，只不过我自己采取的是另一种方式。

✍ 美剧在全世界都很畅销，取得了巨大的成功。你在创作时会考虑到全世界的观众，还是特定的观众？

我尽量不考虑任何观众。我以前说过，我认为你写的必须是你自己想看的东西。如果你为特定的观众写作，就像在黑暗中瞄准，你会失去目标。如果我相信自己有良好的品位，那么我喜欢的东西自然也适用于其他人。这是否意味着它也适用于国际观众？……好吧，我想不出来为什么不。

✍ 现在似乎有一种翻拍外国电视剧的趋势。

是的。我现在正在做的《火炬木小组》前三季就是英剧。现在是可能的，我喜欢这种大环境。

✍ 为一部制作过程中的剧集写剧本，让人没有喘息之机。告诉我，你的一年是怎么度过的？还有时间去生活和体验将要写的新事物吗？

有时间去生活，但是没时间跟上其他电视剧的播出进度——我讨厌自己因为忙着写剧都没有时间看剧了。不过，今年很不错。我喜欢我在《火炬木小组》的工作，我也写了几个试播集，做了一些《吸血鬼猎人巴菲》漫画版的工作。从现在直到夏天，每天都有很多东西让我写。事实上，我想我每天总是有一些东西要写——很难回想起某一天我没有提案、大纲或剧本要交稿的。

✍ 你还记不记得曾经整天提心吊胆，担心自己提交的剧本不够好？

是的，当然，我现在还有那种恐惧。写作是非常主观的。一个像我这样有资历的编剧被要求重新开始，或者遭遇滑铁卢的情况，也不是没听说过。直到我得到一份完整的"书面"初稿，我都相信这件事永远不会完。每次完成一个剧本，我都要惊呼——嘿！我做到了！

✍ 作为电视剧的剧组编剧时，你有没有过这样的经历，觉得有些东西被改写得糟糕了？

很少。我只能想到几个例子，一次是情景喜剧，一次是剧情类电视剧，我觉得改写的方向是错误的。总的来说，改写都令剧本变得更好了。

✍ 作为剧目管理人，你有最终话语权吗？

不，我没有——我不是《卡布里卡》唯一的执行制片人。即使我是，也还有电视台的节目主管和标准执行人员，当然还有制作人员告诉你你负担不起……我想这件事太需要合作了，每个人都不会真的感觉自己有最终话语权。

✍ 节目主管就像看门人。你必须通过一扇由几个人看守的大门才能接触到观众。这会困扰你吗？会改变你的写作方式吗？

嗯，这当然会改变写作方式，因为这就是他们要做的——当他们觉得他们的介入能够让剧本变得更好时，会让你改变你的写作方式。通常这不是一件坏事。他们提供了更多的视角，用更新鲜的眼光看待故事。这会困扰我吗？不太会——如果只是为了写我自己想写的东西，我可以做自己的网络剧。但是，如果我想使用他们的系统，这就是我要付出的代价。只有当我看到编剧受到不公正的对待时，我才会感到困扰。

你什么时候停止修改剧本？

在有些电视剧中，拍摄当天还会做一些修改。在情景喜剧中，他们可能在观众面前更换或添加笑话，再拍一条。当然，后期制作阶段也可以补拍和补录。所以，在某种意义上，直到播出之前，剧本都不会停止修改。

剧本的格式有改变吗？你写过网络剧——有什么不同？你认为编剧和互联网的未来是什么样的？

写网络剧很有趣，很不一样。网络剧就像是把故事切成小块，每隔几页就要有一个转折。不过，随着电视剧增加了更多的幕间休息，这也不是什么新鲜事了。我真的很喜欢网络剧，我最喜欢的就是找一个小人物，把他安排在舞台中央——这非常适合网络剧。在现实生活中，没有人是配角——在一部优秀的电视剧中也应该如此。他们都是明星，只是没有人讲述他们的故事。我一直认为，这些东西其实都是一回事——网络剧和电视剧之间没有真正的区别——在电视台的播出时间表之外，我们都有自己的观剧时间表。其实，我早在十年前就认为这一切会发生。这说明我是一个出色的预言家，还是一个糟糕的预言家？

美剧里有什么不成文的禁忌吗？

哦，我觉得所有的禁忌都说得很明白了。有时候，你会听到一条新的：不要把剧集的背景设定在大学里。不要尝试推销一部历史剧。诸如此类。然而有人偏偏这样做了，而且反响很好，所以这些说法都没有意义。

🖊 编剧室似乎都坐落在洛杉矶，成员都是白人男性。似乎是世界人口中很小的一部分在为全世界写作。我知道为什么一开始是这样，但是我真的不明白为什么一直都是这样。你是怎么想的？

惯性，我想是。事情总是以同样的方式进行下去，直到遇到真正巨大的阻力，使它不可能继续下去。实际上，编剧室里的白人男性比我刚入行时少多了。虽然现在许多电视剧都是在其他地方拍摄的，但大部分编剧室仍然在洛杉矶。我想，我们可以住在各地，通过视频会议之类的方式来完成工作，但是我认为这样有所得也会有所失。所有人都在一起的编剧室是最好的。

戴安娜·索恩

戴安娜·索恩（Diana Son）最近是 NBC 剧集《善恶双生》（*Do No Harm*）的制片人顾问，她曾经担任《警界新人》（*NYC-22*）、《警察世家》（*Blue Bloods*）、《南城警事》、《法律与秩序：犯罪倾向》和《白宫风云》的编剧/制片人。她也为 CBS 和 A&E 写过试播集。她还写过戏剧剧本《停止亲吻》（*Stop Kiss*）、《卫星》（*Satellites*）、《BOY》和《R. A. W.（因为我是女人）》（*R. A. W.*（*'Cause I'm a Woman*））。

美国制片厂似乎正在从国外购买越来越多不同类型的电视剧。

是的。如今制片厂和电视台正在购买越来越多的外国电视剧……他们简直着了迷！（笑）他们喜欢这些剧集的某些创意，但是然后，他们想让你把它们变成自己的。他们喜欢"拿来主义"。他们给你很多自由。有一次，一位制片人给我寄了一本书，讲的是华盛顿一位年轻的拉丁裔女律师的故事。他说："背景不一定非得在华盛顿，她不一定非得是律师，也不一定非得是拉丁裔……"我的感觉是："好吧……那你喜欢这本书的什么地方？"（笑）还有一次，他们给我一套德国电视剧的 DVD，叫作《最后的警察》（*The Last Cop*）。在德国版中，这个警察昏迷了 20 年，醒来后发现世界整个变了样。我做了一些小调查，发现基本上任何人只要昏迷了三个月，就已经丧失了生存能力，不能走也不能说话了。但是，我喜欢这个某人醒来发现世界全变了的创意，所以我决定：好吧，让他昏迷十年。这仍然完全不现实，不过……嘿，这是电视剧！（笑）在过去的十年里，世界发生了如此巨大的变化——技术发生了变化，纽约警察局的政治环境发生了变化……"吉利亚尼时代"（Guiliani Time）已经过去了……他的个人生活也会发生改变。

他那蹒跚学步的可爱女儿现在是个愤世嫉俗的叛逆少女了。我觉得这一切既有趣又不会过于矫情。但是，电视台最终放弃了，因为他们已经在制作一个有着类似设定的试播集了。

戴安娜，你是为数不多的不在洛杉矶的电视编剧之一。你是怎么做到的？

这很难。我的选择肯定更少。现在可能有三四部剧集在纽约有自己的编剧团队……我是说剧情类电视剧，因为我不写喜剧和脱口秀。与此同时，在洛杉矶有超过 100 个剧组，包括一些小型电视台的节目。但是，你知道，我生活在这里，我有家庭，我的孩子在上学……所以，每当纽约有一部新剧，我都想被录用。有时我成功了，有时我失败了。所以，就像我最近在《善恶双生》中的工作一样，我经常"通勤"去洛杉矶，每隔一周去一次。不过，我的剧目管理人是个好人，是一个顾家的男人，所以每当不需要我留在洛杉矶，比如写大纲或写剧本时，他就让我待在纽约。他会说："回家去吧，和你的家人在一起。"在《南城警事》剧组时，我每周有三天在洛杉矶。显然，这对我的家人来说很困难，我有丈夫和三个年幼的孩子。所以，我的目标是在纽约运作自己的电视剧。我写过一些试播集，但是没有一个被拍出来。反正，有目标总是好事！（笑）

这些试播集是商投剧本？

不，不是商投剧本。其中两个是根据制片人提供的创意创作的。制片人已经把这个创意卖给了电视台，然后找我来当编剧。不过，去年我卖出了一个基于原创创意的试播集。每家电视台每年要购买大约 100 个试播集，他们会选择拍摄其中 5 到 11 个。所以，你的胜算不大。但是，你知道，如果担心这种事情，就没有人干这行了！我们都喜欢这样想："哦，我会是个例外！"（笑）

🛰 我能问问一个试播集他们付给你多少钱吗？

哦，天哪，差距真的很大。如果你是一个知名剧目管理人，超过100万美元？不过，我想一个优质试播集的费用是15万美元左右。根据你的资历，你可以获得下至编剧工会规定的最低工资、上至100万美元。

🛰 这只是写剧本的报酬。

是的，只是写剧本的报酬。如果他们决定拍摄你的试播集，他们会付钱让你制作，那是执行制片人的报酬。同样取决于你的资历，差距非常大。新手一集2.5万美元，资深编剧一集50万美元。如果试播集被选中拍成连续剧，这笔费用将继续作为你执行制片人的报酬。所以，你可以从制作每一集中得到报酬。例如，典型的公共台剧集一季是22集，你可以把这笔钱乘以22。所以，你知道为什么有那么多挨饿的剧作家最后都去写电视剧了吧！（笑）

🛰 但是，团队中有人是拿编剧工会的最低工资吗？

这要看你说的团队是什么意思了。一个剧组雇来的所有编剧都是团队成员。但是，"剧组编剧"特指第一年的编剧。这是一个入门级的职位。这个人拿编剧工会的最低工资，大概是每周3 500美元？我想是。但是，在那之后，一旦你升级为故事编辑，大多数时候你能拿到高于最低工资的报酬。你的经纪人就是干这个的。而且，一旦你成了故事编辑，你就可以从你的剧本中获得报酬了。每个剧本大约3.5万美元。所以，实际上，作为剧组编剧的一年是你"缴纳会费"的一年。你需要从这里入门。当然，这跟助学贷款或者宝马车的车贷不同，那些贷款要还好几年。

🛰 尽管如此，听起来还是很大一笔钱。

"听起来"是这样（笑）。但是，只有少数人能赚大钱。我们其他

人只是想和家人过上中产阶级的生活——在生活成本非常昂贵的城市。（笑）

🖋 所以，故事编辑实际上是编剧，对吗？

是的。这取决于剧集——因为每部剧集的运作方式都不一样——但是总的来说，在你成为制片人之前，你要做的就是写剧本，可能会在片场拍摄你的剧集，有一个高级编剧/制片人在旁边监督。"故事编辑""执行故事编辑"这些头衔……它们不是职位描述，它们只意味着你是一个"低级"编剧。听起来很可怕……但这不是我编的！无论如何，就我自己而言，直到我成为联合执行制片人之前，我所做的只是写我自己的剧本。然后，我才开始改写别人的剧本、在片场拍摄别人的剧集，等等。但是，你知道，我已经在电视行业工作了14年……我参与过六部不同的电视剧，每一部的运作方式都不一样。这取决于剧目管理人的偏好。在有些剧组，比如《法律与秩序：犯罪倾向》剧组中，编剧团队从来没有碰过面——从来没有。《警界新人》也是如此。其中一位剧目管理人说："在我看来，整天和一群编剧坐在一个房间里就是地狱。"他是个好人！（笑）只是实话实说。你知道，编剧天性喜欢独处。讽刺的是，很多剧组都有编剧室，编剧们坐在一起，每天花8到10小时大声说出各自的想法。这和写作是不一样的技能。二者有关联，但是不一样。

🖋 你的背景是怎样的？你是在哪里学习编剧的？

我是剧作家。

🖋 你就读于纽约大学？

我在纽约大学读本科。但我学的是戏剧文学，不是编剧。我的父母永远不会让我上艺术学院！我不想当医生已经够糟糕的了。（笑）所以，在四年时间里，我阅读和分析戏剧。大四那年，我在拉妈妈实验剧场（La Mama）实习，这是东村的一家实验戏剧公司。大学毕业后，我做了能做的一切……女招待、第二语言者的英语老师、文字处理员，等等——任何能让我每天有时间写剧本的足够灵活的工作。后来，我在大众剧院（Public Theater）排演了一出叫作《停止亲吻》的戏剧，反响非常好，然后我就去了洛杉矶，结识了电影和电视行业的人。

🛰 写电视剧是你的目标，还是一种妥协？

嗯……（笑）剧院是一种更愉快的体验。

🛰 你是说在实际写作中？

在很多方面。我的意思是，没错，在实际写作中，我没有试图取悦任何人，除了我自己。这是一种释放。写电视剧时，你总是会想……"我的老板会喜欢这个吗？"或者有时候，你想要做出某个选择，但是知道你的老板不会喜欢。你会陷入胡思乱想。你总是试图满足剧集和剧目管理人的审美。但是，当你创作戏剧时，你是在用你自己的声音写作。你没有模仿任何人。写作过程本身在情绪上更投入，你必须审视自己。我一向认为，创作戏剧时，你应该做一些真正让自己害怕的事……直面某些深刻和私人的东西。写电视剧时……你知道，你有截止日期，你有大概八到十天写完第一稿，所以这不是一次真正的精神体验！（笑）如果每个人都喜欢它，剧目管理人喜欢它，制片人喜欢它，制片厂和电视台没有提出一大堆意见……你会感觉：喔！太棒了，我干得不错！然后，你的朋友们在电视上看到它，给你发邮件说"我喜欢你的剧"。那感觉很好。但是，在戏剧中，你知道，人们在演出结束后来到你面前，脸上挂着泪水，激动得说不出话来，"我甚至不知道该对你说些什么"——你明白我的意思吗？这是一种不同的回报。

🎬 这就是你一开始为什么会成为编剧？

是的。

🎬 那么，你为什么写电视剧？

事实上，作为一个在小镇长大的女孩……我没有看过戏剧。我的家乡就没有剧院！但是，我看了数不清的电视剧，所以我很喜欢写电视剧。从很多方面来说，这都是梦想成真。我希望有一天能运作自己的电视剧。事实上，在这个国家，作为一名剧作家是无法谋生的——这不可能。你要么做一名全职教师或公务员（这会让你没有时间和精力继续创作自己的戏剧），要么为电影或电视写剧本。不要误会我的意思。我喜欢写电视剧，我喜欢在片场工作——和演员一起，和剧组成员一起。或许是因为这样最像在剧院：我们都在一个房间里，齐心协力完成一件事情。只不过在电视行业，他们还提供餐饮服务。（笑）

🎬 这也适用于电影编剧，不是吗？很少有人能一直在电影行业工作。

可能吧。我对电影编剧的世界了解不多。不过，我认为，作为电影编剧谋生的人更少——这是一个很小的群体。每部电影大概有一到三名编剧，每部电视剧则有六到十二名。我喜欢电视剧，因为我喜欢和其他编剧合作，而且报酬很稳定，还有重播。（笑）通过邮件收到追加酬金的支票，就像白来的钱，就像圣诞老人送来的一样。每次看到编剧工会寄来的信封，我和丈夫就像圣诞节早上的孩子！"看看我们得到了什么?!"（笑）有很多原因，让我认为，对于剧作家来说，电视行业是个好地方。在戏剧中，你是最重要的人，因为除非编剧开始落笔，否则根本不会有戏剧……如果你做过戏剧，改行去写电影剧本，你甚至不会被邀请去片场……这个落差太大了。在电视行业，连最初级的剧组编剧也会去片场，在选角过程中有发言权，与导演一对一会面，用细梳子梳理剧本。

🎙 所以，你是说，电视就像戏剧，因为它是编剧的媒介。

是的，的确如此。它们都是对话驱动的。电影是影像驱动的。那句老话怎么说的来着？"电影是用图画讲故事。"

🎙 你认为是这个原因吗？我是说，现在有许多美剧看起来非常电影化，比如《大西洋帝国》和《绝命毒师》。

是的，它们拍得非常漂亮，像电影一样好，但是叙事仍然是人物驱动的。现在，好莱坞拍的都是"大片"：超级英雄、僵尸、世界末日、末日之后、小行星撞击白宫、3D……大场面，有大量的动作戏，预期能够给制片厂带来足够的回报。我不是视觉系的人……所以我永远写不出那样的电影。

🎙 《白宫风云》是怎么开始的？这样一部电视剧怎么会被制作出来呢？

即使在当时，艾伦·索金也是一个相当有名的编剧，而约翰·威尔斯（John Wells）是一个大牌制片人，我认为是这两个人的组合成就了它。众所周知，约翰·威尔斯是个了不起的经理人，他会说："你的大纲要在周一提交，你的第一稿在那之后两周，第二稿在再之后一周……"告诉你，这些最后期限都能得到遵守。（笑）约翰是工厂的老板，他保证一切按时运转。所以，制片厂和电视台信任他。他会保证节目顺利播出。但是，他也非常人性化。他是一个顾家的男人。他知道在一天结束时，每个人都想回家看看他们的孩子。艾伦的风格完全不同。如果最后期限快到了，他觉得有必要去拉斯维加斯过夜，好让他清空头脑，他就会那样做。

📎 二者截然相反——混乱和秩序。

是的。我只参与了第一季，所以我不知道他们后来有没有采取其他的工作方式。

📎 似乎美剧主要是由男性，而且是白人男性写的。

哦，是的。

📎 你认为这是为什么？

我只能猜测。不过，你首先要考虑的是谁会这样说：我想成为一个编剧。你知道希望不大。你知道成功的机会很渺茫。你要花上好多年，埋头苦干，没有回报，直到有人"发现"你。没有多少人有条件这样做。这是一个文化问题。如果不成功，有些编剧有父母提供的安全网。但是，我们当中许多人没有——像我这样的人（你知道，我的父母是移民），或者其他出身贫寒的人。大学毕业后，我就从未得到过父母的任何经济支持。我教书，当女招待，同时打三份工。我知道，如果我想成为一名编剧，只能依靠我自己。没有人会为我打电话，把我介绍给制片人、制片厂、节目主管，或者能够为我打开大门的人。我只能坐在东村的公寓里写作。我必须写得足够好，让别人注意到我。然后，你必须考虑的另一件事情是，招聘决定是由谁做出的。当他们读到一位编剧的作品时，他们会做何反应？大多数节目主管和剧目管理人都是白人男性，你知道，我们都会对感觉熟悉的作品做出反应，这让我们感觉舒适——无论我们是否意识到这一点：我们存在一种共同的审美、共同的兴趣或幽默感。所以，只要做决定的是白人男性，那么他们雇用的就大多是那些令他们感觉熟悉的人。我很幸运能够拥有我的职业生涯。是的，如果有人对我说"你怎么能这么说？你总是被录用，而你不是白人男性"，我只能说，他们说得对！（笑）肯定有例外。所以，大言不惭地说，做一个好编剧才是最重要的，而我是一个好编剧。或许真是这样。我已经从一个在东村创作实验戏剧的年轻女孩成长为养家的主力了。

🎞️ 这真的很了不起。

当然。相信我，每天我都在感谢命运。但是出于某些原因，当人们说"哦，你真幸运，你做得很好，一切都很好"时，我会觉得困扰。一切是很好。我通过写作得到报酬，我的孩子们在电视上看到我的名字……现实点，我不是个煤矿工人，我有一份有趣的工作！（笑）但是，我不知道，当人们说得好像一切都很完美时，我就会生气。没有什么是完美的。我想要有更多的时间来写剧本，不是每部电视剧都那么有趣……有时候我不得不去不同的城市工作，不能和家人待在一起……留下我丈夫和三个儿子。这份工作很棒……但是并不完美。

🎞️ 你们有编剧室吗？

有。《南城警事》和《善恶双生》都有编剧室，我必须亲自到场，所以我都是通勤。这不是不可行，但是令人筋疲力尽。不过，为了让我的家人留在纽约，还是值得的。我必须这样，我爱纽约！（笑）在纽约，你可以默默无闻。在这里，没有人在乎你为电视剧写剧本。你就是个蠢货。（笑）洛杉矶只有一个行业。如果我们在洛杉矶，我就不能和你进行这样的对话。我会担心坐在邻桌的人是谁——他们是编剧吗？他们是制片厂的节目主管吗？他们会不会无意中听到什么让我难堪的东西？

🎞️ 令人惊讶的是，有一些以纽约为背景的电影和电视剧，是由身在洛杉矶的人写的。

你能看出来。

🎞️ 你这么认为？

我能看出来。但是，这个国家中大多数人不住在纽约，所以他们看不出来。

🎞️ 我知道《法律与秩序：犯罪倾向》没有编剧室。《白宫风云》有吗？

没有，因为艾伦想自己写所有的剧本。

🎞️ 所以，你会写第一稿，然后他拿去改写？

我们会写各场戏。

🎞️ 我从没听说过这种方式。这样能行吗？

能行吗？（笑）你会在办公室里做几个星期的研究，不知道发生了什么事。然后，有人来敲你办公室的门。"艾伦要所有人十分钟后到会议室。"你去了，他说："嘿，伙计们，我的剧本已经超期了，我还什么都没写出来。你们有什么想法？"你说："嗯，没有人给我分派任务，但是我做了一些关于教育券的研究。"然后，他说："好的，教育券是怎么回事？有什么吸引人的地方？有哪些争论？"你接着说："哦，右翼这样想，左翼那样想，有趣的是……"然后，他说："好，很好，很好，把它写出来。"但是，我们不知道这是什么意思。"我要写剧本？写故事线？我要做什么？"约翰·威尔斯会说："去敲定故事的节拍。说明如何引入第一幕，如何发展到第二幕，等等。"但是，你不知道它会变成什么样的剧本。所以，你确定节拍，感觉就像一个拿了过高报酬的研究人员，因为你没有做编剧，你只是在做研究和策划。然后，我们决定，我们要做的就是写各场戏。孤立的各场戏，这很困难……那部剧的故事线错综复杂，你却在孤立地写各场戏。然后，我们把它们交给艾伦，他会把它们摆在地板上，弯着腰思考如何把它们编织成剧本。

✏️ 这是一种非常奇妙的工作方式，结果造就了一种非常独特的风格。我知道艾伦在拍了四季之后被要求离开《白宫风云》，是这个原因吗？

我想，是凯文·福尔斯（Kevin Falls）出任制片人以后，建立了某种秩序。艾伦曾经在媒体上公开说过，他在剧组的四年里，没有一集是按时播出或者没有超出预算的。

✏️ 《南城警事》怎么样？当你有一个合适的编剧室时，整个过程完全不一样了，对吗？你更喜欢哪一种？

我不喜欢编剧室，因为……有太多的头脑、太多的想法。桌子旁边有太多的声音。但是，我们在《南城警事》中做得很好，我们没有像有些剧组那样每天开八小时的会。我听说《实习医生格蕾》的编剧室里有跑步机和椭圆机！因为他们整天都待在那里。但是，在《南城警事》剧组，我们每周碰面三天，每天三到四个小时。这样做的好处是，你可以在桌面上拿到对你的大纲和第一稿的意见。我可以从其他人的大纲中学习制片人喜欢什么、不喜欢什么。但是，我们不会坐在一起分解故事。我们提出一些创意，然后编剧们回家完成自己的大纲。在这里，编剧室得到了很好的利用。

✏️ 听起来，你的经历很复杂。

但是，你知道，总的来说，我真的非常幸运。我的剧本中，有的没有被剧目管理人修改过就拍摄出来了。那种感觉很好，像是一项成就。不过，又要回到刚才说过的那种矛盾的感觉了，别人说："哦，你写电视剧？太棒了！你真了不起！"然后，我说："是的，是很棒，我们能别谈这个了吗？"（笑）

✏️ 我猜，如果你想让你的剧本保持原貌，就必须用这部剧集的声音写作？你能解释一下，对编剧来说这意味着什么吗？

每部电视剧都有一个声音，就是剧目管理人的声音。编剧要用这种风格写作。作为那部剧集的编剧，你的任务就是用那种风格写作。你知道，比如说你在写《法律与秩序》，你就不能用《广告狂人》的风格写作。在《法律与秩序：犯罪倾向》中有过几次，当我写下一句台词时，我会想：勒内（René）① 会喜欢这个的，这句台词听起来就像是他写的。然后，当我写到另一场戏时，我会想：天哪，我真想写这句台词，虽然我知道勒内不会喜欢它，但是为了让我自己高兴一下，我还是要把它写进去。（笑）然后，勒内批准剧本之后，我发现他改写了我认为他会喜欢的那句台词，保留了我认为他不会喜欢的那句。所以，基本上，你永远猜不透他们是怎么想的。（笑）

📡 如果你能改变美剧制作方式中的一件事情，你会改变什么？

你知道，有时候你会从制片厂得到基于戏剧理论的意见。他们会说："这里是开放的，你能把它收拢吗？"或者，你没有把叙事中的这两个点联系起来。这些都是很好的意见。但是，你也会收到这样的意见："虽然受害者的尸体躺在地上，警察说'他没有脉搏了'，我们看到他被车撞得很严重，但是警察从来没有说'他死了'。你能不能改一下台词，让警察说'他死了'？"你说："他已经说了'他没有脉搏了'，而且受害者躺在地上，血从耳朵里流出来。他真的必须说'他死了'吗？如果你没有脉搏了，那你就是死了。"（笑）我觉得有时候他们想让你做一些事情："你能说得更清楚一点吗？"而你想说："已经很清楚了。"

📡 他们想确保每个观众都能明白，而这可能以牺牲微妙性为代价。

的确如此。而我认为观众比我们想象得要聪明。

———————————

① 勒内·巴尔塞是《法律与秩序：犯罪倾向》前五季的剧目管理人。

更多的微妙性和叙事实验空间？更少的意见？

（笑）叙事实验……那太棒了！有线台可以进行叙事实验。我是说，《南城警事》是非常具有创新性的。有几集你甚至看不到反派。对于警察剧来说，这是开创性的。有线台允许编剧创作出比你在公共台看到的更加复杂的人物。在公共台，你需要有1 200万观众才能保住你的剧。像《国土安全》（*Homeland*）、《美国谍梦》（*The Americans*）、《绝命毒师》、《大西洋帝国》这样的剧集……有着真正黑暗、复杂、微妙的人物，不一定总是可爱的。我个人非常喜欢这些电视剧。

查理·鲁宾

查理·鲁宾（Charlie Rubin）是《宋飞正传》《司徒囧每日秀》（The
Jon Stewart Show）、《生动的颜色》（In Living Color）和《法律与秩序：犯
罪倾向》等剧集的剧组编剧或编剧—制片人。他在纽约大学帝势艺术学
院（Tisch School of the Arts）戏剧写作系创办了电视编剧中心。目前，他
正在为罗伯特·查托夫电影公司（Robert Chartoff Productions）[制作有六
部《洛奇》（Rocky）系列电影、《太空先锋》（The Right Stuff）、《安德的
游戏》（Enders Game）]的电影《布鲁克林冲浪者》（Brooklyn Surfers）创
作剧本。

查理，可以这么说吗，你是纽约唯一的电视编剧终身教授？

重要的是，我是如何走到这一步的——学院的戏剧写作系很早就
想开发一门专门的电视编剧课程，就像戏剧和电影编剧一样。没有其
他学院这样做。但是，这个学校有一种根深蒂固的偏见（我刚来的时
候有，现在在某种程度上仍然有），认为剧院是重要的艺术场所，大银
幕次之，比较重要，电视则什么都不是，电视是垃圾。

你从 1999 年秋季学期开始教授电视编剧，是这样吗？

是的。我当时的感觉是，电视编剧已经超越了电影编剧，与杰出
的戏剧创作比肩，而后者是非常稀少的，尤其是与同期播出的大量优
秀电视剧相比。我们以前搞迎新活动时，我总是对这些电视剧如数家
珍。一个戏剧老师很生气，对我说："你为什么要这么做，你为什么总
是提到这些名字？"我会说："因为我希望学习电视编剧的学生能为这
些名字感到自豪。你们提到莎士比亚、萧伯纳、奥尼尔、契诃夫，孩

子们就知道成为剧作家意味着什么。"她说："但是，你知道这意味着什么吗？"我受够了这种愚蠢的优越感，我只能指着她说："广播。想想广播吧。"然后，房间里就炸锅了，我们俩都意识到：他们喜欢电视。但是，当然，我是在故意挑衅，因为只有这样，你才能让人们听你说话——通过夸大其词。在某种程度上，我是在故意把话说得很难听，我暗示只有在电视行业你才能找到工作，在剧院你只能饿死。现在，我不再这样做了，我不喜欢那个这样做的自己——好吧，有时候我喜欢他。我们都喜欢自己内心那个白痴。当他们因为我可能会说出一些"支持电视"的话，而没有邀请我去参加学校主要赞助人的晚宴时，我喜欢他。现在，我知道，我们赢了。

今天，电视编剧是戏剧写作系规模最大的中心，因为学生们看电视，一季又一季，看到它们有多出色，然后要求开设更多的课程。而就在四五年前，我在这里还被称为"那些电视编剧之一"。电视就像别的客人在餐厅里用餐时，留在厨房里不能上桌的那位流口水的表亲。我们在这里建立了一个杰出的中心，有七到九位兼职教授，都是在职的电视编剧，是的，我是唯一的全职的电视教授。第一堂课上，我会站起来说："你们都知道电视有多棒，把这句话写下来：现在，电视比戏剧更像一种艺术形式。"有点夸张，但是，戏剧是你在操场上为了赢得自己的位置必须打倒的恶霸。学术界向他们灌输这种对剧院与戏剧的邪神崇拜。我真正想让人们思考的是：电视？艺术形式？为什么不行？现在，从这里走出去的学生已经学会了如何为电视写作，并且尊重它。不过，过去他们更容易找到工作，现在想在电视行业找工作就像在其他地方一样困难。而我们的剧作家，上帝保佑他们，如今他们都在教电视编剧的课程，都在策划电视剧。通常他们第一个试播集的主角就是一群勇敢的演员，或者是由一群勇敢的大学生组成的夏季轮演剧团；经过这个阶段，他们的下一个试播集是关于战斗机器人的。不过，再下一个会非常棒。回到 20 世纪 30 年代，诗人可以获得三位数的高收入，同时依靠教书支付账单，这很好，他们在学术界也有一席之地。但是后来，剧作家们开始说："让我们进军电视业吧。我们不想像这一代诗人那样教书了。"教书没有任何问题——我教书。我爱教书。几乎没有哪个剧作家能够仅仅依靠写剧本来维持生计。但是，在戏剧写作系，我们希望给人们提供一个坚实的基础，让他们胜任电视、戏剧和电影三种类型的写作，他们能找到更多机会，凭借不同的职业背景谋求个人发展。

✎ 剧作家现在似乎对电视产生了新的兴趣。

现在的年轻剧作家都想在电视行业工作，而不是像传统的剧作家那样，一边在加油站的水槽里自己洗衣服，一边努力创作剧本。没有人会因为媒介的不同感到尴尬了。我刚入行时的说法是，如果你想进入电视行业，写几个当前正在播出的电视剧的商投剧本。十年前，那是人们想要读到的东西。没有动画片，因为好莱坞把它们边缘化了。后来，动画片成为爆款，所以动画片的商投剧本和试播集也起来了。再后来，对剧作家的兴趣又复兴了，因为小型经纪公司厌倦了商投剧本。我不能责怪他们，但是很多时候，这个行业是由经纪人厌倦的门槛驱动的。最初大家一哄而上。当时，好莱坞相信试播集是很好的试金石：让某人写一个试播集，我们既可以知道他作为剧作家是怎么想的，又可以看出他是否理解电视剧的结构。我是这样告诉我的学生们的：写一个商投剧本，做一个试播集，然后再做第三件事，可以是另一个试播集，也可以是一出戏剧。剧作家喜欢说，电视行业的每个人都想要他们。这不是真的。这是以讹传讹，特别是在编剧学校里，野心家的无知能够像瘟疫一样蔓延。"我听说一个女孩只提交了一个短篇故事的构思，就进入了《黑道家族》剧组。"就像老话说的：我告诉你一些愚蠢的事，你告诉别人，然后又传回到我这里，然后我说："见鬼，我也听说了！"还有一种趋势是，一些老师告诉学生的信息与他们自己对无知的恐惧有关，或者是为了增加招生人数。在戏剧写作系，关于电视中心有一件事：我们不再需要做广告。我们不再做推广，我们不需要了。文化的时钟滴答作响，我们都要跟着前进。艺术的海洋足够广阔，我们所有人都能在其中畅游。但是迟早，我们的命运都和广播一样。

从长期来看，我希望这所学校理想的运行模式是：我们教给人们写作任何东西，而你开始发现你真正擅长的是什么。你知道，学术界关于世界运行的观念已经落后两代人了。学术界总是比思想和技艺的成就落后两代人。在为电视中心招人时，我喜欢雇那些知道一些我不知道的事情的人。我认为，当我们在这里教授电视编剧时，必须有一种全球的视角。我发现，我最好的学生知道英国人正在做什么、欧洲和拉丁美洲正在发生什么，现在他们可以在网上看到一切。30年前，我们对美国电视台之外的电视节目唯一的认识就是"经典剧场"（Masterpiece Theater）。HBO经常播出一个叫作《疯狂日本人》（*Those Crazy Japanese Guys*）的节目。我们会看到日本人做一些疯狂的事，比如坐在装满冰水的浴缸里；比如和你的女朋友玩捉迷藏，一年后才去找她。他们那里有一种美好的、被压抑的性渴望，日本社会充满了这种渴望。我认为，今天的电视行业比其他艺术形式更加包容，也更愿意冒险。实际上，几乎你在电视上看到的一切仍然是某种套路的变体，但是现在，这种套路的高端潜力正以前所未有的方式得到开发。如果F. 斯科特·菲茨杰拉德（F. Scott Fitzgerald）想在今天的好莱坞买醉，他一定会选择《火线警探》（*Justified*）剧组。

✎ 你写过电影剧本，当过戏剧驻场编剧，也做过喜剧和剧情类电视剧。哪个更困难？

我总觉得，我在做哪种媒介，哪种媒介就是最难的。我做了四年的《法律与秩序：犯罪倾向》，当我准备去写电影时，必须忘记我在《法律与秩序》中学到的一切。我花了好几年时间才能熟练地掌握那些技巧，偶尔还会搞砸——如何转场和提供信息、各场戏的流畅性、第一幕如何进入幕间休息——这些东西"我们都没有"。在一小时的警察程式剧中，每场戏背后的想法都非常简单："警察想知道什么？他们知道什么，或者他们以为自己知道什么？"

可能有人会说，在剧院可以做到更多。

我认为，这是戏剧自我延续的观念之一，无论"做到更多"意味着什么。我们怎么拿莎士比亚和一种直到 1946 年才出现的艺术形式相比较？希腊戏剧像今天的警察程式剧一样，有一个模板。每个时代的电视都有创新性的艺术作品，只是今天更多。戏剧人喜欢用他们 2000 年来最优秀的作品来定义他们自己，却用最糟糕的作品来定义电视。有一本关于电视的好书，叫作《七个闪亮的白天，七个欢乐的夜晚》（*Seven Glorious Days*，*Seven Fun-Filled Nights*），内容是 1967 年 4 月，一个名叫查尔斯·索普金（Charles Sopkin）的家伙一分钟不落地看了整整一个星期的电视，记录下了百科全书般的笔记。这本书的初衷是为了证明电视是一片"广阔的荒漠"，但是我相信，任何读到它的人都会感觉：这片污水中有艺术在闪光。

在电视上，你会看到很多警察剧、很多医疗剧、各种胡闹的东西，但是从长远来看，这是一种实验性的媒介。我认为，在十年左右的时间里，戏剧将会蓬勃发展，我们将迎来一个自 20 世纪 60 年代以来从未有过的戏剧艺术高度繁荣的时期，原因就是剧作家通过电视编剧得到了成长。过去，他们觉得自己写不出东西来了才转向电视，可怜的失业剧作家只能自降身份，屈尊到加州去参与《迷失太空》（*Lost in Space*）。现在的情况是，到这样的学校来学习戏剧创作的学生很快发现，他们可以学会如何为电视写作。在刚毕业的头几年里，他们更有可能作为电视编剧找到工作，他们可能赚一些钱，然后离开。当然，也有些人会留下来，哦，这些为了数百万观众折腰的剧作家！让我们为他们哭泣吧！不过，我说的是那些为戏剧而生的人，他们深爱着戏剧——他们会去写电视剧，把钱存进银行，但是有一天他们会离开，用接下来的十年时间创作戏剧。他们会写出伟大的戏剧。他们花在电视上的这些时间，会让他们写出更好的戏剧。他们会带着所有的经验教训回归戏剧，而且他们有了创作戏剧的本钱。这是我的预测：到 2020 年左右，我们会看到剧院的繁荣。我是这样感觉的。过去，人们是做戏剧失败、做电影失败，就去做电视。现在则是，人们在电视行业取得成功，然后回到戏剧界。

✒ 多么了不起的想法！那么，为互联网制作的原创作品呢？现在有很多网络剧，尤其是在纽约。

我认为，互联网带来了当前视频剪辑和即兴表演的大爆发。网络更适合短节目，有那么多儿童和喜剧类型的视频剪辑，实际上，苹果电脑上就有剪辑软件，完成的视频剪辑质量非常高。有人宁愿看《大学幽默》（*College Humor*）和《笑死人不偿命》（*Funny Or Die*），也不愿意看《破产姐妹》（*Two Broke Girls*）。实际上，大多数网络剧就可以看作人们在为《破产姐妹》试镜。今天，提交一集网络剧就像提交一个半小时的写作样本。不过，要注意，传统行业通常会问："是的，但这是一个人写的，还是一群人写的？"另一个巨大的变化是，随着我们的家用电视机越来越大，电视最终将开始利用背景，不再只是："告诉临时演员导演，让后面那些人排队！"我们将利用背景来帮助我们讲故事。我们已经在一些有线台剧集中看到这种尝试了。我对网络剧的看法是，它们很有趣，但是规模很小，无法吸引人才。当然，网络剧更便宜。我觉得，人们对网络剧的热情来自它代表的未来可能的经济模式。如果观众能够接受一部剧集只有三个演员、每集六分钟，那么像《豪斯医生》（*House*）这样的剧集为什么要有十个演员呢？《都市女孩》（*Girls*）本来是一部网络剧，因为爆红跳出了网络。因为它引起了如此广泛的共鸣，我认为它为电视的未来树立了一个令人兴奋的榜样——尽管它很"丧"。我以为我的二十岁就够丧的了，现在我看到人人都是如此。

✒ 你在《法律与秩序：犯罪倾向》剧组工作时最喜欢的是什么？

我为两位不同的执行制片人工作过，勒内·巴尔塞（René Balcer）

是创剧人，然后由沃伦·莱特接手。跟他们两人共事都有这种感觉：每一周，他们都想超越上周。为《法律与秩序：犯罪倾向》这样的高端剧集做编剧是很累人的。你知道，这部剧每一季都有一个故事弧，有许多人物在行动。这是一部程式剧，有一套固定的程式——用温切·迪奥诺弗里奥（Vince D'Onofrio）的话说，在这样的剧组当编剧就像"端茶倒水"。电视编剧需要接受这样的现实：你要在别人的想象中找到自己。包括他们的局限性，以及类型和人物的局限性。在长期播出的节目中，人们总是忽略这一点。他们认为这很简单，每周都是那些人物。有一次，我去参加聚会，遇到一个会计师，他对我说："我的工作比你的难。每个人的纳税申报表都不一样。"无论如何，我喜欢程式剧，但是当我离开、杰夫·高布伦（Jeff Goldblum）加盟以后，我再也没有看过这部剧，那感觉就像背叛我的妻子。我每周都看的只有《辛普森一家》和《南方公园》。它们都很精彩，是电视史上最好的节目。好吧，我也喜欢《战斗》（Combat!）和《波城杏话》，但是我认为我的心是属于喜剧的。迪克·沃尔夫曾经对沃伦抱怨道："查理以为他还在做情景喜剧。"有一次，勒内告诉一屋子演员："这家伙是唯一既写过《宋飞正传》也写过《法律与秩序：犯罪倾向》的人。"演员们的表情好像在说："喔，我们会为此向你致敬十秒钟。"已经快到八秒了。

🖊 据说《辛普森一家》有两个编剧室，同时写作同一集，这是真的吗？

据我所知没有。我想是这样：有一个故事提案，有人写完初稿，然后放到桌面上讨论，所有其他编剧都在。我所知道的唯一一部像你说的那样的电视剧是《罗斯安家庭生活》。罗斯安有三个编剧室，而不是两个。它们经常写作同一集，每个编剧室有人负责运营。据说罗斯安倾向于雇用友善的、适应性强的人，这样她就可以压榨他们了。顺便说一句，这是一部非常优秀的电视剧，不过她是一个刻薄的人，我很庆幸我没有为她工作过。我有卡罗尔·伯内特（Carol Burnett）了。

罗斯安是美国最受欢迎的女演员之一，但是她雇用了不称职的"怪物"制片人，我得承认，这让她自己也变成了怪物。

你是如何学习编剧的？

在霍瑞斯曼学校（Horace Mann School），我有三位杰出的写作老师，不过其中两位后来被列入了学校指控的恋童癖名单。大学毕业后，我进入了出版业，编辑图书。但是，我一直有一部音乐剧的创意，比尔·芬恩（Bill Finn）想让我把它写出来，他后来写了《假声》（Falsettoland）。那段日子令人怀念，我们做了这出戏，怎么都不能理解为什么明明音乐很棒，但是有些晚上人们就是不鼓掌。当时感觉就像一场灾难。不过，我仍然不理解……没有什么比不笑的观众更难搞的了，或者是不明白你在做什么的观众（即使他们笑了）。然后，《国民讽刺》（National Lampoon）的几位编辑看到了它，他们邀请我为他们的幽默杂志写文章，我就开始写作了。那时候的许多人到现在仍然是我的朋友，那是在1983年或1984年……我是从那里开始真正学习写作的。那里就像一个预备的编剧室。

我们当中有七八个人是核心团队成员，虽然好莱坞存在巨大的年龄歧视，但我们所有人现在仍然在工作。我们就是有那么好，这么说有点大言不惭，但我们确实非常好。尽管如此，我们还是不能让人们阅读杂志。后来，我做过记者，写过一段时间的体育专栏，我是《村声》（The Village Voice）的体育专栏作家，诸如此类的东西。然后，《国民讽刺》的这七八个人开始互相推荐工作——我们并不都喜欢彼此，但是我们喜欢彼此的工作。我在电视行业得到的第一份工作是Cinemax频道的脱口秀节目《双面麦斯》（Max Headroom），这是一个专门采访名人的电脑动画人物节目。这个节目的制片人鲍勃·莫顿（Bob Morton）也是《大卫·莱特曼晚间秀》（Letterman）的制片人，他决定雇两个美国编剧和两个英国编剧。但是，你知道，第一份工作容易找，第二份工作才是真正困难的，因为你的第二份工作建立在第一份工作的基础上。有人因为你的第一份工作找到你，他们告诉别人你是个天才，以便把他们自己塑造成发掘新人的天才。我力压所有经验更丰富的竞争对手，得到了《双面麦斯》这第一份工作，因为我是个新人，他们从来没听说过我，而且我很便宜。我在复印机前阅读另一个美国人写的东西，心里想：这家伙很好，这家伙比我好。那是拉里·戴维（Larry David）。后来，人们问我是如何进入电视行业的时候，我说，秘诀就是在做你的第一部节目时，尽量把你的办公室设在《宋飞正传》的创剧人旁边。我们很合得来。他教我有经验的人应该对新人友好，所以他主动找我聊天，他非常慷慨。我们每天一起吃午饭，当麦斯用一种意识流式的独白谈论他内裤上的污渍，说要介绍"我们的下一位嘉宾——玛丽·泰勒·摩尔（Mary Tyler Moore）"时，我们俩差点一起被炒了鱿鱼。这一段太离谱了，以至于每个人都认为是我们写的。但那只是即兴发挥，拉里最后雇我加入了《宋飞正传》。他还夸奖了我——因为虽然我写过很多有趣的东西，但是我对电视很陌生，我没有安全感。我在一个单人喜剧表演俱乐部，跟一群做 MTV 的不得志的家伙待在一起，有一天，拉里来找我。他要去做下一部电视剧。他告诉我，我必须跟他走。我以为他在开玩笑，但他不是。我必须跟他走，我不能当他的观众。他不肯离开。走吧！他说："我不能在一个我尊敬的人面前做节目。"于是，我跟他走了。感觉好极了，因为一个我尊敬的人把我带出了俱乐部。我至今仍然感谢他。

🛰 做《宋飞正传》是怎样的经历？

我认为，在最近的美国电视史上，有两部电视剧是参与过它们的编剧永远无法忘记的。如果你参与过《周六夜现场》或《宋飞正传》的头几年，它们总会出现在你的简历里，而且会引起人们的注意，他们总是想知道那部分内容，而对别的都不感兴趣。就连《大卫·莱特曼晚间秀》也没有达到过这个高度。这两个节目是图腾。虽然我只参与了一季，但是它对我产生了深远的影响。那个剧组中，另一位伟大的编剧是拉里·

查尔斯（Larry Charles），他教我如何提出提案，他拯救了我的工作，他救了我的命。有一次，他告诉我："你是我遇到的第一个像我一样恨自己祖父的人。"这是一种喜剧人之间的纽带。他教我如何向《宋飞正传》剧组提出提案。他说过："你能不能写一场让杰里（Jerry）失控的戏？作为演员，他喜欢这样，但是还没有人写过。"罗恩·豪格（Ron Hauge）是我的编剧搭档，我们所有的提案都是由他负责的。他行动迅速，坚决果敢，但是拉里让我接手，因为我的个人风格——失去位置，丢三落四，踩到笑点——"更符合《宋飞正传》的风格"。

你们有编剧室吗？

没有。你去找拉里和杰里，告诉他们一个创意。20 次里有 19 次，他们会说"不"——就像自动回复。是的，这很好，但是还有别的吗？还有别的吗？最后会有两三样东西是他们真正喜欢的。他们会说："好吧，这是你的克莱默（Kramer），那是乔治（George）和杰里，这个伊莱恩（Elaine）不是个故事，去拿索引卡。"这是旧时代的方法，不，应该说是旧时代的终结。你拿着索引卡，走到软木板前，把它们钉起来。你知道，第一幕、第二幕……每场戏使用不同的颜色，然后对自己说："现在，我是个真正的专业人士了。"然后，拉里和杰里走进来，开始移动索引卡。今天你们在白板上或电脑上分解故事；在《宋飞正传》中，我们使用索引卡。然后，你去写初稿。到了某个时间点，他们会说："该交稿了。"然后，他们会进行改写。结果是，他们越是喜欢你的初稿，找你要初稿的速度就越快。不过，坦白地说，有时候他们喜欢的是那个创意，而不是你写得怎么样。

那是一部在洛杉矶拍摄的以纽约为背景的电视剧，对吗？

一切都是在斯蒂迪奥城片场（Studio City）完成的。不过，他们偶尔会让一个家伙过来，戴着克莱默的假发，跑下地铁台阶，拍摄他的背影。我从来没有停止过对纽约的想念。大多数在洛杉矶的纽约编剧都会抱怨："哦，我想念纽约，但是现在我更喜欢封闭社区。"

但是，编剧们都住在洛杉矶？

不，你错了。《法律与秩序》的成功之处之一就在于，它们都是在纽约拍摄的。我们的《犯罪倾向》和《法律与秩序》本篇都发生在切尔西码头（Chelsea Piers）。我们是纽约人，写纽约的故事。我很遗憾没有更多的电视剧让故事发生在纽约，电视台不愿意这样做的原因是他们必须飞过来拍摄。节目主管们理想中的状态是："我要去制片厂吃午饭，然后看看我的节目。"然后，他们晃晃悠悠地度过五个小时，高谈阔论，谈论有一次他们遇到一个人，如何如何……然后继续给别人找找麻烦，然后回家。与此同时，其他人都在熬夜制作节目。是的，我是有点偏见，但是人们总是有控制欲。洛杉矶的制片厂不喜欢发生在纽约的故事，因为他们无法控制。无论如何，我为了一份电影合同离开了《犯罪倾向》，我写的初稿就像我写过的最好的《犯罪倾向》。这就是我。有个家伙为莱特曼写了很多年的独角戏，找到了自己想做并且擅长的事，所以他留下了。但是，这不适合我。我的座右铭是：如果你没有被解雇，那就辞职吧。

有一种观点认为，美剧成功的秘诀在于编剧室。

在我看来，那些认为美剧的质量来源于编剧室的人是疯子。事实上，有很多优秀的编剧室和编剧室出品的节目，但是制作节目的方式从来不是唯一的。如果《辛普森一家》是他们所说的编剧室节目，那它就是电视史上最好的节目。我有一个朋友在《干杯酒吧》末期加入了剧组。有四个编剧负责运营，团队中还有另外四个人。每周，四个负责人会把四个新人中的一个带进小黑屋，教他如何运作一部电视剧，然后他们分头去改写那一周的剧本。四个人训练另外四个人来取代他们，太棒了！我在《宋飞正传》剧组那年，我想编剧们最多开过四次会，我几乎能够记得每一次的内容。其中一次是："看，冰箱里所有贴着'杰里'标签的东西都是杰里的。别碰它们。杰里不喜欢别人碰他的食物。"当然，通常是这样的："我觉得侏儒会更有趣，侏儒肯定能带来更多笑声。我们来充实一下伊莱恩的故事吧，有什么想法？"他们就是这样做节目的——通过拉里和杰里的强大存在。在勒内或沃伦的管理下，《犯罪倾向》没有编剧室……有时候他会四处询问每个人的想法，然后同他的智囊团汤米·拉索达（Tommy Lasorda）和厄尔·韦弗（Earl Weaver）一起闭关。据说，《好汉两个半》（*Two and a Half*）是查克·罗瑞（Chuck Lorre）和十位编剧在编剧室中创作的，这是他喜欢的方式。但不是所有的剧组都采取那种方式。我私下里认为，一个人可以既幽默又能写连环杀手。我不是一个适合编剧室的人，这很奇怪，因为我要教书，我必须成为房间的中心，而我实际上又不是房间的中心。我不知道这是什么意思。在《宋飞正传》剧组，我可能是有史以来最安静的人之一。但是，随着时间的推移，我学会了如何在编剧室中站起来，教学让我成了一个更好的编剧和更好的制片人。多年以后，今天的我是一个比当年在《宋飞正传》剧组时更好的编剧。我应该送一些剧本回去，看看有没有人买。概率大概是五五开。

🎙 《我为喜剧狂》中描写了一间编剧室。那部电视剧的描写贴近现实吗？

那是好莱坞版本的编剧。编剧大多是乏味的。他们可以互相开玩笑，但是仅此而已。我喜欢那部电视剧，不过《办公室》（*The Office*）更好，它改变了电视，也会让你心碎。

🎙 你要求戏剧写作系的学生写些什么？

一小时的商投剧本。我喜欢让他们写一些我喜欢的东西，而且能让我站着看完。我可以打破任何规则，但是我必须喜欢它。我喜欢让他们写当时正在播出的《绝命毒师》、《胜利之光》（*Friday Night Lights*），还有《广告狂人》——让我惊讶的是，他们写得太好了。有些学生出生于 60 年代，他们做研究，比如大众汽车是如何进入这个国家的，人们喜欢吃哪种纳贝斯克（Nabisco）饼干，他们喜欢探索那个时代的事物。但是，当他们尝试写《明星伙伴》（*Entourage*）时，他们对好莱坞、制片人和经纪人一无所知，只知道他们在电影和电视中看到的东西。《我为喜剧狂》是他们的弱项，原因和《明星伙伴》一样。他们知道怎么做一场每日秀吗？对他们来说，《办公室》更好写一些，因为他们中的大多数人都有过暑假在无聊企业的低端岗位上实习的经历。《都市女孩》现在是一个商投剧本的大热门。这部剧集像《欲望都市》一样激动人心，而且取得了白金销量，年轻编剧都喜欢它。年轻编剧就应该这样。他们应该去走极端，去让人激动。

你会让他们把商投剧本设定在正在播出的一季当中吗？

恰恰相反。我告诉他们从过去的剧集中选择一个时间点。比如《广告狂人》，如果你把时间点选择在两三季之前，能够帮助你理解，到了某个节点上公司会发展，到了某个节点上会发生分歧，所以他们当中一半的人会选择一个方向，另一半会选择另一个方向。如果你把时间点放在当前这一季，你基本上就是在"与编剧团队斗智斗勇"。如果你有一个好主意，很有可能编剧团队中的某个人也是这样想的，某天晚上你就会在屏幕上看到它，然后拼命申请法学院，然后你就可以参与制片厂的经营事务，开始敲诈其他编剧了。不管怎样，《广告狂人》是完美的选择，因为第一季和第二季之间有 18 个月的间隔。把你的商投剧本设定在那里。

试播集和商投剧本就相当于名片，对吗？

是的，但是你必须明白，没有人会为正在播出的电视剧购买商投剧本。告诉孩子们，在写试播集时不需要分解整季（这是自作聪明的疯狂念头，是 1971 年的想法）。你需要的只是一个 32～33 页的试播集。没有人会买你的试播集，但是有人可能会买下你，从现在起五年或八年后，当你更成功也更强大时，也许你能把这个试播集拍出来，但是现在……一夜成名只能是梦想。有时候，一所编剧学校里有太多的梦想了。关于试播集，我会对他们说，告诉我它是关于什么的，现在告诉我谁是明星——有资金支持的角色，告诉我谁是最重要的配角，也就是对手，告诉我谁是第三重要的人物，现在这三个人物要撑起所有的故事，这就是我们的任务。告诉我这部剧集的核心是什么。读完试播集时，读者应该说："好吧，我能想象还有更多的故事。"还要想想这部剧集到底是关于什么的。比如《欢乐一家亲》（Frasier），实际上，这个故事的内核是兄弟俩向他们自己、向彼此和他们的警察老爸证明他们的男子气概。《单身毒妈》的核心是南茜想："我是世界上最好的母亲，因为我是为了养家才成为毒品贩子的。"而剧中最精彩的时刻就是她意识到："该死，我是世界上最糟糕的母亲。看看我都做了些什么，看看我让我的孩子们接触到了什么。"编剧们有时候会去为一个无用的次要角色写商投剧本，他们认为这是一个非常专业的角度。但事实上，秘书就是秘书，别去写她的故事，谁会在乎？放弃这种精心编织的幻想吧：你会被剧组雇用，因为聪明的你让秘书说了不止一句台词，于是她就爱上了你！作为老师，我要给你这条重要的建议："她还是会跟酒保睡觉，而不是你。"把关注点放在明星和另一个重要角色身上吧——迈克尔和德怀特（Michael and Dwight），汉娜和亚当（Hannah-Adam）。过去，人们走进经纪人的办公室，说："我创作了一部电视剧，这是前 20 集！"太疯狂了。没有人想读新手写的那些垃圾；他们想试读一集，看自己能不能想象接下来的其他集。编剧总是有自毁的倾向。因为我们创作，而且认为创作和自毁是一回事。无论如何，这对我很有效。作为编剧，如果有位导师告诉我们写出 40 集电视剧来卖个好价钱，我们会尊敬他；但是作为导师，他早就不干这一行了："这就是我在教八年级生物的原因。"

好莱坞的"第 22 条军规"呢？经纪人和经理人呢？

我不相信经理人，除非你已经成功了。学生们喜欢他们，因为他们能比经纪人更快地接纳你。随着戏剧写作系的电视中心名气越来越大，经理人愿意付钱让我把这里最有天赋的孩子的剧本交给他们，我不会这样做。一个经理人会说："把电视中心所有的高年级学生都交给我，怎么样？我会带 15 个孩子入行，其中 14 个会被毁掉，但是有一个会前程似锦。"经理人很粗俗，还经常很狡猾——我的经理人除外，她非常可爱。一个经纪人会对我说："如果你让我雇用这个女孩，我会读她的剧本。但是，如果我不喜欢她，下次我就不会相信你了。"因为经纪人是为了长远考虑的。经纪人寻找有天赋的人，偶尔也能识别他们。经理人看重的是数量。

你让你的学生跟经纪人联系吗？

经常。大多数毕业生都没有准备好成为剧组编剧。一些人非常接近了。我鼓励他们给自己制定一个三年计划：在这段时间里，去星巴克打工，去开软蛋先生冰激凌车，同时写你的商投剧本、完善你的试播集、加入编剧组织。这三年结束时，要么你的职业生涯已经开始，要么你需要重新考虑未来的方向。可能在此之前，你就需要重新考虑了。为什么你没有达到为自己设定的目标？是你的商投剧本？还是你跟别人的会面？如果你觉得每个人都看错你了，再给自己几年时间。很少有人能在他们想成为编剧的时候就成为编剧。也不是每个人都能成为编剧，即使他们上过编剧学校。我希望他们能。我非常喜欢这里的学生。我总是告诉他们，要有一份全职工作，因为和真实的人们在一起有好处。你必须以某种方式进入现实世界，你必须拥有这些经历，这是成为编剧的一部分。我认为电视编剧要比剧作家聪明得多。有些剧作家太以自我为中心了。而且他们必须停止使用"声音"和"标志"之类的词。有个孩子告诉我，她的戏剧老师建议她用整个夏天的时间练习发音。我告诉她："我整个夏天都在练习跳投。咱们中场休息的时候比一比，看谁更厉害。"

现在很少有电视电影了。你认为原因是什么？

它们曾经很了不起，深刻、吸引人。《吾识吾名》（*I Know My First Name Is Steven*）。《鬼头神探》（*The Marcus-Nelson Murders*），后来发展成《神探酷杰克》（*Kojak*）。我希望它们能回归。现在做两个小时的电视节目太贵了。每个人都知道电视剧是最赚钱的。每个人都想拍 100 集。现在，只有大制作剧集才能通过辛迪加出售，而以前什么都行，《货车走天涯》（*BJ and the Bear*）也行。

你在课堂上展示什么？整部电视剧的片段？

不，这所学校太贵了，不能把课堂变成剪辑秀。孩子们可以在课堂上讨论他们的剧本，为什么要浪费时间看视频呢？我们每学期可能会讨论一个他们全都提前看过的试播集。一部电视剧成功与否，基本上可以从试播集中看到原因。在最后一节课上，有时候我会放映 2000 年的《奇境》（*Wonderland*），这是我看过的最好的试播集，领先于时代、黑暗、残酷、复杂、有趣。故事发生在贝尔维尤医院（Bellevue Hospital）：精神病患逐渐失控，把他们的医生也卷了进来。他们只拍了八集，只播出了两集。《纽约时报》给出了你一辈子都梦寐以求的那种评论。两周后，它就被砍掉了，取而代之的是《货车走天涯》。

蒂姆·范·帕腾

蒂姆·范·帕腾（Tim Van Patten）担任编剧和/或导演的电视剧包括《黑道家族》、《火线》、《朽木》（Deadwood）、《大西洋帝国》、《罗马》（Rome）、《太平洋战争》、《权力的游戏》、《艾德》（Ed）和《欲望都市》。他获得过两次美国编剧工会奖和两次美国导演工会奖（DGA awards）、一次埃德加奖、一次雨果奖、一次皮博迪奖、两次艾美奖和一次美国电影学会奖（AFI award）。

蒂姆，你的职业生涯非常多元化。你和特伦斯·温特是创作上的长期合作伙伴。

的确如此！但是，特里* 和我，我们就像两艘擦肩而过的船，我是说现在。他专注于编剧室，而我专注于制作。有时候，我们会在中途相遇。

《大西洋帝国》看起来就像电影。你是这样看待它的吗，作为长篇电影叙事？

它是一部 12 小时的电影。

你是导演。你写了其中一集，但大多数时候你是导演。

（笑）算是吧。我 1 月 21 日开始拍摄。我已经背靠背地拍了两集——第二季的前两集。汤姆·丰塔纳和我有同一个导师。我们都是

---

* 指特伦斯。——译者注

在布鲁斯·帕特洛手下成长起来的。而在《黑道家族》中，马修·韦纳、特里和我都是由大卫·蔡斯带起来的。

你和特里写了《黑道家族》中颇受好评的一集。

那是一个与我个人生活有关的故事，特里奇迹般地把它写成了一集伟大的剧本。

给我讲讲《大西洋帝国》的情况。它无疑属于电视剧世界中制作费用最高的项目。

《罗马》是大制作。《朽木》和《太平洋战争》也是。它们都是大制作，在某些方面比《大西洋帝国》规模更大，不过不是在故事细节的方面。《大西洋帝国》的叙事更加复杂，那些剧集在制作方面规模更大。

我觉得《太平洋战争》更是大制作，因为我们去了澳大利亚的许多地方。我们在北方取景，我们在南方取景，我们创造了五个不同岛屿的地理环境，我们要还原那个时期的墨尔本，我们有大量的临时演员、特效和视觉效果，所以从制作的角度看，《太平洋战争》的规模更大。在《大西洋帝国》中，我们局限于纽约市区，所以面积要小一点，但是有更多的细节；因为我们实际上是在纽约五区拍摄的，但我们要描绘的是纽约、大西洋城、芝加哥，即将播出的一季要描绘 1920—1921 年的费城。挑战在于，很少有 1920—1921 年的场景留存下来，所以你不能随便走到哪里就开始拍，人物要化妆，你要用视觉效果来抹去或添加一些东西。我们在布鲁克林的一块空地上建造了大西洋城，四周用绿幕包围。挑战是巨大的，但是我们的许多布景都是搭建的，所以麻烦要少一些。

你们每一集拍摄几天？

12 天，再加上一天的重叠期。在第一季中，这 13 天里我们大概有

8 天是在摄影棚里。而且，我们在纽约寻求税收抵免。为了能享受最优的税收抵免政策，我们必须留在五区之内。考虑到你要完成那么多工作，这个时间是非常短的。与公共台的一小时剧集不同，公共台有广告，在有线台剧集中你需要多提供 15～20 分钟的影片。工作时间很长，演员也很多（在任何时间点上都有 25 个常规角色），这是一部非常复杂的剧集，在服装、美工、道具方面都有超多的细节，所以它是由这些因素驱动的。

🛰 肯定要做许多研究。

是的。我们有一个研究者在大西洋城，我们有这本书的作者随时响应，我们有一个部门，他们的工作就是确定当时的建筑物和各种细节。当我们开始与斯科塞斯先生制作试播集时——我敢肯定特里告诉过你这个——他真的很重视这部剧集的整体观感，所以他会让特里和我跟他一起看电影，作为参考。有时候还会带上一个部门主管，如果那部电影的重点在于他的部门的话。

🛰 他都给你们看了什么？

天哪，他有一个清单，就像电影学校里一样。特里和我会互相掐对方，简直不敢相信，我们在跟马丁·斯科塞斯一起看电影！剧场里只有我们三个人。有时候，他会讲解："看这里，这是一个精彩的画面。"而且他知道每一个细节。我们看了各种类型的电影；有时候，我们会想，为什么我们要看这部电影。有时候，我们会去他城里的办公室，你知道，他的办公室位于导演工会大楼的楼上，他住在城里。他在那里有自己的小剧场。他对每一部电影都了如指掌，所以，这就像是去上课。我们坐在那里，有点像是到了世外桃源，通常是两场连映。然后，我们会问："马丁，我们为什么要看这部电影？"他说："看到狂欢节的那场戏了吗？非常非常精彩。"那只是很短的一场戏，但是他说："大西洋城就应该是那样的——灯火通明。"你会说，是的，他是对的。整部电影只为了一个小细节。他会把服装师带来，让他看一整部电影，只为了一些小细节。特里和我在《黑道家族》中也有过类似的经历——和大卫·蔡斯一起。他真的很注重细节。

🎞 你们也跟他一起看过电影？

不。和马丁·斯科塞斯一起制作试播集，与特里和我曾经有过的任何经历都不同。预算更高，时间更长。我们真的很想把它做好。我们做了八个版本交给他。这是一项伟大的事业。

🎞 他和你们一起制作试播集吗？

是的。我会去选景，我们会缩小范围，我们尽量保持简洁和高效。

🎞 他现在还在参与吗？

是的。我们把剧本发给他，他会提出意见。他的意见总是非常精准。我们一起看电影时，看了山姆·富勒（Sam Fuller）的《公园大道》（*Park Row*）、《私枭血》（*Roaring Twenties*）、《教父之祖》（*Luciano*）。真希望我们每周都能继续下去。

🎞 你是作为演员出道的，是吗？

是的。我是个糟糕的演员（笑）。不，说真的，我很快就意识到我的兴趣不在镜头前。打个比方，我想可以这样说，在棒球比赛中，捕手每一轮都在场；作为演员，我感觉自己就像外野手，偶尔才会有球飞过来，不是每一轮都有我出场的机会。捕手通过告诉投手投什么球来控制比赛。我喜欢拍摄团队的同志精神，他们是我的家人，我喜欢演员们。

🛰 你什么时候入行的？

我从 20 世纪 70 年代开始表演，在一部叫作《白影》（*The White Shadow*）的电视剧中饰演一个少年，制片人是布鲁斯·帕特洛。我们拍摄时，格温妮丝还是个婴儿。布鲁斯是我的导师，后来让我成为一名导演。他让汤姆·丰塔纳成为一名编剧。汤姆本来是个剧作家。他看了汤姆的一出戏剧，招募了他，他们一起做了《波城杏话》。不仅仅是我们。跟你说，布鲁斯在这一行的影响力是巨大的。这本身就是一个主题。从他的世界里走出了那么多的才华横溢的获奖编剧——令人震惊。他能识别人才，也知道如何管理人才。他既会讲故事，也是一位杰出的领导者，但是他的能力在于制作，他知道如何应付电视台，他相信自己所做的事，对这一切坚定不移。他拥有真正的诚实和坚韧，像钉子一样坚韧，非常特别。布鲁斯非常慷慨。电视是一个非常封闭的行业，很难从外部渗透。你必须从内部人做起，你必须是演员、剧本指导或第一助理导演。在这方面，布鲁斯很了不起。汤姆也做了同样的事，他帮助很多人进入这一行。他是我见过的最慷慨的人。我也在努力这样做，帮助人们走上这条道路。这是一笔伟大的遗产。我相信，信息是需要分享的，否则还有什么意义？我认为，觊觎别人的信息是错误的。这是一个极具创造力的地方，满屋子都是编剧。

🛰 你如何处理剧本？

《大西洋帝国》不太一样，因为我也是执行制片人，我非常幸运，因为能够和我最好的朋友共同制作一部电视剧。在《火线》中，我是导演，只有在拍摄时才到场，所以跟那部剧的关系不是特别接近。如果你受雇作为导演，你只需要到场。他们把剧本交给你，你立刻投入工作。因为这是一部一小时剧集，你有七到十天的准备时间。你跟第一助理导演碰面，迅速了解情况。

在准备阶段，你要开一个所谓的"定调会"，导演和编剧坐下来过一遍剧本。在《黑道家族》中，做得非常详细。有些剧组没有那么详细，只是如果你有任何问题，可以问他们。在有些剧组中，你必须浏览每一场戏，讨论各场戏的基调、性质，演员想要什么，发生了什么，它如何与剧集的其他部分联系起来。可以很详细，也可以很模糊。准备阶段的前期要完成这些事，最后才是读剧本。你必须确定外景地，制定时间表。然后，会有一次通读剧本。不是所有的剧组都有这一步。我是在为HBO工作时才接触到这个的。通读之后，在最后一天或者倒数第二天，编剧们要开一个会，讨论各方意见。还有定调会……你与编剧—制片人、那一集的编剧、制片经理和第一助理导演坐下来，过一遍剧本，交换意见和建议，如果有，这时候就该提出来了。在《黑道家族》中，定调会在准备阶段的中间召开，导演称它为"捍卫你的生命"，因为在这个会上，通常是编剧讲剧本，给你提意见，压力非常大，你必须说出你要如何拍摄这场戏、你认为它意味着什么。

如果你说错了，会怎样？

反过来会容易得多，让编剧给你讲剧本。在《大西洋帝国》中，我们采取了和《黑道家族》的定调会同样的方法。这非常管用。我一直在这里；如果我没有在做导演，如果我没在片场，我就在选角或者在编剧室。

你也在编剧室？

是的，我在。特里是编剧室的头儿，我进进出出。我们会讨论这一季的剧情和人物，讨论主题，这些都写在白板上。然后，我们开始讨论每一集，将其分解到各个节拍。然后会形成一份大纲，分解到各场戏。大纲被分配给一位编剧，由他去写作。每个人分配到剧本之前的过程可能需要三个月。现在，第一集刚敲定，一个编剧带着大纲离开，三个星期后带着初稿回来。特里可能会最先拿到它。

✏️ 如果初稿不行，怎么办？

特里会处理。编剧再得到一两次机会，如果还是不行，特里可以让他走人。

✏️ 你认为你拥有的最有用的工具是什么？

我的生活。（拍拍胸口）特里和我，我们在布鲁克林过着非常相似的生活，事实上，我们的家庭墓地相距不到 100 码。很奇妙。我们经常有着相似的幽默感，我们像双胞胎一样异口同声地回答问题，我们讲同样的笑话。

玛格丽特·奈格尔

玛格丽特·奈格尔（Margaret Nagle）是 HBO 剧集《大西洋帝国》的编剧和监制制片人。在此之前，她创制了自己的电视剧《镜头人生》（*Side Order of Life*），还为 HBO 的获奖电视电影《温泉康复院》（*Warm Springs*）和华纳兄弟的故事片《美丽谎言》（*The Good Lie*）写过剧本。她获得过两次美国编剧工会奖。

说到电视编剧，几乎一切都在洛杉矶？

差不多。除了汤姆·丰塔纳（笑）。他是一个非常特别的人。我从来没见过他。但是，在某种意义上，他是纽约电视界的心脏和灵魂，所有在他手下工作的编剧都非常幸运，受到了最好的训练，而不是要么成功、要么失败。他接纳新编剧，教他们编剧技巧。他是一个很好的导师、一个非常善良的人，他对所有编剧的影响都很大。比如说，有人给我推荐一个编剧，他们会说，他是汤姆·丰塔纳的编剧，他和汤姆合作过，而我会说："哦，那太好了！"汤姆就是一块金字招牌。

你知道，大部分剧组编剧都在洛杉矶，因为买主们都在洛杉矶。电视台和制片厂在洛杉矶。但是几年前，纽约州实行的税收抵免政策使得在这里拍摄变得更容易。这就是现在这里有这么多剧组的原因。如果他们取消税收抵免，纽约就什么也没有了。在《法律与秩序》中，他们有自己的处理方式，他们把编剧室分开，但是大多数编剧室都在洛杉矶。这样更好，离片场更近，方便做修改，等等。如果你提前写好剧本，你可以远程工作，但是如果你要在飞机上写剧本……你知道，这个编剧室也是从洛杉矶开始的。

🛰 是吗？

虽然他们一直说要搬到纽约去。在《大西洋帝国》之前，我还有一个已经开了"绿灯"的项目。我在《大西洋帝国》来到纽约之前就离开了。然后，他们来到纽约，拍摄了第一季，而我不在这里，我不是从这一季开始的时候来的，所以大概我在这里算是顾问，不管我的头衔是什么，我想我的头衔是监制制片人。

🛰 监制制片人意味着什么？

在不同的剧组中，这个头衔有不同的含义。我还有一个担任执行制片人的节目。不过，我们说的是汤姆·丰塔纳。他有自己的授权方式，就像艾德·兹维克（Ed Zwick）和马歇尔·赫斯科维茨（Marshall Herskovitz），他们创制了《三十而立》（*Thirtysomething*），还有70年代中期一部叫作《家庭》（*Family*）的电视剧。编剧们写什么，他们就拍什么。但是，编剧们不是在编剧室中分解故事，他们与马歇尔和艾德一起分解故事，然后去写作——有点像《法律与秩序》的模式。在公共台剧集中，时间表要快得多。在电视行业，时间就是一切。时间不等人，你有最后期限，有播出日期。火车到点就出站，不会等你。为了拍摄，你非常需要你的编剧。如果你是负责人，你不可能什么事都亲力亲为。有些人的个性能够授权，有些人不能。这意味着同样的头衔有着不同的含义，取决于剧组。担任这部剧的监制制片人，意味着我要参加选角会议，或者我要讨论拍摄日程。为了适应一个演员，我们需要调整整个拍摄日程。我们要在第一周把已经写完的前四集里这个演员所有的戏份全拍完，然后他可以有四个月的自由时间。最重要的是，我们要把已经写完的前四集里所有的戏都拿出来，整理一下，看看它们是不是都能拍出来。这是一个制作方面的问题，你可以看到如何通过编剧来解决它。如果我在编剧室里，有人说"好吧，我们要炸掉一艘船"，我就可以说，我们没有足够的预算炸掉那艘船。

✍ 你是从哪里得到成为一名制片人所需要的知识的？

实践出真知。在我自己的电视剧——13集的《镜头人生》中，我是执行制片人，我有一个出色的制片经理，一个叫查理·戈尔茨坦（Charlie Goldstein）的家伙，他是一家电视制片厂的制作总裁。他有着丰富的从业经验，是业内最优秀的制片经理之一，他不仅负责制定预算，还确保整个播出期间不会超出预算。像查理这样的人知道每件事情的成本。他们知道它要花多长时间。你可以走进他们的办公室去问他们，他们的答案总是八九不离十。对于电视编剧，优秀的制片经理是你最好的朋友。你的生活有预算，电视剧也一样。这样很好。

✍ 写作从哪里开始？

我是整部剧集的监制制片人。特里是剧目管理人，是总体上的负责人，就像大卫·蔡斯在《黑道家族》中一样。一切都取决于他的品位、他的观点、他的声音、他的眼光，他是这座拥有许多房间的华丽建筑的设计师。我可以装饰厨房，但是要按特里·温特的愿景来。我们尽量对他有所帮助。最好的编剧—制片人总能写出符合创剧人设想的剧本。在一个成功的编剧团队中，每个人都在写同一部剧集。你们在建造同一座房屋。特里可能会让我设计一个厨房，但是我必须按照他的世界观来设计这个厨房。他要对20世纪20年代有自己的观点，他要理解这些人物、他们是谁，他们都是从他的愿景中诞生的，他们内心深处都有他的影子。我的工作就是努力理解他的意图。如果我有一个新想法，或者我说，让我们选择曼哈顿大桥而不是布鲁克林大桥吧，我需要能够站起来说明，为什么这符合我们的需要，或者为什么我认为故事讲到这里，我们已经准备好选择一座不同的桥。所以，你必须能够提出建议，你必须能够捍卫自己的观点，而且经常没有人想听。我们做了大量的笔记，我们需要那场戏，我也做笔记（有人专门负责做笔记，但是我自己也做）。我会听到不同的东西。这些笔记会变成大纲。

📎 谁来写大纲？

特里。

📎 他写大纲？

他喜欢写大纲。一般是先在他自己的电脑上过一遍，然后我们坐下来一起看。

📎 逐一分解每一场戏，对吗？

我们确定每个人物的故事。然后，你要弄清楚这些人物如何组合在一起。我们可能会挑出一条玛格丽特的故事线，它在某一集中不适用，我们把它留到另一集中，因为这是我们真正想要讲述的关于她的故事。剧情在发展，但还没到讲述那个故事的时候。

📎 你们每天碰面？

是的，从十点到六点。

📎 然后，你们有了一份大纲。你们每个人分到一集吗？你们什么时候写作？

特里会让你离开。他会给你一些时间离开编剧室，通常是一到两个星期。你可以关起门来，不管是在家还是在办公室。在我的剧组中，我让编剧们自己写大纲，然后和他们一起讨论，但是我真的很喜欢大纲。特里要为许多主子服务。他要用所有这些大纲为 HBO 服务。HBO 不会把对大纲的意见发给我，他们会发给特里。他的工作很困难，因为他要帮助我们，帮助他们，帮助演员和剧组成员，以及制作人员。这是一项非常艰巨的任务。

🎞 当你离开去写剧本时，就没有监制制片人了。

是的，这很困难。他们可能会在编剧室破坏玛格丽特的故事线，而我不在那里。但是，这部剧的日程表相对宽松。在公共台剧集中，错过了就是错过了。在《大西洋帝国》中，我们会反复多次回顾大纲。

🎞 所以，你们这些编剧和制片人从来没有直接跟 HBO 对话。在公共台剧集中呢？

在公共台剧集中，制片厂会提出意见，电视台会提出意见。这非常糟糕。他们毁了很多东西。制片厂的意见经常是致命的，因为他们想把一切都搞清楚，他们想让一切都有逻辑性，但是写作与逻辑无关。写作是关于故事的。制片厂的人通常没有接受过叙事方面的训练，我发现电视台的人要内行得多。制片厂的人——你很难从他们的意见中找到什么好东西。但是，作为编剧，你不会见到这些人。HBO 相信在创作方面不用他们插手。Showtime 也是如此。特里去和 HBO 谈，就是这样。

🎞 你认为，为什么电视行业中的女性这么少，女性剧目管理人更少？

在美国，女性的地位不如男性。

🎞 不止是在美国。

这似乎不是当权者关心的问题。除非女性强烈反对，否则不会有改变。耐人寻味的是，一些最优秀的剧目管理人都是女性。比如，卡罗尔·门德尔松（Carol Mendelssohn）可能是有史以来最优秀的剧目管理人。她做了《犯罪现场调查》（CSI）。她太棒了！珊达·莱梅斯（Shonda Rhimes）正在运作三部电视剧。她们势不可挡。电视台知道女性是优秀的剧目管理人，因为女性希望每个人都能和睦相处，她们是灭火队。在剧组中，你要照顾很多细节，就像持家，就像做母亲，这是女性的特点。这些品质可以造就一个剧目管理人，我是说，优秀的剧目管理人。这是一个人数不多但是才华横溢的群体。最困难的是，女性很难在编剧室中获得晋升，我认为瓶颈就在这里。女性似乎很难超越监制制片人的层级。幸运的是，我个人没有在编剧团队中工作过，但是就我所看到的，女性似乎都卡在了监制制片人这一步。

🛰 你认为原因何在？

不是女性自身的原因，而是男性不允许她们继续晋升。根据美国编剧工会和公平就业委员会（Equal Opportunity Employment）的研究，很明显存在天花板。编剧室是非常残酷的。这不是一个允许女性大显身手的环境，这是一个男性的竞技场。男人不听女人说话。CBS 的妮娜·塔斯勒（Nina Tassler）手下有许多女性剧目管理人。FOX、NBC 没有多少女性剧目管理人，ABC 有。公共台也是如此。但有趣的是，大部分电视观众都是女性。对我来说，显然我从一开始就不可能在编剧室中得到晋升。我绝对无法从编剧室中脱颖而出。

🛰 你认为女性为什么不能在编剧室中掌握话语权？

说话最大声的人得到的话语权最多。男人们在编剧室中彼此竞争，想闯进去是很难的——这非常困难。然后，她们觉得：我不知道怎么大声说话，这个人不听我的想法，这真的很糟糕，还有就是写作风格……你知道，可笑的是，我觉得女性的故事被媒体和评论家贬低了，而男性的故事受到推崇。一部关于女性的电视剧可能获得超高的收视率，但是像《广告狂人》这样的剧集会得到所有评论家的关注。因为评论家，包括女性评论家，似乎都更喜欢关于男性的剧集。这就是电视评论界的现状。如果你去看美剧评论，甚至是女性评论家的评论，她们对剧中的女性编剧都很苛刻。我不想含糊其词……我不认为自己是一个男性编剧或者女性编剧，我就是一个编剧。但是，帮助别人并不太难，不是吗？我已经度过了最困难的阶段。

玛格丽特，你是作为女演员出道的。你觉得这对写作有帮助吗？

是的，现在有很多演员在写电视剧。表演教会你很多关于写作的东西，这就是为什么演员能够成为优秀的编剧。我总是对编剧们说："你应该去上表演课。"当演员时，你要研究人类的心理和行为。我必须学习剧本的结构，但我总是从人物写起。我思考的不是故事，而是人物。这是一种优势，但也可能是弱点。因为我是个演员，所以我很会说话，很善于表达。当我推销我的提案时，我可以帮助他们看到它，我几乎可以把它表演出来。这非常有用，因为我不害怕和那些可怕的大人物说话。试镜比推销提案可怕多了。温妮·霍尔兹曼（Winnie Holzman）[①] 总是说，你要把自己当成一个编剧。忘掉那些。不要牺牲任何东西。不过，首先要把自己当成一个编剧。

接下来，你打算做什么？你最大的梦想是什么？

我不知道。我喜欢电视行业的友情。我喜欢按部就班，知道一天结束时我们能够完成一些东西。拍电影可能要花费好几年。我现在有一部电影，制片厂已经让我创作和修改了四年。这非常痛苦。也许它能被拍出来。我现在也在参与一个项目。朗·霍华德（Ron Howard）与 Alliance 雇用了九名编剧充当智囊团，为他们的电影开发新素材，因为他们在这方面真的遇到了瓶颈。所以，我也在阅读电影剧本，给电

---

① 霍尔兹曼是电视剧《我的青春期》（*My So-Called Life*）的创剧人，也是后来被百老汇搬上舞台的《邪恶》（*Wicked*）一书的作者。

影剧本提出修改意见，为朗改写我自己的一个电影剧本，我还在……
我的工作太忙了，总是在赶截止日期。我是说，我想写电影。但是，
独自在家写了一年电影之后，我想去做电视剧。我是个外向的人，我
喜欢出去和人们见面。这就是写电影的缺点。编剧工会考虑罢工时，
我们在城里开大会，房间里一侧是写过电视剧的人，全都彼此认识，
都是朋友；另一侧是电影编剧，他们全都坐在那里，谁也不认识谁。
我不知道我是不是愿意一直被锁在房间里。如果我能制作自己的电影，
那就太好了。我是这部我写了四年的电影的制片人。

🎙 你想做导演吗？

先让我供孩子们读完大学吧。（笑）

苏珊·米勒

苏珊·米勒（Susan Miller）是 Showtime 剧集《拉字至上》（*The L Word*）、ABC 剧集《三十而立》，以及 CBS 剧集《罗西·奥尼尔的审判》（*The Trials of Rosie O'Neill*）的制片人/编剧顾问。她是获得美国编剧工会奖的网络剧《除了我以外》（*Anyone But Me*）的执行制片人/编剧。她获得过两次奥比奖（Obies）、一次古根海姆戏剧奖（Guggenheim Fellowship），她的戏剧《我的左胸》（*My Left Breast*）和《怀疑与拯救的地图》（*A Map of Doubt and Rescue*）获得过苏珊·史密斯·布莱克本奖（Susan Smith Blackburn Prize）。

你的网络剧第一次赢得了美国编剧工会奖。这很了不起，对吗？

非常了不起——作为第一部网络剧，以及作为获奖的女性。而且是凭借剧情类电视剧获奖。剧中的两个主要人物是同性恋。是的，这非常了不起。

你们有多少粉丝？

三季之后，我们有大约 2 000 万的播放量。全世界都有我们的粉丝。

早在 1976 年，你就开始为电视剧《家庭》写剧本。我看到，你还写过《豪门恩怨》（*Dynasty*），然后是当时被认为极具开创性的《三十而立》。

《三十而立》是一部关系驱动的剧情类电视剧，在当时是开创性的。我在电视行业找到工作，很大程度上是因为我是一位剧作家。《家庭》是由杰伊·普莱森·艾伦（Jay Presson Allen）构思的，他也是一位剧作家。对我来说，我有幸赶上了好莱坞吸引来自剧院的剧作家的时代。幸运的是，现在这种情况又在重演。我涉足电视和电影编剧的经历，是一个"小镇女孩被发现"的故事。马克·塔帕剧场（Mark Taper Forum）正在排演我的一出戏剧。我和丈夫分开时，我儿子还在襁褓中，我决定从宾夕法尼亚搬到洛杉矶。所以，我去了一家文学经纪公司。我在经纪人的办公室里，说我没有做过电影或电视，这时候一个年轻漂亮的女人走进来，抱怨她的秘书。她是著名导演霍华德·霍克斯（Howard Hawks）的女儿凯蒂·霍克斯（Kitty Hawks），也是一名经纪人。我们相互做了自我介绍，然后我说："嘿，我是来这里找经纪人的，但是我会打字，所以如果你决定解雇你的秘书，我可以接替她。"一天后，她给我打电话。我给她当了六个星期的秘书，然后她给了我第一份编剧的工作，用一个新秘书代替了我，她成为我的经纪人。就是这样。六个星期后，她成了我的代理。

🔖 真是个有趣的故事。

（笑）是的。我把电影和电视业的工作当成戏剧创作的资金来源。我的剧作家生涯刚刚开始，所以我经常往返纽约。我的戏剧在公共剧院和第二舞台演出［约瑟夫·帕普（Joseph Papp）是我的导师］，我成了洛克菲勒基金会旗下的塔帕剧场的常驻剧作家。我知道我的道路并不传统。你知道，能迈出第一步是好事，但是你也可能被困住。你要做出选择。选择安全，还是冒险去做你觉得自己注定要做的事？

🔖 许多剧作家开始投身电视行业，他们再也没有回到剧院。但是，你在1997—2004年间没有写过电视剧。

那段时间我正在写电影，同时在纽约做戏剧。我连续卖出了四部原创剧本。给福克斯、环球、迪士尼、华纳兄弟——在一次推销中！这是非常罕见的。但是，它们从未被拍出来。写电影剧本时，你可以在任何地方生活和写作。相反，在电视行业，你必须与其他创作者待在一个编剧室中。电视是一种编剧中心制的媒介，这也是我喜欢它的原因。最好的电视剧就像长篇小说，一集就像一章，你可以让人物成长，故事也有发展的空间。我认为，美剧是随着有线台的出现发展起来的。而美国……我不用"cinema"这个词……美国电影（movie）更多地依赖已经被证明有效的套路和明星。

🛰 《三十而立》在当时是很有开创性的。它是在编剧室完成的吗？

我参与过四部电视剧的编剧团队，都有编剧室。《三十而立》是马歇尔·赫斯科维兹和爱德华·兹维克的宝贝。团队中只有两三名编剧。我们一起分解故事，就每一集提出自己的创意。我参与的是第一季。第一季总是令人兴奋的，但是也会有所顾虑：这部剧集应该是什么风格？创剧人的梦想是什么？你能贡献你自己的声音吗？

🛰 你认为美剧成功的秘诀是什么？

我认为，美剧的成功来源于创剧人和编剧，他们被赋予了表达和坚持自己愿景的力量。最好的作品来自原创的声音和不牺牲人物的精彩故事。当编剧们能够自由地构建一个别人无法想象的世界时，就能做出这样的作品。

🛰 《除了我以外》有编剧室吗？

只有蒂娜·切萨·沃德（Tina Cesa Ward）和我。编剧室就是我的餐桌或咖啡厅。我们坐下来讨论人物的走向。我们只敲定大纲，而不是让它限制我们，只是作为一个蓝图。然后，我们分配各场戏或故事的各个部分，决定哪一集由我们分头去写、哪一集我们要一起写。

在 IMDB 网站上，《除了我以外》被算作电视剧。

这是一部网络剧。是一部独立网络电视剧，通过互联网播出。

它是如何运作的？谁为网络剧出资？

哦，我们刚开始做这个的时候也有这个问题。钱从哪里来？网络剧刚刚起步时，很多都是用的手持摄影机，预算非常低，剧组成员和演员都拿不到报酬。我们一开始就是花钱请人来做的，因为我们想把我们的剧集提升到另一个层次，让它更专业。我为《除了我以外》写剧本时，投入的精力和其他创作形式一样多。人们在多大的屏幕上观看它并不重要，是不是在舞台上也不重要。我们在开拓新领域，这是我喜欢的。

每一集有多长？

我们每季有 10 集，每集 8 到 12 分钟。我们尽量做得简短，因为每一帧都要花费成本。通常只有每一季的第一集和最后一集更长一点。

那么，长度是由预算决定的？

预算在很大程度上起了决定作用。我们想要讲述的故事也决定了长度。当我开始做这部网络剧时，我给马歇尔·赫斯科维兹打电话，他是《三十而立》的创剧人之一，当时也在做一部网络剧，那是我听说过的唯一的网络剧——《四分之一人生》（Quarterlife）。我想知道网络剧的新世界是什么样子。他说的第一件事情是："不要超过十分钟！"在某种意义上，有这样的限制条件是好事，因为对于我们想要表达的内容和角色的表达方式，我们从一开始就几乎本能地尽量节制。我喜欢这种独特的挑战。因为你不能浪费时间。

🛰 是否像有些人说的，这也是一个观众注意力持续时间的问题？

这一点正在改变。到目前为止，这种媒介都假设剧本内容应该短小精悍。一些网络剧每集只有三四分钟。但我们不想做这么简单的事。我认为，我们证明了人们愿意并且有兴趣看到更完整的版本。就像粉丝们经常告诉我们的那样："应该再长一点！"你看进去了，就想看到更多。你会上瘾。我们希望人们说："现在还不能结束！"

🛰 预算有多少？

根据需要会增加。我们头两集的预算是 6 000 美元，到第三集翻了一番。

🛰 包括所有的费用？

好吧，蒂娜和我不收编剧和执行制片人的费用。

🛰 所以，你做这个是为了乐趣？

（笑）我不会这么说。这非常有趣，但也是我做过的最困难的工作。需要全天候地关注，建立观众群，培养粉丝基础，制作节目。我们有一家公司。这是一项长期的艰苦努力。最棒的是，我们有机会像一个剧团一样工作。

🛰 但是，你也要谋生。

我现在有条件了，所以我可以这样做。但是，如何从网络剧中赚钱是大多数创作者面临的最大问题。

你们接近收支平衡点了吗？

还没有。

那么，是谁出资的？

我们有一个独立投资人，这部剧集启动后，他知道它一定能够引起反响。这种长期的承诺是我们成功的原因。其他许多网络剧失败了，或者在播出几集之后就销声匿迹，要么是因为他们没有从大局着眼，要么是因为他们与我们制作网络剧的理由不同。例如，在编剧工会罢工期间，许多编剧参与了网络短剧的创作，但是，罢工结束后，他们就回归常态了。然而，我们没有把《除了我以外》当成去其他地方找工作的样本。我们把一切都投入到这部剧集中，这是唯一的办法。我想，网络剧与电视剧的区别在于，电视剧背后有资金支持。作为电视编剧，你不需要出去推销节目。作为网络剧的编剧/创剧人，你一直在推销，还要扮演许多角色。

广告商不来找你吗？你已经做了三年，这本身就是一项成就。

广告商对网络相当反感。许多网络剧在网页上有"捐赠"的按钮，粉丝可以提供帮助。像 Kickstarter 和 IndieGogo 这样的众包网站已经做得很好了。但是，我们决定做一件别人都没有做过的事。PBS 就是这样做的。我们面向粉丝和观众搞了一个网络融资活动。90 分钟全新的视频，分三个晚上播出。我们有一段演员玩《除了我以外》猜谜游戏的搞笑视频。我们雇用了一名主持人，让她到全纽约我们拍摄节目的各个地点实地表演《除了我以外》。我们采访了演员们。我们还在 eBay 网上搞了拍卖。工作量是巨大的。是的，我们请求人们支持这部剧集，但我们也给了他们巨大的回报。我们筹集了 32 000 美元，为第三季提供了资金。

📡 谁负责管理所有的网络和社交媒体？我是说，对于这种类型的节目来说，这和制作同样重要，不是吗？

我们一起。我一直在努力吸引观众，让媒体了解我和我的节目。这可能是制作网络剧中最重要也最耗时的部分。

📡 你自己也要做这些事情吗？

我从一开始就在做。我必须竭尽所能。找到一个播出节目的网站很重要。通过接触方方面面的人，我找到了 Strike TV，投放《除了我以外》。然后，蒂娜和我去参加了新媒体研究学院的一个研讨会，听说了 BlipTV——它们都是网络剧的发行网站。我们做了自我介绍，去了他们的办公室，成为他们的原创网络剧阵容中的一员。YouTube 和 Hulu 也一样，我们现在是他们的合作伙伴。

📡 你们在不同的网站播出，同时也有你们自己的网站？这和电视剧不一样，至少在首播时，电视剧只能在一家电视台播出。

我们有自己的网站，我们也在其他网站上播出。我们从他们的广告中获得分成，虽然不多，但是也很有帮助。而且这些网站对于节目曝光度至关重要。例如，BlipTV 经常在他们的主页上推荐我们。YouTube 也做过，这可是大事件。我们一天就有 8 万次播放，仅仅因为 YouTube 让我们上了首页。

📡 播放量是一种刺激吗？

天哪，是的！是的！我们上线的第一天，我正好在明尼阿波利斯的剧作家中心参加戏剧工作坊。我非常紧张，害怕没有人看我们的节目。不过，我们那天有 500 次播放，我们很激动。现在，当我们播出新一集时，大约有 3 万次播放。是的，如果你想知道的话，播放量会令人上瘾。

🎙️ 网络剧群体有一些特别之处。给人的印象是同行之间亲密无间，彼此支持。

是的！的确如此。我们都想在这个新地方安家。我们团结一致。

🎙️ 这与传统媒体不同，传统媒体的防卫意识很强。你认为网络剧的竞争比较少吗？

我不是说网络没有竞争的一面。拜托！但是，我们没有一套防卫机制，我们抱团取暖。而传统媒体中，恐惧占了上风。

🎙️ 害怕如果把什么东西交给别人，自己就有可能错过机会？

是的，不过我们没有这种担心。

🎙️ 网络电视没有看门人。但是，你真的有创作自由吗？你的工作不仍然是由观众的反应决定的吗？

当然不是！我们不会询问人们对我们写的东西有什么意见！我们不会让观众改剧本！在电视行业，你收到的意见的数量和来源都是个笑话。你要与这家制作公司、那家制作公司合作，然后是制片厂，然后是电视台。我儿子也在这一行，我可以看到他都经历了什么，特别是当他写试播集的时候。当然，也有极少数人，比如大卫·蔡斯、大卫·凯利，或者还有大卫·西蒙，他们可以想做什么就做什么。不过，大多数电视编剧都要对一系列的人负责，这些人又要对其他人负责，其他人最终对公司负责。我们在这里所做的事情的独特之处在于自主性，以及从粉丝那里得到的即时反馈。这和戏剧很像。它令人兴奋。我们都在制定我们自己的规则。

🎙️ 你们是先锋。能够从观众那里得到即时反馈无疑是令人兴奋的。

在我看来，我们在 Twitter 和 Facebook 上的粉丝就像合唱队。他们积极参与。网络是个公共空间，但是我们没有邀请他们来告诉我们故事应该如何发展。我们喜欢他们自己代入某些人物的立场。这就是激情，太棒了！

🎙️ 有叙事实验的空间吗？

一直都有。这很重要。没有人让我遵守既定的规则。这里有真正的创作自由。这就是我在做这个的原因。

🎙️ 你的预算是有限的。

当然。

🎙️ 我知道有些人会把网络当成一个切入点，去接触真东西。所有人都梦想着会有一家电视台来敲门吗？

我们不去推销。我是说，我推销过电影和电视试播集。我很熟悉那些编剧室。我以前的经纪人叫我桑德拉·科法克斯（Sandra Koufax），你知道棒球投手桑迪·科法克斯（Sandy Koufax）吗？我有过成功的经验，但是我对重复自己没有兴趣。如果有人来找我们提出报价，我们当然会考虑。但这不是我们的目标。

🎙️ 你认为他们在看网络剧吗？

我不知道谁在看，因为可看的东西太多了。但我认为电视行业的节目主管们已经注意到了我们。当然，如果我们不用自己筹集资金，我会更高兴。我当然会。但是，我喜欢冲锋陷阵，即使要面对前线的所有陷阱。领先于时代并不总是优势，但是你会怎么做？

🎙 有人说，网络剧将在若干年内迅速发展。也有持怀疑态度的人说这永远不会发生，因为它还没有发生。

你知道，我相信所有的艺术形式能够共存。它们可以为彼此增光添彩。我相信这个。我无法预测其中一个是否会取代另一个。我希望不会。但是，我绝对相信，我们正为自己在谈判桌旁赢得一席之地。越来越多的人想在新媒体工作——那些更有天赋、更严肃的人。

🎙 你们有工会吗？

我们的节目属于美国编剧工会，一些演员属于美国演员工会。

🎙 你们用什么载体拍摄？

我们在每一季采用了不同的载体。取决于我们的摄影指导。

🎙 你们的观众来自哪里？

我们有庞大的国际粉丝群体。英国有很多，德国有很多，荷兰、法国、中国、南美洲、加拿大都有。

🎙 美国观众有多少？

大部分观众都是美国人。

🎙 你认为这是因为缺少字幕吗？

不完全是。我们已经为现在 YouTube 上播出的所有节目封装了字幕。有一项功能是允许任何人在此基础上制作字幕。我想，因为我们是纽约的节目，所以在美国最受欢迎是理所当然的。

你们的观众年龄多大？

从 16 岁到 40 岁。不过，大多数观众是二三十岁。

其他网络剧呢？你会跟踪外部情况吗？

当我写作时，我不想看到其他东西。我不想有其他东西进来，我需要保持聚焦。但是，平时我总是尽可能地多看剧。现在，我是国际网络电视学会（IAWTV）① 的理事。在颁奖季，所有成员都要观看所有提交的剧集。所以，我很了解最新情况。我认为，作品的质量无疑在提高。而且这个领域还有很多新来者。这是个非常好的迹象。

《除了我以外》已经终结了吗？

我们 2012 年 5 月播出了最终集。

你心里一直都有个结局吗？

我心里一直有某些想法。但是，当我们真的要结束时，我们保持了开放式结局。没有干净利落的解决。

就像生活？

就像生活。我还有一部网络剧——一个叫作《畅销书》（*Bestsell-*

---

① 国际网络电视学会（The International Academy of Web Television）成立于 2008 年，"致力于网络电视制作艺术和科学的发展"。成员资格仅限邀请获得，有来自各个方面的代表。

ers）的品牌网络剧。我们做了 8 集。我是创剧人和编剧。蒂娜·切萨·沃德是导演。和《除了我以外》非常不一样，故事讲述了出生于不同年代的五位女性在一家读书俱乐部相遇，她们各自面临着工作和个人生活中的种种冲突。这部剧集是有人雇我写的。

谁雇用了你？

CJP 传媒和 SFN。

它们为什么投资这部剧集？

它们想要一些能够代表公司目标的东西。现在有一种趋势：品牌网络剧已经超越了产品植入。演员们不用再举着一盒麦片。在《畅销书》中，赞助商没有产品，它们有服务。它们给人们提供工作。它们的品牌名称只在每一集的开头出现。除此之外，剧集本身没有任何植入。

这还是广告。

好吧，这就是网络剧品牌化的意义。事实上，这很了不起。因为我的内容没有受到限制。赞助商几乎没有任何意见，它们希望这部剧集能够代表它们给人们提供的各种职业。所以，我设计了一个人物，她是一名企业家，但是已经卖掉了她的公司，正身陷困境。还有一个高级旅行顾问、一个喜欢在咖啡馆工作的千禧年一代。还有一个人物以前是广告主管，现在是妈咪博客写手，在家工作。赞助商提供了这部剧集的全部预算。所以，我不需要像在《除了我以外》中那样做宣传推广。到目前为止，独立网络剧无疑需要创剧人做所有的工作。

我想，问题是，现在或者未来，你能靠这个谋生吗？

我不认为有很多人能够放弃他们的全职工作来做这个，现在还不行。我希望有一天能拿到片酬，希望网络剧制作能够得到支持。问题在于，我们为什么要做这个。而这个问题总是非常私人的。

🛰 是否有一种体系、一种制度正在形成？

没有模仿传统媒体的体系。在传统媒体中，你把作品交给经纪人，经纪人把它交给一个正在工作的剧组，或者把它交给电视台。网络剧是另一回事。你要看其他网络剧，看什么东西得到关注。要阅读在线新媒体杂志《Tubefilter》。要参加研讨会和见面会。要加入 Facebook 上的网络剧小组。或者关注美国东部编剧工会的数字节目预选会。你要参与决定太空的未来以及怎样让人们在那里听到你的声音。

🛰 《拉字至上》和《除了我以外》有着类似的故事背景，前者是一部电视连续剧。但是，这两部剧集是非常不同的。

《拉字至上》以洛杉矶为背景，讲述的是二三十岁的成年女性的生活。相对地，《除了我以外》的背景是纽约，我们的主角都是青少年。尽管两部剧都聚焦于同性恋，但是年轻人的故事有着不同的主旨。我们想让《除了我以外》中的人物既真实又吸引人。我们用克制的激情谨慎地处理他们萌生的性欲。《拉字至上》有一种刻意的魅力。通过选择美丽的女人（也是优秀的女演员），它大胆地表明女同性恋可以和异性恋一样性感，令人想入非非。在电视和电影中，异性恋者也几乎总是被描绘为美女。《拉字至上》要证明一些东西。在后来的几季里，有时候它会做得有些过火。但是，如果你把它当成娱乐，它是很成功的，它为那些以前从未拥有过自己的世界的人们创造了一个世界。

🛰 作为编剧，你能比较一下这两种经历吗？

我是第一季的制片人/编剧顾问。我为我们那一年取得的成就感到骄傲。当你为 Showtime 这样的大型有线台做节目时，你需要满足很多人的要求。随着后续各季的播出，需要在想出新创意和坚持最初的愿景之间保持平衡。在网络上，我们拥有独家所有权。坚持正确的方向，遵守我们的标准，完全取决于我们自己。除了我们自己和粉丝，我们不需要对任何人负责。我们面临的挑战与传统电视剧的创作者面临的挑战不同。我们是真正独立的。举个例子，《除了我以外》的两位主角试镜时，我们就爱上了他们的角色。没有人告诉我们必须这样。

回顾

- 合适的人选
- 没有人告诉编剧应该做什么
- 更大的大脑
- 抢椅子游戏
- 爱你自己的剧本
- 一个更适合编剧的地方
- 数量问题
- 后起之秀
- 就像跑马拉松
- 不成文的规则
- 分章节的电影
- 跨越国界
- 叙事的爆发
- 永不结束的故事

在美国剧情类电视剧中，编剧过去是、现在仍然是最重要的组成部分——所以，为了找出美剧在艺术和商业上成功的秘诀，我们必须了解编剧和他们的创作方式。本书试图从多种角度阐释美剧创作的复杂过程，这是一个极具教育性和启发性的过程。

美剧被认为是编剧的天堂，本书试图近距离观察这个天堂，同时检验绝对创作自由的神话。电视编剧的角色是如何定义的？与电影编剧的主要区别在哪里？现代电视编剧在创作过程中是如何合作的？视听叙事只能来自天才个体的观念还存在吗？在整个拍摄过程中，编剧在片场出现有多重要？有一件事是肯定的——每部电视剧都是不同的，每个编剧创作和合作的方式也是不同的。对于同样的问题，我采访的编剧们往往有着截然不同的答案。我们饶有兴味地看到，每部剧集是如何以不同的方式运作的，以及电视剧的创作方式是多么丰富多彩。但更值得注意的是，我们看到，同样的模式在一次又一次的对话中反复出现，不同的方法之间存在惊人的相似性，从中显现出更加宏大的主题。现在，让我们逐一审视这些问题。

合适的人选

在《广告狂人》第一季第二集中，一个广告文案编写人向新来的秘书介绍公司，想给她留下个好印象："你知道……这里有女性文案！"他说。"不错的？""当然，"他说，"我是说，看一个女人抄写就能看出来。但有的时候，她可能就是适合这份工作的（男）人，你知道吗？"

与《广告狂人》描绘的时代相比，情况并没有多大改变，至少没有足够大的改变。这仍然是一个男人的世界。有时候，女人会得到一份编剧的工作，不是因为她是"适合这份工作的（男）人"，而是因为她是一个女人。正如珍妮·比克斯所说的，在编剧室，通常"只有我一个女人""现在仍然如此"。在我们的对话中，这个话题反复出现。事实上，非洲裔、西班牙裔或亚裔的编剧也很少。大部分美剧都是由白人男性创作的。

作为编剧，从感性的角度出发，说性别不会影响你如何看待世界以及世界如何看待你，无疑是幼稚的。但是，我们这些观众只能听到基于特定少数人群的世界观的故事，这个事实将如何影响我们自己的世界观和现实感？这种现实感又是如何把我们变成这样一种观众，只想看到更多已经习以为常的东西？

这些问题本身就很耐人寻味。不过，本书主要讨论的是，白人男性在编剧室中占主导地位对于美剧的创作有何影响。我们将焦点放在性别问题上，但事实上，这也是一个种族和年龄问题——以下回顾也适用于所有这些问题。

玛格丽特·奈格尔提出了一个有趣的观点。她谈到，编剧室以典型的男性竞争为导向，整个体系（制片厂、评论家等）都对女性和女性的故事怀有偏见。沃伦·莱特表达了同样的观点，对"某个人的大男子主义会毁掉一间编剧室"的危险提出了警告。他说："那家伙会毁掉编剧室。"当然，这是合作中最吸引人的地方：竞争，无论是公开的还是隐藏的。编剧室就像教室。学生们相互竞争，争取最好的成绩和老师的认可。有些学生更有竞争力。这是一个性别问题吗？男性比女性更有竞争力吗？这是一个领导力的问题吗？是一个教育问题吗？

为什么编剧室中的女性比男性少？正如戴安娜·索恩指出的，谁会受到鼓励去从事编剧行业，首先受到文化和社会背景的影响。"你首先要考虑的是谁会这样说：我想成为一名编剧。"她说，"你知道希望不大。你知道成功的机会很渺茫。你要花上好多年，埋头苦干，没有回报，直到有人'发现'你。没有多少人有条件这样做。这是一个文化问题。"

但是，毫无疑问，还是有很多女性编剧的，不是吗？电影学院每年都有一批女性编剧毕业，而且感觉上确实有很多女性编剧——但是顶尖编剧很少。

　　玛格丽特·奈格尔指出，在她看来，一些最优秀的剧目管理人都是女性——比如《犯罪现场调查》的卡罗尔·门德尔松，或者珊达·莱梅斯，后者正在运作三部电视剧。奈格尔认为："电视台知道女性是优秀的剧目管理人，因为女性希望每个人都能和睦相处，她们是灭火队。"在她看来，在节目中照顾很多细节，"就像持家，就像做母亲"，传统上这是女性的事务。珍妮特·莱希也用了做父母的比喻。她说，作为剧目管理人，"你必须保证人们得到照顾，而且他们不会受到你所承受的压力"。珍妮·比克斯解释了为什么她认为女性比男性更适合做剧目管理人："我认为我们具备多任务处理的能力。科学家对男性大脑做了测试，结果显示，他们更擅长分门别类——而女性是更好的外交官，我们擅长聆听。"尽管如此，女性在编剧室中晋升还是困难重重，大多数人都看到了这种障碍。女性似乎很难超越监制制片人的层级。

　　但是，为什么？如果正如玛格丽特·奈格尔指出的，每个人都同意，女性特质最符合剧目管理人的职位描述，那么为什么现实情况却截然相反？

　　答案在于认知，以及我们的认知系统。奈格尔感到，女性故事被媒体和评论家贬低，而男性故事受到推崇。她不是唯一这样想的人。事实上，关于这个问题已经有许多论述，有些人谈到最年轻的女性剧目管理人莉娜·邓纳姆（Lena Dunham）创制的剧集《都市女孩》。女性故事在夹缝中求生——而且人们想当然地认为男人不看这些节目。[①]评论家，包括女性评论家，几乎都更喜欢男性剧集，或者不知道出于什么原因，发现男性剧集更适合讨论。（当然，关于《都市女孩》的讨论也很多，但更多的是作为一种文化现象，而不是围绕剧集本身。事实上，它引发了一场关于女权主义和性别政治的激烈讨论。）

　　这种认知不仅存在于电视剧制作的层面，也存在于它的源头。正如戴安娜·索恩指出的，你必须考虑招聘决定是由谁做出的。"当他们

---

　　① Emily Nussbaum：*Hannah Barbaric：Girls, Enlightened and the Comedy of Cruelty*. The New Yorker，February 2013，p. 1.

读到一位编剧的作品时，他们会做何反应？大多数节目主管和剧目管理人都是白人男性，你知道，我们都会对感觉熟悉的作品做出反应，这让我们感觉舒适——无论我们是否意识到这一点：我们存在一种共同的审美、共同的兴趣或幽默感。"这就像一个永无止境的循环，而且很可能确实如此。"只要做决定的是白人男性，那么他们雇用的就大多是那些令他们感觉熟悉的人。"珍妮特·莱希同意这种观点："传统上，我认为这是因为男人喜欢跟他们了解和熟悉的人共事，而这些人通常是其他男人。"而且，是的，"这个行业有许多歧视。年龄歧视屡见不鲜。我有许多朋友失业了，因为他们已经过了40岁。"

虽然我采访的男性编剧考虑这一点不像女性编剧那么多，但总体上的共识是：编剧室中的白人男性确实太多了。不过，似乎大多数人认为，情况正在好转。也许情况正在改变，因为越来越多的女性不再甘于向现实低头。正如珍妮特·莱希指出的，这个行业每天都在发生变化，机会也在不断变化。归根结底，人们要么接受歧视，要么自己为自己创造机会。

没有人告诉编剧应该做什么

"你摸透这里的状况了吗？"——"你指的是？"——"这里怎么运转的。"——"我知道是广告文案编写人告诉艺术部门做什么，业务经理告诉文案编写人做什么。"——"什么？！没人有权告诉文案做什么，除了最有创造力的你上司唐·德雷珀（Don Draper）——别以为他长得帅就不懂写东西。"

虽然这段来自《广告狂人》第一季第二集的对话可能代表了一种主流观点，即在电视行业，编剧说了算，但是在现实中，大多数情况下——几乎没有例外——当然有人告诉编剧应该做什么。首先，有人会告诉唐·德雷珀——也就是剧目管理人——应该做什么。"高质量电视剧"仍然是我们基于许可的电视文化的一部分，只有超乎寻常的连续成功，有时候才能带来绝对的创作自由。如何、何时和在何种程度上实现创作自由，是本书对话的重要组成部分。

这是历史上第一次，编剧拥有真正的创作权：他可以有一个愿景并坚持到底；一个项目可以基于编剧的名字获得资金，评论家、学者、投资人和观众都知道他是谁。这个编剧被称为剧目管理人。

或许对剧目管理人最好的描述来自玛格丽特·奈格尔。她说的是特伦斯·温特，我采访她时，她正在他的编剧室中："一切都取决于他的品位、他的观点、他的声音、他的眼光，他是这座拥有许多房间的华丽建筑的设计师。"作为编剧室中的一名编剧，她可以装饰厨房，但是要按照剧目管理人的愿景来，包括厨房的外观、用料，以及如何与其他房间连接。剧目管理人的愿景不仅适用于故事，也适用于剧集的风格。正如特伦斯·温特指出的："至少在我的哲学里，这里描述的是一个特定的世界——每周都应该看起来像同一个地方。"

关于剧目管理人的影响力，最极端的例子或许是珍妮特·莱希在谈到大卫·E. 凯利和《波士顿法律》时所说的："由于大卫的影响力，我们很少收到制片厂或电视台的意见。"她说："我们把初稿交给大卫，他会打电话提出他的意见。另一位执行制片人比尔·德埃利亚提出他的意见，然后我们进行改写。偶尔，电视台会打电话来提出意见，但是不超过四次。我们有充分的自由去做我们想做的事。"

不过，这种情况很少发生。在公共台，这无疑更具有挑战性。埃里克·奥弗迈耶说："电视台的节目主管希望一切都能得到解释，他们希望一切都能简单化。我经常会有这样的感觉，即剧本越改越差。这是司空见惯的事了。"他澄清说，这和 HBO 不一样："他们试图理解发生的事情，这是一种创造性的方法。"正如罗伯特·卡洛克巧妙地指出的："有一个好主管总比有一个坏主管来得好。"

电视编剧可能是最艰难的写作形式。压力是巨大的，在这种压力下发挥创造力本身就是一项了不起的成就。作为剧目管理人，领导和你一起写作的编剧，在各个层面上都是一份压力巨大的工作。你必须高效、果断、随机应变，你要同时进行管理和创作。让我们看看其中一些挑战，首先，看看剧目管理人是如何组织和管理一间编剧室的。

更大的大脑

人们普遍认为，和其他艺术形式一样，电影是由天才个体创作的。然而，剧情类电视剧往往是许多编剧和头脑合作的结果。这怎么可能？这意味着什么？

首先，不得不承认，虽然也有一些编剧以独立编剧的身份工作，从不与某一季剧集的其他编剧真正坐在一起，但编剧室是定义美剧创作过程的要素之一，而且将继续存在。不过，现在也有一个共识：编剧室有越来越小的趋势。

什么是编剧室？它是如何形成的？

早在20世纪50年代，编剧室就已经存在了。当时，有三四个喜剧界的传奇人物相约聚在一起，互相讲笑话，试验效果。编剧室的概念随着时间的推移而演变。20世纪八九十年代，编剧室变得更大，从三四个人发展到15个人。今天，由于预算限制，编剧室又开始缩小。无论是一大群喜剧演员尝试在情景喜剧中抛出一个接一个的笑话，还是一小群编剧一起敲定故事的节拍，然后把各集分配给每个编剧去写，重要的是，一群编剧同处在一个空间里——这就是"编剧室"。

正如沃伦·莱特所说的，编剧室是一个集体，集体的智慧胜过个人。不过，尽管主流观点是美剧是在编剧室里制作的，编剧室模式与优秀的电视编剧直接相关，但是我们的访谈表明，并不是所有剧目管理人都支持编剧室的概念。即使有编剧室，它也绝对不是按照预先定义的、规范的方式运行的。几乎每个编剧室的运行方式都不相同，这取决于剧目管理人是谁、他喜欢什么样的方式。

下一个问题是，如果有编剧室，会不会更容易一些？对于一些电视剧来说，每集45分钟，必须写51～52页内容，编剧拿到用19～20页总结全部内容的节拍表，通常需要一到两周来写一集。然后，编剧拿到反馈意见，写第二稿，演员通读剧本。如果整个过程在编剧室进行，是会拖慢速度，还是会让事情变得更简单？人多力量大，还是像谚语说的，"厨师多了烧坏汤"（人多反而误事）？总体而言，这样不是更耗时吗？

　　时间确实是一些剧目管理人不喜欢编剧室的主要原因。例如，像《法律与秩序》这样成功的程式剧就没有经典意义上的编剧室。沃伦·莱特解释说，这是因为团队不可能策划如此紧凑的剧情。然后是另一个极端。我经常听到这样的故事：两个或两个以上的编剧室同时工作，为某部剧集中的同一集剧本相互竞争。

　　那么，编剧室里到底发生了什么？汤姆·丰塔纳是对这个概念不太感冒的剧目管理人之一，所以当他描述编剧室中的一天时，自然更加刻薄："在大多数编剧室，每个人9点来上班，开始分解故事。但是，在8小时以外，你至少要花一个半小时吃饭、两个小时谈论你的生活、一个小时刷手机，所以，实际上用来完成工作的时间，只是漫长一天中的一小部分。"这就是为什么在他的剧组中，编剧们聚在一起，但不是以那种"让我们坐下来开始写故事"的方式。对他来说，最有效的方法是与要写这一集的编剧一对一地坐下来。

　　当然，那些认为编剧室是一个有用概念的剧目管理人不会这样描述它。尽管如此，管理编剧室意味着领导一群人，这被证明是一项艰巨的任务。无论谁给编剧室提供指导，都必须努力就故事的走向达成共识，因为必须有人理出故事线，无论是基于理性还是基于个人品位。必须有人充当过滤器，否则编剧们就会一直讨论不休。必须有人来掌舵。

　　这意味着，自然而然地，等级制度定义了这个协同、合作和创作自由的世界。用罗伯特·卡洛克的话来说："我们有一套资历等级：有人管理编剧室，有人在学习管理编剧室，有人只是剧组编剧。"实际上，自上而下，这套等级包括：执行制片人、联合执行制片人、监制制片人、制片人、联合制片人，然后是执行故事编辑、故事编辑和剧组编剧。根据面临的问题，编剧室可以由不同的人领导，但是最终决定权永远属于剧目管理人。

　　正如上述头衔所示，电视编剧的工作不仅仅是写作。制作也是工作的一部分——他要去选角，要参加创作会议，要出现在片场。当然，情况并非总是如此，而且制片人的头衔首先指的是你在编剧团队中的等级。这是一种描述你的业务等级的方式，就像军队里的军衔，从二等兵到将军。报酬越来越高，责任越来越大，这是对你从业时间的一种认可，意味着你的履历更加丰富。联合制片人要考虑拍摄的具体细节，即每件事情的成本和需要花费的时间，他们要让编剧设想的东西切实可行，同时应对电视台和制片厂。除此之外，他们的工作是创造性的。剧目管理人的任务主要是确保剧本按时制作完成，质量尽可能好——并且使剧集按照剧本运行，贯彻剧集的愿景。

珍妮·比克斯谈到了她是如何管理《欲望都市》的编剧室的，他们实行所谓的"独立研究"，每位编剧从始至终负责自己那一集。分解故事之后，她会离开房间去写大纲——一场戏接着一场戏，描述每场戏发生了什么。然后（作为剧目管理人），珍妮把大纲带回编剧室，她会听取编剧室的意见，针对她认为应该由编剧解决的问题提出意见。编剧再次离开去写剧本，然后再来一轮：剧本回到编剧室，每个人都会阅读、提出意见，然后编剧根据剧目管理人的决定做出修改——这时候，剧本才会被拿到制片厂，然后是电视台。

这就引出了下一个问题：在与编剧室合作并尝试达成共识时，为了迎合所有人而做出刻意简化的危险有多大？人们可能以为这种危险非常大，但是，结果似乎恰恰相反。原因有没有可能是，群体更有勇气去挑战传统、突破创新？

抢椅子游戏

一个值得关注的话题是剧目管理人选择编剧的方式，即他是如何为编剧室"选角"的。沃伦·莱特谈到要寻找一种文化融合，寻找那些与角色的经历和背景有联系的人。相反，罗伯特·卡洛克为他的节目寻找能写各种人物的人。"你要寻找的是多样性。"他说。

特伦斯·温特、沃伦·莱特和珍妮·比克斯都谈到了对其他编剧敞开心扉的重要性。必要时，编剧需要投入自我。温特说："对我来说，真正重要的是敞开心扉的意愿，关于你的过去、你的怪癖、那些令你尴尬的事情——在编剧室里你必须完全地敞开自己——因为我们要讲的就是这些事。我想听你说说你经历过的最尴尬的事情是什么。"

温特还谈到了他所谓的"约会值"："如果我每天都想跟这个人约会，他有天赋、懂剧集、有幽默感，他一点也不疯狂，我可以每天跟他在一个房间待上 10 个小时，不会想掐死他……"那么，这就是他要的人。

很明显，在这个过程中，编剧会被定型。这是第 22 条军规。如果你想做一些以前没有做过的东西，要说服做决策的人信任你可能不是一件容易的事——因为你以前没有做过。当然，这正是你应该去这样做的原因。创造性不就意味着实验、创新、打破常规、冒险和发明创造吗？如果你安于现状，待在舒适区里不出来，又怎么能做到这一切呢？

同样的道理，剧目管理人也会选择以前有过成功合作经验的人。埃里克·奥弗迈耶说得很清楚："如果我要开始做一部电视剧，并且被允许雇用一个大团队，我可能会想出十个名字——他们都是我以前合作过的人。这是因为我不认识其他人，而选择你不认识的人是很冒险的。这是一个非常封闭的系统。"

不仅如此，你还必须得到所有人的认可。然后，你可能听到可怕的评论，就像奥弗迈耶说的："好吧，你拍过一些独立故事片，但是你从来没做过 HBO 剧集，你没有经验。但是，如果你不雇我，我怎么得到这种经验呢？"一旦加入进来，你就要做好，奥弗迈耶说。但是，进入这一行很难——现在还在变得越来越难。"就像抢椅子游戏，椅子越来越少，却不断有新人加入。"

那么，到底有多少椅子？编剧室的恰当规模是多大？沃伦·莱特说是五个人。这意味着每个人都有机会发言。超过这个数字，分歧可能就太多了。罗伯特·卡洛克描述了《我为喜剧狂》的编剧室规模背后的原因："包括蒂娜在内，我想今年我们有 13 个人。我在《老友记》

那几年是 12 到 14 个。这个人数让你可以分成两组，这很重要。"这就是所谓的支持团队，目的是效率最大化。"一组负责两周内要拍摄的剧本，另一组为那以后的剧本做准备。"

爱你自己的剧本

正如珍妮特·莱希指出的，人们写剧本不是为了被改写。但是，剧本还是会被改写，首先就是被剧目管理人改写。剧目管理人也是编剧，他告诉编剧们应该做什么，并且最终亲力亲为。

剧目管理人应该润色每一集的第一稿，以保证剧集有一个统一的"声音"，还是允许各个编剧用他们自己的声音，为人物和剧情带来新的侧面？传统观点似乎直接来自电影导演理论，希望所有东西都来自一个模子，有单一的署名和声音——假装它们是一个人写的。

我觉得，珍妮·比克斯在谈到《欲望都市》中不同编剧的作用时的说法最有意思。她解释说，她不会自己动手润色编剧的初稿，她会给编剧提出意见，而不是亲自改写。比克斯相信，如果一部剧集有不止一种声音，而且由不同的编剧来呈现各个角色的不同侧面，效果是最好的："如果你看过《欲望都市》，你会发现每一集的感觉都有点不一样。我知道每一集是哪个编剧写的，因为这一集好像有点愤世嫉俗，就像米兰达，那一集更像嘉莉。最后，她们塑造了不同的人物，而不是只有一种声音。或者，也可以说，还是一种声音，但是有不同的角度。"

大多数编剧建议，每个编剧应该自己写前两稿，然后再由剧目管理人来润色或改写。在这一点上，特伦斯·温特说得很好："我希望编剧至少帮我完成 50% 的工作。给我一份初稿，离我的要求还差一半。理想情况下，编剧能帮我完成 95% 的工作。但是，如果他们完全没有达到要求，我需要从第一页开始重写，那么通常意味着他不是我要的人。"

剧目管理人接手并不总是坏事。查理·鲁宾在谈到他与《宋飞正传》的剧目管理人合作的经历时，提出了不同的观点。"他们越是喜欢你的初稿，找你要初稿的速度就越快。"他说。"不过，坦白地说，有时候他们喜欢的是那个创意，而不是你写得怎么样。"他非常坦诚地补充道。

有时候，第二稿是在编剧室中完成的，这种情况比较罕见。罗伯特·卡洛克谈到了他们是怎样做的："我们把剧本投到屏幕上，一边滚动、一边讨论。如果你想修改一个笑话，最后会得到一页半可能的笑话，你必须从中选择一个，删除其他的，把选中的那个放进去。通常要改写 30～35 页。然后进行剧本围读。"

但是，对于编剧来说，用剧集的声音写作，本质上是用其他人的声音写作，这意味着什么？戴安娜·索恩以她在《法律与秩序》的经历为例，谈到她是如何写台词的。她觉得，剧目管理人会喜欢某句台词："这句台词听起来就像是他写的。然后，当我写到另一场戏，我会想：天哪，我真想写这句台词，虽然我知道勒内不会喜欢它，但是为了让我自己高兴一下，我还是要把它写进去。然后，勒内批准剧本之后，我发现他改写了我认为他会喜欢的那句台词，保留了我认为他不会喜欢的那句。"

所以，或许编剧不应该努力用剧目管理人的声音来写作？或许不止如此？正如汤姆·丰塔纳所说的，作为剧目管理人，他不想让编剧们提交他自己就能写的戏。毕竟，合作编剧意味着每个人贡献他们最擅长的东西和需要他们付出的东西：他们的独特气质、他们自己的真理。不过，编剧每一次偏离轨道都是在冒险，很可能出差错。

至少有三位编剧在访谈中强调了这样一条建议：做真实的自己。不要追逐潮流，也不要写你认为别人想看的东西。简·艾斯宾森谈到"相信你自己的直觉和品位"。珍妮·比克斯鼓励编剧"写你想写的东西，为爱而写"。汤姆·丰塔纳则言简意赅地说："成功就是忠于自己。"

汤姆认为，人们常常期待的是成功而不是忠诚："我说的忠诚，是指忠于自己，忠于内心的真理。在追求成功的过程中，人们很容易迷失自我，'哦，我想要奖杯，我想要钱，我想要车，我想要房子。'我只想说，希望你在受到那些诱惑之后能够清醒过来，说：'等等，这真的是我想成为编剧的原因吗？'"汤姆谈到，他的职业生涯更加成功，可能正是因为有好几次，他没有做出商业上最明智的选择。正是因为他一直忠于写作，所以他并不觉得需要在职业生涯中追求成功（当然，实际上他是非常成功的）。

不管怎样，成功是相对的。我们这里讨论的一些电视剧，如果在传统的公共台播出，就会因为收视率太低而被砍掉。拥有三四百万观众是一回事，如果像公共台那样需要 1 500 万观众，就是另一回事了。这也与内容和语言有关：你试图取悦的人越多，锋芒就会越来越弱，乃至消失。这无疑是有线台成功的另一个原因。

正如上文提到的，播放模式（以及注意力模式的演变）正在受到关注，而且每时每刻都在发生变化。刷剧是一个新现象，另一个新现象是剧集播出后生命周期的延长。《火线》就是一个很好的例子——大多数人并没有在播出时观看它，事实上，截止到上一季，观众人数还不到 100 万。但是现在，它是一部经典之作，一直有人观看它的 DVD。随着行业的变化，我们似乎需要更长的时间来定义经济和艺术上的真正成功。

与改写直接相关的一个问题是署名。如果一集剧本的创作有不止一个编剧参与，谁应该获得署名？特伦斯·温特明确表示，他认为，如果有必要，改写是作为剧目管理人和首席编剧工作的一部分，因此他对署名的态度比较苛刻——剧本最初被分配给谁，就署谁的名字。"我只在那些从头到尾由我完整创作的剧本上署名。"他说。但是显然，在这一点上，剧目管理人的看法是有分歧的。有些剧目管理人认为，如果一个剧本中他改写了超过 50％，他们就应该获得署名资格。

在沃伦·莱特看来，谁写了什么和电视上的演职员表之间没有关系："我们的署名体系很糟糕"。显然，在编剧室体系中，每个人都要为别人的剧集做出贡献，有时候唯一公平的做法就是平均分配署名。一切还是由剧目管理人来掌握。沃伦解释说，随着剧集的播出，他尽量给那些努力工作的人多分配一些署名。"但是，有些人只关心署名，他们就是你的麻烦。"他补充道。

每个改写过剧本的人都知道，少改比多改更困难，很难克制自己重写一切的冲动。改写是一件棘手的工作。一方面，改写比创作更容易，因为不用面对一张白纸。但是，另一方面，改写需要高度的敏感性，改写不是创作一份新的初稿——新的初稿又会有自己的问题。

简·艾斯宾森尽可能清楚地表达了这一点："作为编剧，我喜欢听到我自己写的台词。作为剧目管理人，我也喜欢听到我自己写的台词。所以，作为编剧的我可能觉得作为剧目管理人的我改写得太多了。"她补充说："这不是一件坏事或伤人的事。电视剧不是为了让编剧有机会听到自己写的台词而存在的。编剧是为剧集和剧目管理人服务的。"

一个更适合编剧的地方

无论在电视剧还是电影中，如果你仔细研究剧本的开发过程，了解到有多少人有发言权或否决权，你会发现，任何一句台词能够从第一稿保留到最后出现在屏幕上，都是一个奇迹。不过，对于编剧来说，电视仍然是一个比其他任何戏剧媒介都更适合的地方，当然，除了戏剧本身。而且，剧情类电视剧现在得到高度评价，已经在改变一些旧日的规则。电影和电视的跨界就是其中之一，编剧可以轻松地从一种媒介转移到另一种。这种跨界实验是否会成为一种传统，这种传统是否会影响编剧在其他媒介中的重要性，我们还需要拭目以待。

在电视行业，编剧—制片人自己写剧本，也改写其他人的剧本，这是他们的节目和他们的愿景。在电影行业，导演说了算。在电影行业，编剧甚至不会出现在片场；在电视行业则相反，编剧告诉导演应该做什么。蒂姆·范·帕腾从导演的角度谈到了定调会。在这个会议上，导演与编剧—制片人、那一集的编剧、制片经理和第一助理导演坐下来，过一遍剧本，交换意见和建议。"在《黑道家族》中，定调会在准备阶段的中间召开，导演称它为'捍卫你的生命'，因为在这个会上，通常是编剧讲剧本，给你提意见，压力非常大，你必须说出你要如何拍摄这场戏、你认为它意味着什么。"

很明显，在电视行业，感到压力的是导演，他们需要推销自己的方法。随着越来越多的电影导演跨界拍电视剧，这种情况会发生改变吗？他们会将电影导演的心态带入电视行业，还是会接受不同工作方式的洗礼，最终将其带回电影行业，改变电影行业的主导心态？

对编剧来说，最困难的跨界无疑是从戏剧到电影。戴安娜·索恩谈到了最让编剧震惊的事实："在戏剧中，你是最重要的人，因为除非编剧开始落笔，否则根本不会有戏剧……如果你做过戏剧，改行去写电影剧本，你甚至不会被邀请去片场……"在电视行业，连剧组编剧都要去片场——或许这就是许多剧作家到电视行业来谋生的原因。对于编剧来说，在电视行业能够获得相对稳定的工作和体面的收入。

编剧是否在片场似乎只是一个礼节问题，是细枝末节，但事实并非如此。这是美国剧情类电视剧成功背后的重要因素之一，甚至可能比编剧室的概念更重要。编剧在片场允许你写出更好的剧本。让我们来看看个中原因。

特伦斯·温特指出，好的剧本创作直到最后都还在修改。沃伦·莱特谈到了倾听演员的声音：故事情节应该顺应演员的情感演变，而不是强迫角色去做他们还没准备好的事情。这两个概念是相关的，它们都假定了编剧在片场和整个拍摄过程中存在。我想说，归根结底，这是造就伟大作品的要素，也是电影所缺少的。当编剧被排除在创作过程之外，剧本就不会发展——或者说，剧本也许会发展，但是没有构思了故事和人物、对它们了如指掌的人参与。

在电影行业，除非编剧和导演是同一个人，否则编剧作为最理解故事的人，听不到他的台词是否精彩，看不到什么起作用、什么不起作用，实际拍摄每一场戏时不能删除或补充任何东西。即使有人在做这些事，也是另一个人——而这一切都基于一种奇怪的政策，这种政策源于对编剧的恐惧，并将他排除在创作过程之外。

汤姆·丰塔纳则更进一步。在他看来，编剧不在片场会导致糟糕的剧作："因为在电视行业，节奏非常快，有一个编剧在那里说'这场戏的目的是……'真的很重要。如果没有编剧的积极参与，我的本能反应就是重写那场戏，让它变得非常直白。对我来说，这是最糟糕的剧本，因为毫无微妙之处。如果编剧不在片场，我就会这样做，然后拍出糟糕的电视剧。"

或者是糟糕的故事片。虽然节奏没有电视行业那么快（事实不一定如此），但上述评论的每一个字都直接适用于电影——当然，除非编剧和导演是同一个人。有一个很有趣的问题：有没有可能，许多作者电影的成功实质上是基于这样的事实，即编剧在片场（因为他也是导演），因此能够在实际拍摄每场戏时进一步修改剧本？有没有可能，所谓的作者电影，其本质就是编剧在创作过程中如何被对待的问题？大多数专业电影编剧和电视编剧不会要求剧本神圣不可侵犯，一个字也不能改——他们反对的是没有原作者参与时，任意割裂故事和人物的行为。在电视行业，原作者的剧本确实可能在制作过程中被改写，有时候（但很少）是在他不在场的情况下。但是，剧目管理人永远不会缺席，他本质上是一个编剧——他从最初构思故事时就在场，他对人物了如指掌。

虽然大环境对编剧不太友好，一些电视编剧还是没有完全放弃电影。埃里克·奥弗迈耶说，在美国，作为编剧，进入电影行业比进入电视行业更加困难。"这个领域被一线编剧小心翼翼地守护着，他们能够通过改写赚大钱。我也想做一些这样的工作，但是很难得到机会。如果有更多的时间，我会写一个商投剧本。"

不过，大多数编剧在电影行业都有过不堪回首的经历，结果是：他们对电影避之不及。特伦斯·温特直言不讳地表示，在被电影导演改写时，他感觉不到尊重——这种经历在编剧圈子里很常见，太常见，也太痛苦了。珍妮·比克斯的电影与她剧本的创作初衷相去甚远——这可能是编剧圈子里谈论电影时的第二大话题。其他人有可能改进一个编剧创作时心里想的东西吗？自己当导演，是把编剧的想法反映到大银幕上的唯一方式吗？如果是这样，编剧真的是糟糕的导演吗？我们这个行业有这样一个传说，即电影编剧拍的电影不够好——你是不是经常听到这种说法："他应该坚持写作？"相对地，你听过有人这样说吗："他应该坚持做导演？"不太经常吧。这是否意味着编剧们必须面对先入之见，因为人们预期他们做导演会失败？或者，当导演比当编剧更容易？无论真相是什么，当编剧开始做导演时，他知道自己将不得不对抗这些偏见，这些偏见也可能进入他的思想——归根结底，这才是最难应付的。

汤姆·丰塔纳坦言自己坚持做电视编剧的原因是："对我来说，讲故事、探索人物、定义我们生活的时代——这就是我要做的。如果我能在电视上做到，并且拥有相当大的自由，我为什么要自取其辱，改行去写电影呢？电影导演对编剧毫无尊重。我为什么要那样做？而且现在拍的这些电影……我对它们不感兴趣。"

事实上，或许是和编剧一起，人物驱动的剧情片似乎已经迁移到电视上。这绝对是你坚持看电视的另一个正当理由，也是你最初开始写作的原因。

耐人寻味的是，编剧在电影中的地位是本书中所有编剧都关注并且有共鸣的一个主题。珍妮·比克斯说："通常，编剧都被抛在一边。无论好坏，一旦投拍，剧本就被交给导演，导演就成了剧目管理人。"所以，我想知道的是，被导演改写和被剧目管理人改写有什么不同？特伦斯·温特说二者有决定性的差别。剧目管理人首先是一个编剧，他会问问题，他尊重创作。导演只管改写，有时候甚至都不跟编剧谈一下，他们往往完全误解了纸面上的内容。

编剧和导演之间矛盾重重，也是沃伦·莱特更喜欢拍电视剧而不是电影的主要原因。再加上他讨厌"浪费时间等待有人给我开绿灯。现在还不是重返电影业的时候"。的确，电视编剧与电影编剧的时间概念非常不同。电影编剧的生活是由很多的等待时间组成的——等待绿灯、等待转机、等待导演拍摄他的剧本。相比之下，电视编剧总是在创作，而且是在时间压力之下创作。事实上，这让你不禁好奇，电视剧高度紧张的制作环境——由多位编剧撰写、预算相对有限、在几天之内拍摄完成——为什么不会让这种媒介与电影相比处于劣势。当然，不同电视剧的情况各不相同。像《大西洋帝国》这样的剧集会拍摄12～15天，像《扪心问诊》这样的剧集只拍摄两天。沃伦·莱特谈到在像《余光》（拍摄 7 天）这样的剧集中，一天的拍摄时间能够带来多大的差别。"公共台是 8 天，有些有线台是 7 天，HBO 是 100 天。"他夸张了，但是"现在 7 天是许多基础有线频道的常态。这很困难"。当然，这也会影响写作时间。不过，大多数电视编剧"喜欢处于这种压力之下"，因为写作能让编剧感到快乐，而电视编剧写得很多。

在电视行业，就像汤姆·丰塔纳说的，编剧们可以很容易地雇用自己当导演，他们却很少这样做，这是为什么呢？大多数编剧谦虚地回答说，电视导演的工作需要一些他们没有的技能；另一些人认为，编剧的工作节奏如此疯狂，不可能同时做两份工作。高压之下，依赖高度协作的剧情类电视剧的世界倾向于术业有专攻。

远离电影的另一个原因是臭名昭著的"雇用和解雇政策"。珍妮·比克斯说："一般来说，在电影行业是这样的：哦，我们不喜欢这份初稿，让我们再雇一个编剧吧。我认为这是一个错误，不仅伤人，而且不利于风格的统一。"或许，这就是电视编剧和电影编剧性格不同的主要原因之一。首先，因为编剧室的缘故，电视行业是一个更强调社交的地方。玛格丽特·奈格尔谈到，编剧工会考虑罢工时，"我们在城里开大会，房间里一侧是写过电视剧的人，全都彼此认识，都是朋友；另一侧是电影编剧，他们全都坐在那里，谁也不认识谁"。

这不仅仅是因为他们谁也不认识谁，还因为他们彼此之间的竞争非常激烈。

"人们问我是如何进入电视行业的时候，我说，秘诀就是在做你的第一部节目时，尽量把你的办公室设在《宋飞正传》的创剧人旁边。"查理·鲁宾开玩笑说，他正在积极地教育新一代电视编剧。前面说过，电视是一个非常封闭的行业，很难从外部渗透。我在本书中采访的大多数编剧都有着这样那样的联系：不是基于血缘关系，而是通过某个"大家庭"的纽带联系在一起。布鲁斯·帕特洛的家庭、汤姆·丰塔纳的家庭……我经常听到这样的说法："他是布鲁斯培养出来的""他是汤姆的孩子"，都使用了亲子关系的比喻。事实上，汤姆是在已故的布鲁斯·帕特洛的引导下入行的。现在，他将这一传统继续发扬光大——而且他不是唯一这样做的人。

尽管如此，如果忘记电视也是一个竞争非常激烈的领域，那就大错特错了。在访谈中，许多人谈到了慷慨的主题。成功的编剧会心态更放松、更愿意分享信息吗？他们会更愿意提供帮助吗？还是说，这些品质正是他们一开始成功的原因？先有鸡还是先有蛋？无论如何，二者之间存在明显的关联。

数量问题

得益于所有关于编剧天堂的报道，以及美剧在过去 10～15 年里受到的关注，越来越多的电影编剧现在正在进军电视业。鲁宾说："曾几何时，总是我们的人去电影界闯荡。现在，电影界的人开始来我们这里写试播集。"每个人都想来编剧天堂体验一番。不过，取决于你来自哪里，你可能发现这个天堂不一定符合你的想象。

我采访的许多电视编剧都有戏剧或文学背景。埃里克·奥弗迈耶谈到了著作权的归属问题："当你在一个电视剧的编剧团队工作时，你想给它带来一些东西，你想把它做得更好，但是它并不属于你。"在戏剧和文学中，它是属于你的。事实上，一些编剧似乎对被他们抛弃的创作形式怀有更大的尊重，他们梦想着有一天能够回归这些形式——一旦谋生不再是首要任务。苏珊·米勒谈到，涉足电视行业后可能被困住。如果你真正想做的是为戏剧写作，到了某个时候你必须做出选择。

一种编剧形式对另一种的影响是一个值得思考的问题。多年来，电视已经影响了电影叙事，反之亦然。那么，戏剧呢？有这么多剧作家正在通过写电视剧谋生，必然会产生一定的影响。查理·鲁宾坚信，剧作家花在电视上的时间会帮助他们写出更好的戏剧。"他们会带着所有的经验教训回归戏剧，而且他们有了创作戏剧的本钱。这是我的预测：到 2020 年左右，我们会看到剧院的繁荣。我是这样感觉的。过去，人们是做戏剧失败、做电影失败，就去做电视。现在则是，人们在电视行业取得成功，然后回到戏剧界。"

沃伦·莱特也出身于剧院。事实上，他是一位成功的剧作家，但他没有梦想着重返剧院。他强调了电视编剧的优势："电视有电视的乐趣——在某种程度上，我比剧作家更有控制力。排演一部戏剧是很难的，现在连立项都很难。我在 4 个月里拍了 35 集《扪心问诊》，在 4 个月里拍了 13 集《余光》，这是很多很多故事。在纽约，3 年能有一部戏剧上演就很幸运了，我受不了那种漫长的等待。"

后起之秀

最新的媒体形式是什么？互联网？目前，网络剧的形式似乎正大行其道，或许是因为它最接近于现有的形式——电视连续剧。网络剧由 5～15 分钟的剧集组成，以季为戏剧单元呈现。事实上，业内最常用的在线数据库 IMDb 将网络剧归为电视剧。

除了长度之外，电视剧和网络剧还有什么区别？长度是如何定义的？你真的能在 10 分钟内讲好一个故事吗？在本书中，特别是我与简·艾斯宾森和苏珊·米勒的谈话中只是模糊地触及了这些问题。她们都是经验丰富的电视编剧，也为新媒体写作。这种媒体还在不断变化，显然还处于一种新媒体模仿另一种媒体的早期阶段，实际上，有些人把它当成进入传统媒体的一个侧门。首先，没有编剧能够靠网络剧谋生。目前，网络剧还没有足以支撑剧情类连续剧的资金体系，但是人们仍然在制作它。

苏珊·米勒表示，这可能是她做过的最困难的工作：建立观众群、培养粉丝基础、制作节目，所有这一切都要同时进行——你必须付出长期的艰苦努力。但是，让这项工作如此困难的那些因素，也使它对编剧充满吸引力。相比电视，网络剧可能更接近剧院，因为它能够直接接触观众。除了绝对的自主权之外，即时反馈或许是网络剧制作背后真正的推动力。而且，作为先驱，既定的规则和系统还不存在。在网络剧中，没有人告诉编剧应该做什么，至少现在还没有。与此同时，人们也在参与决定一种新媒体和新空间的未来，这本身就令人兴奋。

简·艾斯宾森从一个有趣的角度比较了电视剧和网络剧写作："我真的很喜欢网络剧，我最喜欢的就是找一个小人物，把他安排在舞台中央——这非常适合网络剧。在现实生活中，没有人是配角——在一部优秀的电视剧中也应该如此。"那么，网络剧能否让那些一直以来在叙事中被忽视的人物站到聚光灯下呢？

事实上，网络剧短小、封闭的形式允许短小、封闭的故事，也允许那些通常在电视剧中被视为配角的人物成为关注的焦点。或许，它还允许在叙事中添加更多细节。但是，它仍然是一种正在寻找其真正形式的媒介。现在看来，它讲故事的潜力还难以想象。不过，一开始，电视讲故事的潜力不也是难以想象的吗？

就像跑马拉松

正如罗伯特·卡洛克所说的，分解故事或某一集就像驯服一匹野马。接着，这个比喻继续说：如果你靠得太近，它会跑开；但是，如果你把它逼到一个狭小的空间里，它又会溜走。总而言之，这是一项讲究技巧的艰苦努力。在电视行业，你还要面临最困难的环境。

首先，你一直要同时拍摄好几集。制作期总是在迫近，而交付时间（即从开始写作到开始拍摄之间的时间）却很短，而且随着剧集的播出，交付时间会越来越短，你也会越来越疲于奔命。在谈话中，罗伯特·卡洛克描述了《我为喜剧狂》的时间表。他们6月开始写剧本，8月开始拍摄，这时候他们大约有两个半月的交付时间。然而，随着剧集的播出，时间越来越紧张：交付时间不是两个半月了，而是只有一周半。这么短的交付时间基本上是一场噩梦。如果你做不完，怎么办？如果你失败了，怎么办？

《我为喜剧狂》是像传统电影一样用单镜头拍摄的，编剧们每季制作 22 集，从 8 月拍摄到来年 3 月底。3 月底拍摄结束后，剧目管理人会休息一周。然后，他们还有 3 到 4 集要剪辑，这要占用整个 4 月，他们基本上能休息六周，从 6 月中旬重新开始。这不是一种正常的生活方式，没有人会假装它是。但是，和沃伦·莱特一样，罗伯特也坚称压力可以是好事，有些东西如果你有太长时间去思考就看不到了。

多镜头和单镜头的区别不仅体现在制作上（例如，多镜头大多是在现场观众面前录制的），还体现在节目的开发和创作上。用多镜头的方法，你可以在一天内拍完所有的东西——然后用一周剩下来的时间改写和排练。正如罗伯特指出的，今天觉得有趣的事情，第二天可能就不那么有趣了。所以，这种方式也有压力，不过是一种不同的压力。

罗伯特·卡洛克让我想起了剧作家、编剧和导演大卫·马梅特说的话："拍电影就像跑马拉松，拍电视剧就像跑到死。"不难看出他为什么这么说。

然后，有一天，这部电视剧结束了，你开始尝试寻找新工作或者推销新剧。埃里克·奥弗迈耶谈到，编剧不能在做一部电视剧的同时推销自己："根据合同，你不能为其他人工作。我想，理论上，我可以向 HBO 推销。不过，他们会看着我说：'你不应该在做《劫后余生》吗？'他们会怀疑我不够专注。"那么，电视编剧什么时候开始准备新作品呢？在他跟家人团聚的六周里？显然，为电视写作不仅仅是一份工作。它是一种生活方式、一种精神状态。

不成文的规则

沃伦·莱特是唯一提到"美剧的不成文规则"的编剧——他指的是某些被剧目管理人内化了的规则，以及这种内化造成的误解。例如，他解释了为什么没有人想看到贫民区犯罪或者妻子出轨的剧情。理由是，观众不喜欢它们，控制机制就是收视率。这是观众表达不满的方式。

不过，这在多大程度上符合事实？观众可以通过换台或者根本不看电视来表达不满，每个编剧都很熟悉对这种观众"专政"的恐惧。特别是现在，电视台和制片公司没有给一部电视剧足够的时间去找到它的观众。口碑必须马上发挥作用，否则，等它开始发挥作用时，剧集可能已经停播了。

如果一个妻子的角色出轨了，观众就会关掉电视或者不再观看这部电视剧，这让人很难相信。这种恐惧当然存在，但是没有证据——编剧们在这个方向得到证明之前就停下了脚步。在编剧们看来，观众们都遵守不成文的规则，只知道一个现实，多年来我们的电视剧就是为这个现实服务的。要么是他们真的创造出了这样一群观众，要么他们只是害怕失败。但是，如何教育观众，或者挑战观众呢？

沃伦·莱特谈到，内容同质化可能是编剧害怕违反不成文的规则的结果之一。内容同质化也与品牌有关。电视台就是品牌，观众期待看到特定类型的剧集，就像过去，人们期待某家制片厂会出品某种类型的电影一样。或许这种可预见性能够抵消当今世界的不安全感，或许这只是为了销售更多、更好的节目——归根结底，这意味着更多、更好的广告。

毕竟，不应该忘记电视是一门生意。正如特伦斯·温特所说的："就像经营任何业务一样。他们（公共台或有线台）是母公司，有许多子公司。他们的业务就是电视剧。如果你是一家子公司，有盈利，运转良好，每个人都很开心，一切都按计划进行，他们就不需要那么密切地监督你。"当他们不那么密切地监督你时，你能够最好地完成工作。至少 HBO 已经证明，给予编剧尽可能多的创作自由（让意见见鬼去吧）是通往成功的门票。近年来美剧的成功就是最好的证明。其他媒体是否也应该从这个例子中吸取教训呢？

归根结底，编剧自己心里有数。无论是否心甘情愿，他们都被观众可能换台、他们的节目可能被砍的恐惧所困扰。特伦斯·温特指出，可悲的是，观众看了这么多年的电影和电视，对特定的套路已经烂熟于心，他们被惯坏了。这是一个永无止境的循环，只有有勇气去实验——并且去失败——才能打破它。当你去实验时，是没有任何保证的——以前没有人这样做过，所以你不能依赖过往的经验。但是，如果你失败了，再获得另一份编剧工作的机会有多大？每个编剧都必须自己做出这个决定。事实上，体系不允许实验偏离常规太远。说到底，编剧不也是体系的一部分吗？他们不（也）是那些维护体系的人吗？他们不会偏离常规太远，以免毁掉自己的事业。

分章节的电影

特伦斯·温特认为，最好的故事会让你思考它的含义。但他也明确表示："简单地说，这就是我们要做的：找出人物想要什么，然后为他制造障碍。"他总结说："我们需要决定在每个特定的时间点上，给出多少信息才是最有效的。讲故事时，时间和信息量是两个大问题。"

虽然大多数人对电视剧不吝溢美之词，说这里有最好的编剧，但我采访的许多编剧都比较谨慎，他们提到，虽然有很多优秀的电视剧，但也有很多糟糕的电视剧。电视是编剧的媒介，但是正如帕迪·查耶夫斯基所说的，在剧情类电视剧刚刚起步时："电视虽然有很多禁忌，但实际上并不比电影和杂志上的短篇小说面临的管制更糟糕。只有在百老汇舞台上和长篇小说的形式中才有主题自由，即便如此，过去十年里，也没有什么是舞台上能做而电视不能做的。"①

尽管一些禁忌仍然存在，而且在很大程度上，电视剧运用的都是传统的戏剧手法和电影制作方法，但是自从查耶夫斯基的时代以来，剧情类电视剧已经得到了长足的发展。首先，它发现了自身的真实长度和每一季的戏剧统一性。刷剧（一次看完一季或多季）是这种发展的结果，而不是其背后的原因。沃伦·莱特谈到了《余光》的一季是如何按照三幕剧的电影结构组织起来的。显然，最好的电视剧实际上是分章节的电影，应该作为长篇电影叙事来创作、观看和分析。

当然，大多数电视剧都是多主角的结构，从这个意义上说，它不可能是经典意义上的"三幕剧"。关于这一点，珍妮·比克斯用了一个

---

① Hawes, p. 159.

美妙的比喻，将一季剧本/故事线的整体结构比作一首乐曲："这就像作曲，你要弄清楚哪件乐器在什么时候发出强音。"

她还谈到了情景喜剧和剧情类电视剧的编剧关注点的区别。在情景喜剧中，你不太关心结构，更关心笑点；而在剧情类电视剧中，你更关心人物的连续性和剧本的结构。

当然，传统上，电视有着不同的时间概念。谈到幕时，电视编剧想到的是插播广告。在公共台，幕间休息仍然是由插播广告来定义的，通常有四幕。《法律与秩序》就是一个很好的例子。引子是第一幕。然后是外景。第三幕和第四幕是检察官和法庭。从一开始就是这样，是广告导致了这种结构。今天还要再增加一次幕间休息，编剧需要在每次插播广告之前，用更多的悬念来结束每一幕。

有线台没有广告，意味着它在戏剧手法和内容方面受到的限制比较少。但简·艾斯宾森对此持怀疑态度："实验的机会很多，但是你仍然要为一家企业提供符合希望和预期的产品。并不是完全的自由，但是你能提供给他们的产品种类更多了……这就是更加自由的地方。"例如，正如珍妮·比克斯指出的，"公共台更关心人们是否喜欢你的人物，他（她）是不是讨人喜欢，尤其是女性角色"。公共台仍然有一种愿望，要有开头、中间和结尾；每一集都要有某种结尾；而在有线台，你不必让人物吸取教训或者有圆满的结局。编剧可以与人物相伴，可以让他们犯下巨大的错误，而不一定要从中吸取教训。珍妮·比克斯大致描述了经典结构和过去几十年里发展起来的另类故事结构之间的区别。有线台在这种发展中起到了至关重要的作用，叙事形式不再那么具有说教意味——非线性叙事和多主角等要素也是其中一部分。

值得注意的是，有线台的财务模式允许更大的独立性，更加信任创作人员，本质上也是更加信任观众。"我不认为他们信任美国观众。人们知道自己喜欢看什么，但是他们没有给观众足够的信任。"珍妮·比克斯说，她指的是公共台。给予观众足够的信任意味着提供他们不习惯的东西，让他们感到惊讶。有线台的成功似乎正是建立在这样的基础之上，以及愿意冒险和给编剧提供实验机会的前提之下。

跨越国界

必须再次强调的是，美国并不是唯一出品优秀电视剧的国家——至少不再是这样了。事实上，目前有一种趋势，就是购买其他国家开发和制作的电视剧，然后翻拍。其中一个来源是以色列。沃伦·莱特谈到，对编剧来说，将基于一种文化的剧集改编成另一种可能是一项非常棘手的工作："原版有35集，从好的方面说，我可以看到他们做了什么……就像有35份第一稿一样。但是，在某些情况下，我只能把它们丢到一边。"他解释说，有些故事情节在美国是行不通的，例如，"在以色列，一个40岁还没有生孩子的女人有着各种各样的文化内涵，但是在美国不是这样"，所以你不能围绕这个情节建立一条故事线。好作品会流传，但不是放之四海而皆准。

另外，汤姆·丰塔纳从一开始就跨越了国界。他可能是第一个负责运作一部完全由欧洲市场出资的电视剧（《波吉亚家族》）的美国编剧。他还与欧洲的剪辑师打交道，这些人习惯了与欧洲的电视编剧合作，而后者远不如美国电视编剧那么受到尊重。目前，这种情况正在慢慢改变。不过，除了少数例外（丹麦和英国是最著名的例子），欧洲的电视编剧虽然比电影界的同行地位高一点，但是仍然远没有美国电视编剧的力量和创作自由。

欧洲人如何使用编剧室的概念，也是一个有趣的话题。除了少数例外，欧洲剧目管理人或首席编剧的创作自由通常比美国同行少得多。比如，负责提意见、开绿灯的制片厂或电视台节目主管（或者非编剧的制片人）坐在编剧室里，就故事和人物展开头脑风暴，不是什么稀罕事。而这在美国是闻所未闻的。

汤姆·丰塔纳解释了欧洲电视台现在是如何看待美国的剧目管理人模式的，以及他们如何看待给编剧一些创作自由，他们就能制作出更好的电视节目。汤姆说："这就是剧目管理人的'第22条军规'：所有编剧都渴望完全的创作自由。但是，伴随而来的是必须承担制作节目的财务责任。所以，你不能既当剧目管理人，又说'我不在乎成本'。因为那样你就不是一个剧目管理人，你就不是一个编剧—制片人，你只是一个编剧。如果我们想让欧洲的编剧获得权力，那么编剧的态度也必须改变，而不仅仅是制片厂和电视台的态度需要改变。"

叙事的爆发

查耶夫斯基写道："电视是一种无穷无尽的巨大消耗。"他继续说："一个编剧能有多少创意？他能提出多少见解？他能多么深入地挖掘自我，能激发出多少能量？"[①] 而且，"他（编剧）无法保证下一年还能同样高产。事实上，大多数编剧都生活在一种极力克制的恐惧中，害怕无法想出他们的下一个创意。很少有电视编剧寄希望于连续五年以上保持高水平的产出"。今天，电视的要求比以往任何时候都要复杂。正如罗伯特·卡洛克指出的那样，在电视剧中，平均一集至少要写三个故事，一年就是大约70个故事。有各种不同的人物，每个人的故事都有开头、中间和结尾。谁能自己想出这么多故事？答案是协同创作。归根结底，这就是编剧室的意义所在。协同创作是这种媒介成功的真正秘诀吗？协同创作指的到底是什么？

一部电视剧的故事是高度连续的，很少有哪一集是独立的。在许多方面，编剧室里的编剧是在以小组的形式创作长篇小说。虽然经常有人将二者相比较，但查尔斯·狄更斯不是以小组的形式来创作情节的。小说家追求非常私人化的愿景，电视编剧与这种私人经验相去甚远。在电视行业，每个人都在努力创作同样的剧集，无论剧目管理人是否会润色或改写，无论他是否追求一个统一的"声音"，归根结底，这个不断演变的系统要让许多编剧一起，作为一个大脑工作。

另一方面，有人可能会说，一个人写13集也不算太多，有些有线台剧集一季只有13集。但是，这种媒介的性质和时间表决定了，这是一种协作叙事的模式。一个人很难在这么短的时间里写出13个小时的

---

① Chayefsky，p. ix.

故事。用我们今天的说法，狄更斯是他自己的杂志的主要内容提供者。他每周写一章，这可能是最接近于今天的剧目管理人的角色。不过，电视剧还需要拍摄，这让事情变得复杂。那么，编剧室是必要的"恶"吗？

也许不是。当我问珍妮特·莱希，她认为编剧室的概念对于美剧在全球的成功有多重要时，她的回答最让我难忘。"我认为，编剧室意味着一切。"她回答说，"据我所知，还没有一个人能够写出一季电视剧中所有的故事，这是天方夜谭。编剧室至关重要。不仅因为每个编剧带来自己的故事，而且因为这些人聚在一起，使得灵感的火花不断迸发。"

永不结束的故事

我们也可以将刷剧与看电影或者看一部特别长的电影相比较，因为刷剧意味着你不是按照剧集播出的日程观看它。你要像看一部 12 小时的电影一样看完整季。特伦斯·温特谈到如何保持每一集都是独立的，就像一部迷你电影。所以，当你碰巧看到这部电影时，它还是有自己的开头、中间和结尾，并且有意义。但是，就像书中的一章，要真正欣赏它，你必须看完整部剧集，你也会看完整本小说的。

事实上，值得思考的是，长篇电影叙事对于我们对故事的感受有何影响。电影从一开始就是一种比较封闭的形式。但是，生活更多是一种长期体验，特伦斯·温特说。有时候，你会遇到某个人，然后他们就离开了。这不一定有意义，从你当时所处的位置也不一定能够理解。但不是每个人都会对你的生活产生重大的影响。电视剧中的人物也是如此。不过，这种情况在电影角色中不太常见。

归根结底，电视剧之所以如此吸引人，部分原因在于它本质上是一个永不结束的故事。根据电视剧的逻辑，你可以在电视上做一些电影中做不到的事。最重要的是，你可以把你的人物带到许多地方，当他们走完各自的旅程时，观众对他们产生了一种亲密感，这似乎是长篇叙事的关键。他们已经成为观众生活的一部分。电视剧给了你宝贵的时间，这是电影所不能给你的，即使是最长的电影也不能。你甚至可能发现，观众只是想和人物共度一段时光，在他们的世界里找到家的感觉。另外，作为观众，当你开始看一部电视剧时，你就做出了一项长期的承诺。最终，电视会以一种最美好的形式让人上瘾。一群编剧齐心协力，用一个更大的大脑创造了这种瘾，他们讲述着一个永不结束的故事。这就是叙事的爆发！

创意写作课程平台

从入门到进阶多种选择，写作路上助你一臂之力

【品牌课程】叶伟民故事写作营

故事，从这里开始。

如果你有一个故事创意，想要把它写出来；

如果你有一个故事半成品，想要把它改得更好；

如果你在写作中遇到瓶颈，苦于无法向前一步；

如果你想找一群爱写作的小伙伴，写作路上抱团取暖——

加入"叶伟民故事写作营"，让写作导师为你一路保驾护航。

资深写作导师、媒体人、非虚构写作者叶伟民，帮助你实现从零到一的跨越，将一个故事想法写成一个完整的故事，继而迈出从一到无限可能的重要一步。

【写作练习】"开始写吧！——21天疯狂写作营"

每年招新，专治各种"写不出来"。

你有没有遇到过这样的情况：

拿起笔来，或是把手放到键盘上，这时大脑变得一片空白，一个字也写不出来？

或者，写着写着，突然就没有灵感了？

或者，你喜欢写作和阅读，但就是无法坚持每天写？

再或者，你感觉写作路上形单影只，找不到志同道合的小伙伴？

"开始写吧！——21天疯狂写作营"为你提供一个可以每天打卡疯狂写作的地方。

依托"创意写作书系"里的海量资源，班主任每天发布一个写作练习，让你锻炼强大的写作肌。

★ ★ ★

写作营每年招新，课程滚动更新，可扫描右侧二维码了解最新写作营及课程信息，或关注"创意写作坊"公众号（见本书后折口），随时获取课程信息。

创意写作课程平台

精品写作课

作家的诞生——12位殿堂级作家的写作课

中国人民大学习克利教授10余年研究成果倾力呈现，横跨2800年人类文学史，走近12位殿堂级写作大师，向经典作家学写作，人人都能成为作家。

荷马：作家第一课，如何处理作品里的时间？

但丁：游历于地狱、炼狱和天堂，如何构建文学的空间？

莎士比亚：如何从小镇少年成长为伟大的作家？

华兹华斯和弗罗斯特：自然与作家如何相互成就？

勃朗特姐妹：怎样利用有限的素材写作？

马克·吐温：作家如何守望故乡，如何珍藏童年，如何书写一个民族的性格和成长？

亨利·詹姆斯：写作与生活的距离，作家要在多大程度上妥协甚至牺牲个人生活？

菲兹杰拉德：作家与时代、与笔下人物之间的关系？

劳伦斯：享有身后名，又不断被诋毁、误解和利用，个人如何表达时代的伤痛？

毛姆：出版商的宠儿，却得不到批评家的肯定。选择经典还是畅销？

作家的诞生
——12位殿堂级作家的写作课

一个故事的诞生——22堂创意思维写作课

郝景芳和创意写作大师们的写作课，国内外知名作家、写作导师多年创意写作授课经验提炼而成，汇集各路写作大师的写作法宝。它将告诉你，如何从一个种子想法开始，完成一个真正的故事，并让读者沉浸其中，无法自拔。

郝景芳：故事是我们更好地去生活、去理解生活的必需。

故事诞生第一步：激发故事创意的头脑风暴练习。

故事诞生第二步：让你的故事立起来。

故事诞生第三步：用九个句子描述你的故事。

故事诞生第四步：屡试不爽的故事写作法宝。

创意写作书系

这是一套广受读者喜爱的写作丛书，系统引进国外创意写作成果，推动本土化发展。它为读者提供了一把通往作家之路的钥匙，帮助读者克服写作障碍，学习写作技巧，规划写作生涯。从开始写，到写得更好，都可以使用这套书。

综合写作		
书名	作者	出版日期
成为作家	多萝西娅·布兰德	2011 年 1 月
一年通往作家路——提高写作技巧的 12 堂课	苏珊·M. 蒂贝尔吉安	2013 年 5 月
创意写作大师课	于尔根·沃尔夫	2013 年 6 月
与逝者协商——布克奖得主玛格丽特·阿特伍德谈写作	玛格丽特·阿特伍德	2019 年 10 月
心灵旷野——活出作家人生	纳塔莉·戈德堡	2018 年 2 月
诗性的寻找——文学作品的创作与欣赏	刁克利	2013 年 10 月
写好前五十页	杰夫·格尔克	2015 年 1 月
从创意到畅销书——修改与自我编辑	詹姆斯·斯科特·贝尔	2016 年 1 月
来稿恕难录用——为什么你总是被退稿	杰西卡·佩奇·莫雷尔	2018 年 1 月
虚构写作		
小说写作教程——虚构文学速成全攻略	杰里·克里弗	2011 年 1 月
开始写吧！——虚构文学创作	雪莉·艾利斯	2011 年 1 月
冲突与悬念——小说创作的要素	詹姆斯·斯科特·贝尔	2014 年 6 月
情节与人物——找到伟大小说的平衡点	杰夫·格尔克	2014 年 6 月
人物与视角——小说创作的要素	奥森·斯科特·卡德	2019 年 3 月
情节线——通过悬念、故事策略与结构吸引你的读者	简·K. 克莱兰	2022 年 3 月
经典人物原型 45 种——创造独特角色的神话模型（第三版）	维多利亚·林恩·施密特	2014 年 6 月
经典情节 20 种（第二版）	罗纳德·B. 托比亚斯	2015 年 4 月
情节！情节！——通过人物、悬念与冲突赋予故事生命力	诺亚·卢克曼	2012 年 7 月
如何创作炫人耳目的对话	詹姆斯·斯科特·贝尔	2016 年 11 月
超级结构——解锁故事能量的钥匙	詹姆斯·斯科特·贝尔	2019 年 6 月
故事工程——掌握成功写作的六大核心技能	拉里·布鲁克斯	2014 年 6 月
故事力学——掌握故事创作的内在动力	拉里·布鲁克斯	2016 年 3 月
畅销书写作技巧	德怀特·V. 斯温	2013 年 1 月
30 天写小说	克里斯·巴蒂	2013 年 5 月
从生活到小说（第二版）	罗宾·赫姆利	2018 年 1 月
小说创作谈	大卫·姚斯	2016 年 11 月
写小说的艺术	安德鲁·考恩	2015 年 10 月
成为小说家	约翰·加德纳	2016 年 11 月
小说的艺术	约翰·加德纳	2021 年 7 月

非虚构写作		
开始写吧！——非虚构文学创作	雪莉·艾利斯	2011 年 1 月
写作法宝——非虚构写作指南	威廉·津瑟	2013 年 9 月
故事技巧——叙事性非虚构文学写作指南	杰克·哈特	2012 年 7 月
光与热——新一代媒体人不可不知的新闻法则	迈克·华莱士	2017 年 3 月
自我与面具——回忆录写作的艺术	玛丽·卡尔	2017 年 10 月
写出心灵深处的故事——非虚构创作指南	李华	2014 年 1 月
写我人生诗	塞琪·科恩	2014 年 10 月
类型及影视写作		
金牌编剧——美剧编剧访谈录	克里斯蒂娜·卡拉斯	2022 年 3 月
开始写吧！——影视剧本创作	雪莉·艾利斯	2012 年 7 月
开始写吧！——科幻、奇幻、惊悚小说创作	劳丽·拉姆森	2016 年 1 月
开始写吧！——推理小说创作	劳丽·拉姆森	2016 年 7 月
弗雷的小说写作坊——悬疑小说创作指导	詹姆斯·N. 弗雷	2015 年 10 月
好剧本如何讲故事	罗伯·托宾	2015 年 3 月
经典电影如何讲故事	许道军	2021 年 5 月
童书写作指南	玛丽·科尔	2018 年 7 月
网络文学创作原理	王祥	2015 年 4 月
写作教学		
小说写作——叙事技巧指南（第十版）	珍妮特·伯罗薇	2021 年 6 月
你的写作教练（第二版）	于尔根·沃尔夫	2014 年 1 月
创意写作教学——实用方法 50 例	伊莱恩·沃尔克	2014 年 3 月
故事工坊（修订版）	许道军	2022 年 1 月
大学创意写作·文学写作篇	葛红兵 许道军	2017 年 4 月
大学创意写作·应用写作篇	葛红兵 许道军	2017 年 10 月
小说创作技能拓展	陈鸣	2016 年 4 月
青少年写作		
会写作的大脑 1——梵高和面包车（修订版）	邦妮·纽鲍尔	2018 年 7 月
会写作的大脑 2——怪物大碰撞（修订版）	邦妮·纽鲍尔	2018 年 7 月
会写作的大脑 3——33 个我（修订版）	邦妮·纽鲍尔	2018 年 7 月
会写作的大脑 4——亲爱的日记（修订版）	邦妮·纽鲍尔	2018 年 7 月
奇妙的创意写作——让你的故事和诗飞起来	卡伦·本基	2019 年 3 月
成为小作家	李君	2020 年 12 月
写作魔法书——让故事飞起来	加尔·卡尔森·莱文	2014 年 6 月
写作魔法书——28 个创意写作练习，让你玩转写作（修订版）	白铅笔	2019 年 6 月
写作大冒险——惊喜不断的创作之旅	凯伦·本克	2018 年 10 月
小作家手册——故事在身边	维多利亚·汉利	2019 年 2 月
北大附中创意写作课	李韧	2020 年 1 月
北大附中说理写作课	李亦辰	2019 年 12 月

图书在版编目（CIP）数据

金牌编剧：美剧编剧访谈录/（美）克里斯蒂娜·
卡拉斯（Christina Kallas）著；唐奇译. -- 北京：
中国人民大学出版社，2022.3
（创意写作书系）
书名原文：Inside the Writers' Room：
Conversations with American TV Writers
ISBN 978-7-300-30135-8

Ⅰ.①金… Ⅱ.①克…②唐… Ⅲ.①电视文学剧本
－编剧－研究－美国 Ⅳ.①I712.073

中国版本图书馆 CIP 数据核字（2022）第 016167 号

创意写作书系
金牌编剧
美剧编剧访谈录
［美］克里斯蒂娜·卡拉斯　著
唐　奇　译
Jinpai Bianju

出版发行	中国人民大学出版社			
社　　址	北京中关村大街 31 号		**邮政编码**	100080
电　　话	010 - 62511242（总编室）		010 - 62511770（质管部）	
	010 - 82501766（邮购部）		010 - 62514148（门市部）	
	010 - 62515195（发行公司）		010 - 62515275（盗版举报）	
网　　址	http://www.crup.com.cn			
经　　销	新华书店			
印　　刷	天津中印联印务有限公司			
规　　格	160 mm×235 mm　16 开本		**版　　次**	2022 年 3 月第 1 版
印　　张	15.25 插页 1		**印　　次**	2022 年 3 月第 1 次印刷
字　　数	207 000		**定　　价**	46.00 元